김유정
작품선

금 따는 콩밭

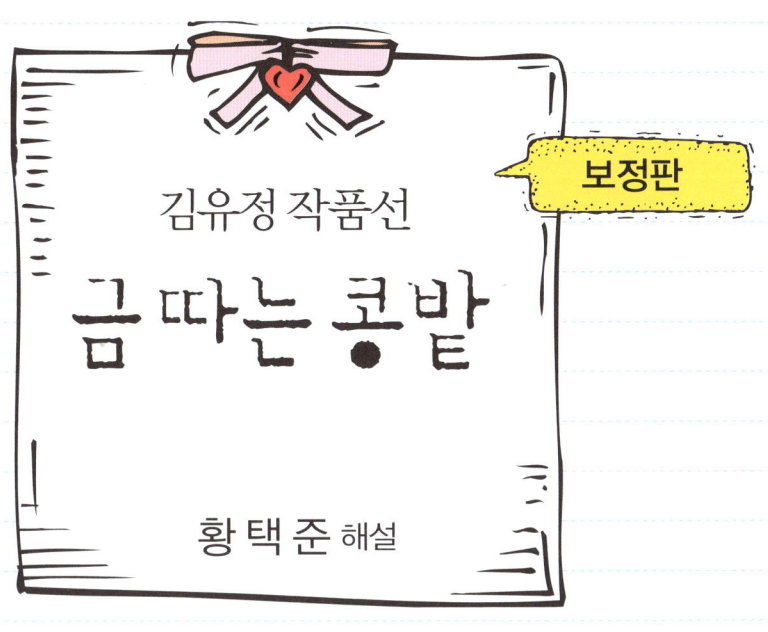

김유정 작품선

금 따는 콩밭

보정판

황 택 준 해설

1

새문사

차례

김유정의 생애와 작품 세계 ... 6
김유정 문학의 특징 8

동백꽃 12
봄·봄 30
만무방 54
소낙비 98
금(金) 따는 콩밭 123

산골나그네 148
산골 170
따라지 190
땡볕 220
봄과 따라지 232
슬픈 이야기 242
안해 255

# 김유정의 생애와 작품 세계

　강원도의 천석꾼이며 서울의 진골에도 백여 칸 되는 집을 가진 김춘식 슬하의 2남 6녀 중 차남으로 태어났다. 유복한 가정에서 태어났지만 어린 시절 심한 배앓이와 말더듬이 버릇 때문에 고통이 심했고, 7세 때는 어머니 심씨를 여의고, 이어 9세 되던 해에는 아버지마저 여의게 된다.
　12세에 서울 재동공립보통학교에 입학하여 1년 만에 3학년으로 월반해 15세 때 졸업하였고 이어 휘문고등보통학교에 입학한다. 그러나 형의 방탕한 삶으로 가세가 급격하게 기울어 여러 곳으로 집을 옮겨야 했으며 결국 학교를 휴학하는 일까지 겪는다.
　휘문고보시절의 유정은 지식에 대한 욕구가 높았고 음악과 영화를 좋아했으며, 체육에도 특기가 있었다고 전해진다. 휘문고보를 졸업한 후, 연희전문학교 문과에 입학하였으나 경제적인 문제로 제적된다.
　어머니에 대한 그의 집요한 그리움은 두 여인에 대한 맹목적이며 저돌적인 사랑으로 표출되는데 그가 사랑한 두 여인이 바로 박녹주와 박봉자이다. 당대의 명창이었던 박녹주에 대한 사랑은 휘문고보 4학년 무렵부터 시작되었는데, 수많은 연애편지와 혈서, 협박에도 불구하고 거절당한다. 실연의 충격으로 떠돌이 작부인 '들병이'와 어울리어 매일같이 술타령으로 세월을 보내기도 한다.
　두 번째 여인인 박봉자에 대한 사랑은 1936년 여름부터 시작되는데 박녹주와는 달리 편지에 대한 회신을 받지도 못하고 수개월 뒤 박봉자가 구인회 회원이던 평론가 김환태와 결혼함으로 다시 한 번 좌절을 겪는다.
　1931년 유정은 고향인 실레마을에 내려가서 조카인 김영수와 함께 문맹아

들을 사랑방에 모아 놓고 야학을 연다. 이후에 이 야학을 확대하여 농우회를 조직하고, 마침내 간이 '금병의숙'이란 학교를 열어 운영한다. 이런 활동은 당시에 일고 있던 브나로드 운동과 맥이 닿아 있던 일로서, 김유정이 당대의 농촌 문제에 정확하면서도 구체적인 인식을 가지고 있었음을 확인할 수 있다. 그러나 '금병의숙'에 화재가 나고 부친의 유산이 바닥나면서, 그의 농촌계몽운동은 끝이 난다.

다시 서울로 올라와 누이 집에 살면서 폐결핵을 앓게 된다. 이때 작가로서의 활동을 시작한다. 제일 먼저 「산골나그네」와 「총각과 맹꽁이」를 발표했다. 유정의 여러 글들과 당시의 상황을 고려해 볼 때 그의 소설 작업은 실연의 아픔을 잊고 경제적인 문제를 해결하기 위해서였다는 점을 짐작할 수 있다.

이후 1935년 「소낙비」가 조선일보 신춘문예 현상모집에 1등으로 당선되고, 「노다지」가 조선중앙일보 신춘문예 현상모집에 가작으로 입선되면서 문단의 조명을 받기 시작하고 당시 평단의 극찬을 받게 된다. 연이어 「금따는 콩밭」, 「떡」, 「산골」, 「만무방」, 「솥」, 「봄봄」, 「안해」 등의 소설과 여러 편의 수필도 발표하였으며, 구인회의 후기 동인으로 참여하여 활동하기도 한다.

그러나 지병인 폐결핵과 치질이 악화되기 시작해 거처를 형수 집으로 옮겨 투병생활을 한다. 그렇지만 작품 활동을 중단하지 않고 소설 「봄과 따라지」, 「가을」, 「두꺼비」, 「봄밤」, 「이런 음악회」, 「동백꽃」, 「야앵」, 「옥토끼」, 「생의 반려」, 「정조」, 「슬픈 이야기」 등과 수필 「5월의 산골작이」, 「길」 등을 발표한다.

김유정은 이상, 임화, 채만식과 교류하며 술과 문학적 열정에 빠져 살다

가 결국 건강이 극도로 악화되어 경기도 광주군에 있는 누이 집에서 요양을 하게 되지만 생계를 위해 번 다인의 「잃어버린 보석」 등을 번안하기도 하고, 소설 「따라지」 「땡볕」 「연기」 등과 수필 「병상의 생각」 등을 발표한다. 그는 친구 안회남과의 마지막 편지에서 살고자하는 강한 의욕을 보여주었으나 결국 병이 악화되어 1937년 3월 29일 새벽 29세 나이로 눈을 감는다.

　　김유정은 29년이라는 짧은 생애 동안 조실부모, 병고, 가난, 실연 등의 불행한 삶을 살았으나, 이를 바탕으로 주옥같은 30편의 단편 소설과 미완성 장편소설, 번안집, 그리고 수 편의 수필을 남겼다.

김유정 문학의 특징

　김유정의 작품들은 대체로 1930년대 일제 치하의 가난한 농촌이나 도시 하층민의 빈궁한 삶을 그리고 있다. 따라서 그의 작품에는 영웅이나 시혜적 施惠的 지식인보다는 소작농, 유랑민, 도시하층민, 여급, 머슴, 들병이 등 불완전하고 사회적으로 멸시 천대받는 사람들이 주인공으로 등장한다.
　주인공들은 일제 통치 하에서 가혹한 수탈의 대상으로 전락하여 비참한 삶을 살게 되지만 그래도 삶의 터전인 농촌을 떠나지 못하는 소작농민이거나, 이런 농촌을 등지고 떠났으나 도시에 나와서 마땅한 일자리를 잡지 못해 도시 빈민층으로 살아가는 사람들이다. 김유정은 이처럼 식민지라는 사회체제 안에서 선택의 여지없이 사회적·경제적으로 몰락해버린 하층민의 삶을 예리하게 포착해냄으로 뛰어난 현실 인식을 보여주고 있다.
　특히 그는 당시의 하층민들의 일상을 구체적으로 묘사함으로 그들의 궁핍한 현실과 그에 대한 분노와 자각, 그리고 좌절과 불안 등을 잘 보여주며, 이들이 왜 삶의 터전인 농촌을 버리고 유랑하거나 도시 빈민층으로 전락해야만 했는가, 또 왜 도박, 매춘 등의 범죄 행위에 빠질 수밖에 없었는가 등에 대한 답을 이야기하려 했다.
　그렇지만 이런 문제들에 대해 예리하게 포착을 하고 있으면서도 프로문학에서처럼 경직된 이데올로기나 주장을 통해 제시하기보다는, 낭만과 해학을 통해 작품 속에 용해시킴으로 더욱 감화력 있게 독자에게 전달하고 있다. 물론 이런 점을 가리켜 사회 현실의 심각성을 외면한 것이라고 한 평가도 있으나 이는 문학이 신문 기사나 논설문이 아닌 이상에 다양한 예술적 접근이 가능하다는 점에서 지나친 비판이 아닌가 한다.

　이제 김유정 작품의 가장 큰 특징 중 하나로 꼽히는 해학에 대해 생각해 보자. 그의 해학은 당대 하층민들이 주로 사용하던 사투리, 비속어, 육담 등과 희화적으로 제시된 인물들에 의해서 만들어진다. 또한 상황과 언어에 의한 아이러니가 작품 전체에 해학적 요소로 기능하기도 한다.

　그의 작품에서 유발되는 웃음은 단순한 웃음으로 파악하기 어려운 면이 있다. 왜냐하면 그는 웃음을 당대의 비극적 사회 구조를 폭로하는 장치로 사용하고 있기 때문이다. 그래서 평자들이 유정의 작품에서의 웃음은 그 이면에 눈물이 감추어져 있다고 말하기도 한다. 즉 그 웃음은 비참한 현실의 고통과 아픔을 잠시 잊게 해주지만, 이는 잠시 잊게 해주는 것일 뿐 작품에서 예리하게 포착한 현실은 여전히 현실로 존재하여 비참한 삶을 계속 살아가도록 강요하고 있기 때문에 웃음 뒤에는 더욱 큰 슬픔이 올 수밖에 없는 것이다.

　한편 김유정 소설에서 두드러지게 나타나는 또 하나의 특징은 문체이다. 정리해보면 다음과 같다.

　첫째, 농민들이 일상적으로 사용하는 토속어, 비속어의 구사 및 하층민들의 관용어구의 사용이다. 이는 이들의 삶을 사실적으로 보여줌과 동시에 작품에 활력을 더해주는 역할을 한다. 아울러 이런 어휘 구사는 작품의 해학적 효과를 가져오기도 한다.

　둘째, 판소리가 갖는 구연체口演體의 특징이다. 작품의 서술자는 종종 판소리 창자唱者들이 주로 사용하던 '-것다' '-는구나' 등의 종결어미를 사용한다. 이는 시점상의 특징과 아울러 김유정 문학이 민중의 구체적 삶을 여실히 전해주는 구비문학의 전통을 이어받고 있다는 것을 보여준다.

　셋째, 문장에서 한정과 수식의 기능을 하는 부사와 형용사, 특히 의성어와 의태어의 사용이 풍부하다. 이는 작품에 사실성과 활력을 심어주기 위한 장치로 보인다.

　김유정은 일제치하의 비참한 현실과 그 현실 속에서 허덕이는 우리 민족의 모습을 그리고 있으면서도 직접적으로 감정을 자극하여 비분강개에 빠지게 하지 않고 현실에서 한 발짝 물러나와 예술적으로 형상화하여 현실을 정확하게 묘파하면서도 그것을 문학적으로 잘 승화시키는 데 성공한 작가로 평가할 수 있을 것이다.

동백꽃

오늘도 또 우리 숫탉이 막 쪼키였다.¹ 내가 점심을 먹고 나무를 하러 갈 양으로 나올 때이었다. 산으로 올라스랴니까 등 뒤에서 푸드득, 푸드득, 하고 닭의 횃소리가 야단이다. 깜짝 놀라며 고개를 돌려보니 아니나 다르랴 두 놈이 또 얼리었다.²

점순네 숫탉(은 대강이가 크고 똑 오소리같이 실팍하게³ 생긴 놈)이 덩저

---

* 이 작품에 등장하는 '동백꽃'은 우리가 흔히 알고 있는 '동백나무'의 꽃이 아닌 것으로 보인다. 우리가 흔히 알고 있는 '동백나무'는 차나무과에 속하는 늘푸른 작은키나무로 남해안에 주로 서식하는데, 보통 '산다화(山茶花)'라고도 부르며 겨울에 붉은빛의 꽃을 피우다가 봄이 되면 지기 시작한다. 따라서 작품의 내용과 맞지 않는다. 그렇다면 이 작품의 '동백꽃'은 어떤 식물일까? 이는 강원도에 널리 산재해 있는 '생강나무'를 지칭한 것으로 보인다. 생강나무는 이른 봄철 꽃이 제일 먼저 피는 나무로 산수유 꽃을 닮은 노란 꽃이 개나리보다 화사하게 피어 봄을 재촉한다. 가지를 꺾으면 생강과 비슷한 냄새가 나기 때문에 생강나무라 불리운다. 이 나무는 녹나무과에 딸린 낙엽떨기나무로 개동백, 황매목, 단향매, 새양나무, 아기나무 등의 여러 이름으로 불리기도 한다. 작품의 내용을 생각해볼 때 이 작품의 '동백꽃'은 '생강나무'인 것이 분명해 보인다.

* 어휘 풀이는 국립국어원 표준국어대사전과 네이버 사전, 이외 여러 매체를 참고함.

1 쪼키다 : 쪼이다
2 얼리다 : 서로 얽히게 되다
3 실팍하다 : 사람이나 물건 등이 보기에 믿음직스럽게

리[4] 적은 우리 숫탉을 함부루 해내는[5] 것이다. 그것도 그냥 해내는 것이 아니라 푸드득, 하고 면두[6]를 쪼고 물러섰다가 좀 사이를 두고 또 푸드득, 하고 모가지를 쪼았다. 이렇게 멋을 부려가며 여지없이 닦아놓는다. 그러면 이 못생긴 것은 쪼일 적마다 주둥이로 땅을 받으며 그 비명이 킥, 킥, 할 뿐이다. 물론 미처 아물지도 않은 면두를 또 쪼키어 붉은 선혈은 뚝 뚝 떨어진다.

이걸 가만히 내려다보자니 내 대강이가 터져서 피가 흐르는 것같이 두 눈에서 불이 버쩍 난다. 대뜸 지게막대기를 메고 달겨들어 점순네 닭을 후려칠까 하다가 생각을 고쳐먹고 헷매질[7]로 떼어만 놓았다.

이번에도 점순이가 쌈을 붙여놨을 것이다. 바짝 바짝 내 기를 올리느라고 그랬음에 틀림없을 것이다. 고놈의 계집애가 요새로 들어서서 왜 나를 못 먹겠다고 고렇게 아르릉거리는지 모른다.

나흘 전 감자쪼간[8]만 하더라도 나는 저에게 조곰도 잘못한 것은 없다. 계집애가 나물을 캐러 가면 갔지 남 울타리 엮는데 쌩이질[9]을 하는 것은 다 뭐냐. 그것도 발소리를 죽여가지고 등 뒤로 살며시 와서

"얘! 너 혼자만 일하니?" 하고 긴치 않은 수작을 하는 것이다.

어제까지도 저와 나는 이야기도 잘 않고 서로 만나도 본척 만척하고 이렇게 점잖게 지내던 터이련만 오늘로 갑작소리 대견해졌음은 웬일인

---

4 덩저리 : 몸집
5 해내다 : 상대방을 여지없이 이겨 내는
6 면두 : 볏. 닭 같은 새의 이마 위에 세로로 붙은 살 조각
7 헷매질 : 헛매질. 매로 때리는 시늉만 하는 것
8 쪼간 : 어떤 일, 사건, 문제
9 쌩이질 : 바쁠 때에 쓸데없는 일로 남을 귀찮게 구는 짓. '씨앙이질'의 준말

가. 항차[10] 망아지만한 계집애가 남 일하는 놈보구—

"그럼 혼자 하지 떼루 하듸?"

내가 이렇게 내배앝는 소리를 하니까

"너 일하기 좋니?"

또는

"한여름이나 되거던하지 벌써 울타리를 하니?"

잔소리를 두루 늘어놓다가 남이 들을까봐 손으로 입을 틀어막고는 그 속에서 깔깔대인다. 별루 우스울 것도 없는데 날씨가 풀리더니 이놈의 계집애가 미쳤나 하고 의심하였다. 게다가 조곰 뒤에는 즈집께를 할금할금[11] 돌아다보더니 행주치마의 속으로 꼈던 바른손을 뽑아서 나의 턱밑으로 불쑥 내미는 것이다. 언제 구웠는지 아직도 더운 김이 홱 끼치는 굵은 감자 세 개가 손에 뿌듯이 쥐었다.

"느집인 이거 없지" 하고 생색있는 큰소리를 하고는 제가 준 것을 남이 알면은 큰일 날 테니 여기서 얼른 먹어버리란다. 그리고 또 하는 소리가

"너 봄감자가 맛있단다"

"난 감자 안 먹는다, 니나 먹어라"

나는 고개도 돌리랴지 않고 일하던 손으로 그 감자를 도루 어깨너머로 쑥 밀어버렸다.

그랬더니 그래도 가는 기색이 없고 뿐만 아니라 쌔근쌔근 하고 심상치 않게 숨소리가 점점 거칠어진다. 이건 또 뭐야, 싶어서 그때에야 비로소 돌아다 보니 나는 참으로 놀랬다. 우리가 이 동리에 들어온 것은 근 삼

---

10 항차 : 하물며
11 할금할금 : 곁눈으로 힐끗 자꾸 쳐다보는 모양.

년째 되어오지만 여지껏 가므잡잡한 점순이의 얼굴이 이렇게까지 홍당무처럼 샛빨개진 법이 없었다. 게다 눈에 독을 올리고 한참 나를 요렇게 쏘아보더니 나중에는 눈물까지 어리는 것이 아니냐. 그리고 보구니를 다시 집어 들더니 이를 꼭 악물고는 엎더질듯 자빠질듯 논둑으로 힁하게 달아나는 것이다.

어쩌다 동리 어른이

"너 얼른 시집을 가야지?" 하고 웃으면

"염녀마서유 갈때되면 어련히 갈라구—"

이렇게 천연덕스리 받는 점순이었다. 본시 부끄럼을 타는 계집애도 아니거니와 또한 분하다고 눈에 눈물을 보일 얼병이[12]도 아니다. 분하면 차라리 나의 등허리를 보구니로 한번 모지게 후려쌔리고 달아날지언정.

그런데 고약한 그 꼴을 하고 가더니 그 뒤로는 나를 보면 잡아먹을랴고 기를 복복 쓰는 것이다.

설혹 주는 감자를 안 받아 먹은 것이 실례라 하면 주면 그냥 주었지 "느집엔 이거 없지"는 다 뭐냐. 그렇잖어도 저희는 마름[13]이고 우리는 그 손에서 배재[14]를 얻어 땅을 부치므로[15] 일상 굽신거린다. 우리가 이 마을에 처음 들어와 집이 없어서 곤란으로 지날 제 집터를 빌리고 그 위에 집을 또 짓도록 마련해준 것도 점순네의 호의이었다. 그리고 우리 어머니 아버지도 농사때 양식이 딸리면 점순네한테 가서 부지런히 꾸어다 먹으

---

12 얼병이 : '얼간이'와 같은 뜻. 됨됨이가 똑똑하지 못하고 모자라는 사람의 별명
13 마름 : 지주를 대신해서 소작권을 관리하는 사람
14 배재 : '배지'의 사투리로 '패지(牌旨)'에서 온 말. 지위가 높은 사람이 낮은 사람에게 공식적으로 주는 글발. 소작권을 위임하는 문서로 보아야 하나, 문맥상으로는 '소작권'의 뜻인 것으로 보임
15 부치다 : 논밭을 이용해서 농사를 짓다

면서 인품 그런 집은 다시 없으리라고 침이 마르도록 칭찬하고 하는 것이다. 그러면서도 열일곱씩이나 된 것들이 수군수군하고 붙어 다니면 동리의 소문이 사납다고 주의를 시켜준 것도 또 어머니였다. 왜냐하면 내가 점순이하고 일을 저질렀다는 점순네가 노할 것이고 그러면 우리는 땅도 떨어지고 집도 내쫓기고 하지 않으면 안 되는 까닭이었다.

그런데 이놈의 계집애가 까닭 없이 기를 복복 쓰며 나를 말려죽일랴고 드는 것이다.

눈물을 흘리고 간 그 담날 저녁나절이었다. 나무를 한 짐 잔뜩 지고 산을 나려오려니까 어디서 닭이 죽는 소리를 친다. 이거 뉘집에서 닭을 잡나, 하고 점순네 울 뒤로 돌아오다가 나는 고만 두 눈이 똥그랬다. 점순이가 저희집 봉당[16]에 홀로 걸터앉었는데 아 이게 치마 앞에다 우리 씨암닭을 꼭 붙들어놓고는

"이놈의 닭! 죽어라 죽어라"

요렇게 암팡스럽[17] 패주는 것이 아닌가. 그것도 대가리나 치면 모른다마는 아주 알도 못 나라고 그 볼기짝께를 주먹으로 콕콕 쥐여박는 것이다.

나는 눈에 쌍심지가 오르고[18] 사지가 부르르 떨렸으나 사방을 한번 휘 돌아보고야 그제서 점순이집에 아무도 없음을 알았다. 잡은참 지게막대기를 들어 울타리의 중툭[19]을 후려치며

"이놈의 계집애! 남의닭 알 못나라구 그러니?" 하고 소리를 빽 질렀다.

---

16 봉당 : 마루가 있어야 할 자리를 흙바닥 그대로 둔 곳
17 암팡스럽다 : 야무지고 다부지다
18 쌍심지가 오르다 : 몹시 화가 나다
19 중툭 : 중턱. 산이나 고개·바위의 허리쯤 되는 곳

그러나 점순이는 조곰도 놀라는 기색이 없고 그대로 의젓이 앉아서 제 닭 가지고 하듯이 또 죽어라, 죽어라, 하고 패는 것이다. 이걸 보면 내가 산에서 나려올 때를 겨냥해가지고 미리부터 닭을 잡아가지고 있다가 네 보란드키 내 앞에 쥐지르고 있음이 확실하다.

그러나 나는 그렇다고 남의 집에 튀어들어가 계집애하고 싸울 수도 없는 노릇이고 형편이 썩 불리함을 알았다. 그래 닭이 맞을 적마다 지게막대기로 울타리나 후려칠 수밖에 별 도리가 없다. 왜냐하면 울타리를 치면 칠수록 울섶[20]이 물러앉으며 뼈대만 남기 때문이다. 허나 아무리 생각하여도 나만 밑지는 노릇이다.

"아 이년아! 남의닭 아주 죽일터이냐?"

내가 도끼눈을 뜨고 다시 꽥 호령을 하니까 그제서야 울타리께로 쪼루루 오더니 울 밖에 섰는 나의 머리를 겨누고 닭을 내팽개친다.

"에이 더럽다! 더럽다!"

"더러운걸 널더러 입때 끼고 있으랬니? 망할 게집애년 같으니" 하고 나도 더럽단 듯이 울타리께를 힝하게 돌아나리며 약이 오를 대로 다 올랐다. 라고 하는 것은 암닭이 풍기는 서슬[21]에 나의 이마빼기에다 물찍똥[22]을 찍 깔겼는데 그걸 본다면 알집만 터졌을 뿐 아니라 골병은 단단이 든 듯싶다.

그리고 나의 등 뒤를 향하야 나에게만 들릴듯 말듯한 음성으로

"이 바보녀석아!"

---

20 울섶 : 울타리 만드는데 쓰는 섶나무
21 서슬 : 강하고 날카로운 기세
22 물찍똥 : 죽죽 내 쏘는 묽은 똥

"얘! 너 배내병신[23]이지?"

그만도 좋으련만

"얘! 너 느아버지가 고자라지?"

"뭐? 울아버지가 그래 고자야?" 할 양으로 열벙거지[24]가 나서 고개를 홱 돌리어 바라봤더니 그때까지 울타리 위로 나와 있어야 할 점순이의 대가리가 어디 갔는지 보이지를 않는다. 그러다 돌아서서 오자면 아까에 한 욕을 울 밖으로 또 퍼붓는 것이다. 욕을 이토록 먹어가면서도 대거리 한 마디 못 하는 걸 생각하니 돌뿌리에 채키어 발톱 밑이 터지는 것도 모를 만치 분하고 급기에는 두 눈에 눈물까지 불끈 내솟는다.

그러나 점순이의 침해는 이것뿐이 아니다.

사람들이 없으면 틈틈이 저의집 숫탉을 몰고 와서 우리 숫탉과 쌈을 붙여놓는다. 저의 집 숫탉은 썩 흠상궂게 생기고 쌈이라면 홰를 치는[25] 고로 의례히 이길 것을 알기 때문이다. 그래서 툭하면 우리 숫탉이 면두며 눈깔이 피로 흐드르하게 되도록 해놓는다. 어떤 때에는 우리 숫탉이 나오지를 않으니까 요놈의 계집애가 모이를 쥐고 와서 꼬여내다가 쌈을 붙인다.

이렇게 되면 나도 다른 배채[26]를 채리지 않을 수 없다. 하루는 우리 숫탉을 붙들어가지고 넌지시 장독께로 갔다. 쌈닭에게 꼬추장을 먹이면 병든 황소가 살모사를 먹고 용을 쓰는 것처럼 기운이 뻗친다 한다. 장독에서 꼬추장 한 접시를 떠서 닭의 주둥아리께로 디려밀고 먹여보았다. 닭도

---

23 배내병신 : 배냇병신. 선천성 기형
24 열벙거지 : 화나고 분이 나는 것을 일컫는 말
25 홰를 치다 : 매우 좋아하다
26 배채(排次) : 차례를 정함, 혹은 그 차례. 여기서는 문맥상 '대책'의 뜻인 듯

꼬추장에 맛을 들렸는지 거슬리지 않고 거진 반 접시 턱이나 곧잘 먹는다.

그리고 먹고 금세는 용을 못쓸 터이므로 얼마쯤 기운이 돌도록 홰[27] 속에다 가두어두었다.

밭에 두엄을 두어 짐 저내고나서 쉴 참에 그 닭을 안고 밖으로 나왔다. 마침 밖에는 아무도 없고 점순이만 저의 울 안에서 헌 옷을 뜯는지 혹은 솜을 터는지 옹크리고 앉아서 일을 할 뿐이다.

나는 점순네 숫탉이 노는 밭으로 가서 닭을 내려놓고 가만히 맥을 보았다. 두 닭은 여전히 얼리어 쌈을 하는데 처음에는 아무 보람이 없다. 멋지게 쪼는 바람에 우리 닭은 또 피를 흘리고 그러면서도 날개죽찌만 푸드득, 푸드득, 하고 올라뛰고 뛰고 할 뿐으로 제법 한 번 쪼아보도 못한다.

그러나 한 번엔 어쩐 일인지 용을 쓰고 펄쩍 뛰더니 발톱으로 눈을 하비고[28] 나려오며 면두를 쪼았다. 큰닭도 여기에는 놀랐는지 뒤로 멈씰하며[29] 물러난다. 이 기회를 타서 적은 우리 숫탉이 또 날쌔게 덤벼들어 다시 면두를 쪼니 그제서는 감때사나운[30] 그 대강이에서도 피가 흐르지 않을 수 없다.

옳다 알았다 꼬추장만 먹이면은 되는구나, 하고 나는 속으로 아주 쟁그러워[31] 죽겠다. 그때에는 뜻밖에 내가 닭쌈을 붙여놓는데 놀라서 울 밖으로 내다보고 섰던 점순이도 입맛이 쓴지 살을 찌프렸다.

---

27 홰 : 새장이나 닭장 속에 닭이 올라앉게 가로로 놓은 나무 막대
28 하비다 : 손톱이나 날카로운 물건으로 조금 긁어 파다
29 멈씰하다 : '멈칫하다'의 사투리인 듯
30 감때사납다 : 억세고 사납다
31 쟁그럽다 : 고소하다

나는 두 손으로 볼기짝을 두드리며 연팡

"잘한다! 잘한다!" 하고 신이 머리끝까지 뻗치었다.

그러나 얼마 되지 않아서 나는 넋이 풀리어 기둥같이 묵묵히 서 있게 되었다. 왜냐면 큰닭이 한번 쪼이킨 앙갚으로리 허들갑스리 연거퍼 쪼는 서슬에 우리 숫닭은 찔끔 못하고 막 곯는다. 이걸 보고서 이번에는 점순이가 깔깔거리고 되도록 이쪽에서 많이 들으라고 웃는 것이다.

나는 보다 못하야 덤벼들어서 우리 숫닭을 붙들어가지고 도로 집으로 들어왔다. 꼬추장을 좀더 먹였더라면 좋았을걸 너무 급하게 쌈을 붙인 것이 퍽 후회가 난다. 장독께로 돌아와서 다시 턱밑에 꼬추장을 디려댔다. 흥분으로 말미암아 그런지 당최 먹질 않는다.

나는 하릴없이 닭을 반듯이 눕히고 그 입에다 권연물쭈리[32]를 물리었다. 그리고 꼬추장 물을 타서 그 구녁으로 조곰씩 디려부었다. 닭은 좀 괴로운지 킥킥하고 재채기를 하는 모양이나 그러나 당장의 괴로움은 매일같이 피를 흘리는 데 댈 게 아니라 생각하였다.

그러나 한 두어 종지가량 꼬추장물을 먹이고 나서는 나는 고만 풀이 죽었다. 싱싱하던 닭이 왜 그런지 고개를 살며시 뒤틀고는 손아귀에서 뻐드러지는 것이 아닌가. 아버지가 볼까 봐서 얼른 홰에다 감추어 두었더니 오늘 아침에서야 겨우 정신이 든 모양 같다.

그랬던 걸 이렇게 오다 보니까 또 쌈을 붙여놨으니 이 망한 계집애가 필연 우리집에 아무도 없는 틈을 타서 제가 들어와 홰에서 꺼내가지고 나간 것이 분명하다.

나는 다시 닭을 잡아다 가두고 염려는 스러우나 그렇다고 산으로 나무를 하러 가지 않을 수도 없는 형편이었다.

---

32 권연물쭈리 : 궐련을 끼워 입에 물고 빠는 물건

소나무 삭정이[33]를 따며 가만히 생각해보니 암만해도 고년의 목쟁이[34]를 돌려놓고 싶다. 이번에 나려가면 망할년 등줄기를 한번 되게 후려치겠다, 하고 싱둥겅둥[35] 나무를 지고는 부리나케 나려왔다.

거지반 집께 다 내려와서 나는 호들기[36]소리를 듣고 발이 딱 멈추었다. 산기슭에 늘려 있는 굵은 바윗돌틈에 노란 동백꽃이 소보록허니 깔리었다. 그 틈에 끼여 앉아서 점순이가 청승맞게스리 호들기를 불고 있는 것이다. 그보다 더 놀란 것은 그 앞에서 또 푸드득, 푸드득, 하고 들리는 닭의 횃소리다. 필연코 요년이 나의 약을 올리느라고 또 닭을 집어내다가 내가 나려올 길목에다 쌈을 시켜놓고 저는 그 앞에 앉아서 천연스리 호들기를 불고 있음에 틀림없으리라.

나는 약이 오를대로 다 올라서 두 눈에서 불과 함께 눈물이 퍽 쏟아졌다. 나뭇지게도 벗어놀 새 없이 그대로 내동댕이치고는 지게막대기를 뻗치고 허둥지둥 달겨들었다.

가차히[37] 와보니 과연 나의 짐작대로 우리 숫닭이 피를 흘리고 거의 빈사[38]지경에 이르렀다. 닭도 닭이려니와 그러함에도 불구하고 눈 하나 깜짝 없이 고대로 앉아서 호들기만 부는 그 꼴에 더욱 치가 떨린다. 동리에서도 소문이 났거니와 나도 한때는 걱실걱실[39]이 일 잘하고 얼굴 이뿐 계

---

33 삭정이 : 산 나무에 붙어 있는, 말라 죽은 가지
34 목쟁이 : 목
35 싱둥겅둥 : 건성건성
36 호들기 : 호드기. 버들피리
37 가차히 : 가까이
38 빈사 : 반죽음
39 걱실걱실이 : 성질이 너그러워 언행이 시원시원하게

집애인 줄 알았더니 시방 보니까 그 눈깔이 꼭 여호[40]새끼 같다.

  나는 대뜸 달겨들어서 나도 모르는 사이에 큰 숫탉을 단매[41]로 때려엎었다. 닭은 푹 엎어진 채 대리[42] 하나 꼼짝 못하고 그대로 죽어 버렸다. 그리고 나는 멍허니 섰다가 점순이가 매섭게 눈을 홉뜨고 닥치는 바람에 뒤로 벌렁 나자빠졌다.

  "이놈아! 너 왜 남의 닭을 때려죽이니?"

  "그럼어때?" 하고 일어나다가

  "뭐 이자식아! 누집 닭인데?" 하고 복장[43]을 떼미는 바람에 다시 벌렁 자빠졌다. 그러고 나서 가만히 생각을 하니 분하기도 하고 무안도 스럽고 또 한편 일을 저질렀으니 인젠 땅이 떨어지고 집도 내쫓기고 해야 될는지 모른다.

  나는 비슬비슬[44] 일어나며 소맷자락으로 눈을 가리고는 얼김에 엉, 하고 울음을 놓았다. 그러다 점순이가 앞으로 다가와서

  "그럼 너 이담부텀 안그럴터냐?" 하고 물을 때에야 비로소 살 길을 찾은 듯 싶었다. 나는 눈물을 우선 씻고 뭘 안 그러는지 명색도 모르건만

  "그래!" 하고 무턱대고 대답하였다.

  "요담부터 또 그래봐라 내 자꾸 못살게 굴터니?"

  "그래그래, 인젠 안그럴테야!"

  "닭 죽은건 염려마라 내 안이를테니"

---

40 여호 : 여우
41 단매 : 단 한 번 때리는 매
42 대리 : 다리
43 복장 : 가슴 한복판
44 비슬비슬 : 힘없이 계속 비틀거리는 모양

그리고 뭣에 떠다밀렸는지 나의 어깨를 짚은 채 그대로 픽 쓰러진다. 그 바람에 나의 몸뚱이도 겹쳐서 쓰러지며 한창 피어 퍼드러진 노란 동백꽃 속으로 폭 파묻혀버렸다.

알싸한[45] 그리고 향긋한 그 내움새에 나는 땅이 꺼지는 듯이 온 정신이 고만 아찔하였다.

"너말말아?"

"그래!"

조곰 있더니 요 아래서

"점순아! 점순아! 이년이 바누질을 하다말구 어딜 갔어?" 하고 어딜 갔다 온 듯 싶은 그 어머니가 역정이 대단히 났다.

점순이가 겁을 잔뜩 집어먹고 꽃 밑을 살금살금 기어서 산 알로[46] 나려간 다음 나는 바위를 끼고 엉금엉금 기어서 산 위로 치빼지 않을 수 없었다.

(1936.5, 조광)

---

45 알싸하다 : 매운맛 혹은 독한 냄새 등으로 콧속이나 혀끝이 알알하다
46 산 알로 : 산 아래로

작품 해설

작품의 개관

「동백꽃」은 1936년 『조광』 5월호에 발표되었다. 어리숙하고 덜 성숙된 작중 화자 '나'와 적극적이며 조숙한 '점순'을 주인공으로 하여 성적 본능을 통해 청소년의 성숙해 가는 과정을 아름다운 농촌 배경과 함께 낭만적으로 그리고 있는 작품이다.

점순이는 닭싸움을 통해 자신의 애정을 역설적으로 드러낸다. 그러나 이에 대해 어리숙하고 덜 성숙된 화자는 그 이유를 깨닫지 못하여 갈등을 심화시키고 이것이 작품의 극적 재미와 긴장을 가져온다. 화가 나서 우발적으로 점순의 닭을 죽이고 울어버린 화자의 순박함과 이런 상황에서 보여지는 점순의 영악함, 그리고 동백꽃에 넘어지는 행위를 통한 갈등의 해소 등이 이 작품에 해학성을 부여한다.

이 해학성이 바로 김유정 소설의 미학을 형성하는 하나의 중요한 축이다. 이 작품을 통해서도 확인이 되지만, 김유정 소설에 있어서 해학은 단순한 재미를 넘어서 그 안에 대상에 대한 따뜻한 마음을 동반하고 있다. 그렇기에 그의 소설은 처음부터 심각한 태도로 접근되기를 거부하고 보다 편안하고 따뜻한 마음으로, 미소를 지으며 즐길 수 있도록 한다.

그런데 김유정은 왜 이 작품에서 화자와 점순이 사이의 갈등을 닭싸움이라는 소재를 채택하여 전개하고 있는 것일까? 본래 수탉의 싸움이라는 것이 암탉에 대한 성적 기득권을 획득하기 위한 헤게모니 쟁탈전의 성격이 강하다는 점을 생각할 때 작가의 의도를 짐작할 수 있다. 점순이는 이 닭싸움을 통해 성적 도발을 유도하고 있는 것이다.

점순이가 화자에게 자기의 애정을 표현했으나 화자의 어리숙함과 미성숙 탓에 전달되지 않게 되자 닭싸움을 통해 대리만족을 하려 하는 것이다. 결국 이런 현상은 점순이를 교화자적 위치에, 화자를 수혜자적 위치에 자리매김하여, 점순이가 소년의 성장을 견인하도록 하고 있다.

한편 이 작품은 역순행적 구성방식을 사용하고 있음에 주목해보자. 작품의 시작 장면이 닭싸움이다. 그리고 나흘 전으로 거슬러 올라간다. 이런 구성 방식으로 과거와 현재를 연결하면서 사건의 인과관계를 보다 자연스럽게 전해줄 뿐만 아니라 인물의 성격이나 행동의 필연성을 효과적으로 부각하고 있다.

끝으로 이 작품은 김유정의 여타 작품처럼 특유의 토속어 구사와 농촌의 풍속 및 생활상의 제시를 통해 토속성을 드러냄으로 그의 독특한 작품 세계를 잘 보여 주고 있다. 또한 둘 사이의 갈등에 계층의 문제보다는 성격 차이와 성숙도의 차이가 핵심적인 요소로 개입되고 있기는 하지만 작품의 기저에는 역시 김유정 문학의 특징 중의 하나라 할 수 있는 계층의 문제가 존재하고 있다. 즉 점순이의 적극적인 성격과 화자의 소극적인 성격은 이 계층 차이에서 기인하는 것으로 보인다. 또 점순이가 구운 감자를 주면서 생색을 내는 것이 마땅치 않은 것, 그래서 감자 받기를 거절하는 행동은 이런 계층 차에서 오는 열등감 혹은 지주에 대한 적대감이 그 기저에 깔려 있다고 보아야 할 것이다. 이렇게 본다면 결말 부분에서 두 사람이 각기 반대 방향으로 헤어지는 것은 이 계층 차이가 둘 사이의 화해를 불가능하게 하는 암시로 해석될 수도 있다.

그러나 김유정은 카프를 중심으로 한 프로 문학과는 달리 이런 문제를 이데올로기를 내세운 경직된 언어로 제시하지 않고 예술적 차원에서 풀어내고 있다는 점이 문학사에서 높이 평가된다.

작품 읽기의 주안점

1. 이 작품에 등장하는 나와 점순이의 성격을 파악하며 읽어보자.
2. 이 작품의 갈등 구조를 살펴보고, 이 갈등의 양상을 어떤 구성방식에 의해 효과적으로 제시하고 있는지 생각하면서 읽어보자.
3. 이 작품에 등장하는 '닭싸움'의 의미는 무엇인지 생각하며 읽어보자.
4. 이 작품이 아이러니에 의해 사건이 발전되고 있다고 본다면 어떤 면에서 그러한지 생각해보면서 읽어보자.
5. 이 작품의 제목을 왜 '동백꽃'으로 했는지 생각해보자.
6. 이 작품을 통해 김유정 소설의 특징과 아름다움을 발견해 보자.

작품을 읽고 생각해 봅시다

01 결말 부분에 등장하는 '노란 동백꽃'은 작품에서 어떤 기능을 하고 있는지 생각해보자.

「동백꽃」의 마지막 장면에서, 동백꽃이 흐드러지게 핀 산자락에서 나와 점순의 몸이 겹친 채로 쓰러지는 장면은 노란 동백꽃이 핀 서정적 배경과 어울려 그들의 사랑을 아름답고 건강한 것으로 부각시킨다. 또한 동백꽃의 알싸하고 향긋한 냄새는 꽃의 냄새이기도 하지만, 그 장면에서 부각된 사랑의 느낌을 감각적으로 표현한 것으로도 볼 수 있다.

이 작품에서 성(性)에 대해 비교적 노골적으로 그리고 있지만 그것이 천박하거나 자극적으로 느껴지지 않는 것은 바로 노란 동백꽃과 같은 서정적 배경과 분위기 속에서 모든 사건과 행동들이 진행되고 있기 때문이다.

02 이 작품의 큰 특징으로 '아이러니'를 꼽는다. 그렇다면 이 작품에 나타나는 아이러니의 특징은 무엇이며, 그 구체적인 예는 어떤 것인지 찾아 제시해보자.

이 작품에서는 의사소통 과정에서 상황적 의미와 언어적 의미가 교묘하게 서로 어긋나면서 아이러니를 만들어내고 있다.

예를 들면, 점순이가 "얘 너 혼자만 일하니?"라고 한 것은 '너희 집에 혼자 있니?'라고 묻는 것인데 화자는 이를 곧이곧대로 받아들여 "그럼 혼자하지 떼루하듸?"하며 어이없는 반응을 보인다. 점순이의 "한여름이나 되거든 하지 벌써 울타리를 하니?"라는 말은 '그만 일하고 놀자'는 뜻인데, 화자는 그것을 눈치채지 못하고 계속 일만 하니까 점순이가 혼자 웃는다. 이렇듯 점순이와 화자 사이에 의사소통이 원활하게 이루어지지 않는다. 또 점순이가 "너 봄 감자 맛있단다"라고 한 것은 귀한 봄 감자를 주는 자신의 호의를 알아 달라는 것이었는데 "난 감자 안 먹는다. 네나 먹어라"하며 퉁명을 부림으로 점순이의 마음에 상처를 준다.

그렇기에 점순이는 자신의 답답함을 해소하고 동시에 화자의 관심을 끌기 위해 닭싸움을 시키게 된다. 그러나 여기서도 화자는 점순의 의도를 눈치채지 못하고 자기집 씨암탉이 알을 낳지 못할까봐 걱정만 한다.

이뿐 아니다. 화자의 어머니가 "열일곱씩이나 된 것들이 수군수군하고 붙어 다니면 동네의 소문이 사납다"고 주의를 주는 장면에서 어머니는 점순이와의 연애를 이야기하는 것인데, 화자는 어머니의 진의를 이해하지 못한다.

03 이 작품을 읽고 문체상의 특징을 찾아 정리해보자.

이 작품에서는 다른 작품과 다른 문체상의 특징을 발견할 수 있는데, 정리해보면 다음과 같다. 첫째, 친근한 구어체를 사용하고 있다. 〈주면 그냥 주었지 '느 집에 이거 없지'는 다 뭐냐.〉

둘째, 운율감을 살려 가면서 과장되게 표현하고 있다. 〈엎어질 듯 자빠질 듯 논둑으로 향해 달아나는 것이다.〉

셋째, 비속어를 사용하여 이야기하는 대상과 거리감을 좁히고 있다. 〈망아지만한 계집애가 남 일하는 놈 보구...〉

넷째, 이야기하는 사람의 주관적인 감정을 대상에 투사하여 이야기하고 있다. 〈시방 보니까 그 눈깔이 꼭 여우새끼 같다.〉

다섯째, 작가 자신의 어조가 아닌 작중 인물인 '나'의 어조를 취함으로써 해학성을 드러내고 있다. 즉 점순이의 행동과 말 속에서 그녀의 진심을 전혀 눈치 채지 못하는 어리숙하고 미성숙한 수준에 있는 화자를 내세워 사건을 서술함으로 화자의 행동과 말이 당연한 것으로 보이게 하는 것으로 해학적인 어조를 형성하고 있다.

04 화자와 점순이의 관심사가 다르다. 각각 어떤 관심사를 가지고 있는지 생각해보자.

점순은 처음부터 끝까지 성에 관심을 가지고 있다. 조숙했던 점순은 화자에 대한 애정을 갖게 되었고 그 애정을 성취하기 위해 여러 가지 시도를 하고 있다. 반면에 화자는 아직 성에 눈을 뜨지 못해서 이런 애정 표현을 이해하지 못하고 오직 경제적인 문제에 계속적으로 관심을 보이고 있다. 그렇기 때문에 닭싸움에서도 자신의 씨암탉이 알을 낳지 못할까 걱정하는 것이고, 점순이네 닭을 죽였을 때도 소작땅도 떨어지고 집도 내쫓기게 될까봐 울음을 터뜨린 것이다.

05 점순이의 화자에 대한 애정의 정도를 짐작할 수 있게 하는 소재는 무엇인가?

감자이다. 그런데 보통의 감자가 아니다. 더운 김이 홱 끼치는, 손에 뿌듯이 쥐어지는 굵은 감자이다. 이는 있는 감자를 그냥 가져온 것이 아니라 가장 크고 좋은 감자를 골라 따뜻할 때 먹게 하려고 애쓴 흔적이 역력한, 즉 애정의 산물인 것이다. 이런 부분을 통해 점순이의 화자에 대한 애정의 정도를 짐작할 수 있다.

봄·봄

"장인님! 인젠 저—"

내가 이렇게 뒤통수를 긁고 나이가 찼으니 성례¹를 시켜줘야 하지 않겠느냐고 하면 그 대답이 늘

"이자식아! 성예구뭐구 미처 자라야지—" 하고 만다. 이 자라야 한다는 것은 내가 아니라 장차 내 아내가 될 점순이의 키 말이다.

내가 여기에 와서 돈 한 푼 안 받고 일하기를 삼 년하고 꼬박이 일곱 달 동안을 했다. 그런데도 미처 못 자랐다니까 이 키는 언제야 자라는 겐지 짜증² 영문 모른다. 일을 좀 더 잘해야 한다든지 혹은 밥을(많이 먹는다고 노상 걱정이니까) 좀 덜 먹어야 한다든지 하면 나도 얼마든지 할 말이 많다. 허지만 점순이가 안죽³ 어리니까 더 자라야 한다는 여기에는 어쨰볼 수 없이 고만 벙벙하고 만다.

이래서 나는 애최 계약이 잘못된 걸 알았다. 이태면 이태, 삼 년이면

---
1 성례 : 혼인의 예식
2 짜증 : 짜장. 정말로
3 안죽 : 아직

삼 년, 기한을 딱 작정하고 일을 해야 원 할 것이다. 덮어놓고 딸이 자라는 대로 성례를 시켜주마, 했으니 누가 늘 지키고 섰는 것도 아니고 그 키가 언제 자라는지 알 수 있는가. 그리고 난 사람의 키가 무럭무럭 자라는 줄만 알았지 붙배기키[4]에 모로[5]만 벌어지는 몸도 있는 것을 누가 알았으랴. 때가 되면 장인님이 어련하랴 싶어서 군소리 없이 꾸벅꾸벅 일만 해왔다. 그럼 말이다, 장인님이 제가 다 알아채려서

"어참 너 일 많이 했다. 고만 장가들어라" 하고 살림도 내주고 해야 나도 좋을 것이 아니냐. 시치미를 딱 떼고 도리어 그런 소리가 나올까봐서 지레 펄펄 뛰고 이 야단이다. 명색이 좋아 데릴사위지 일하기에 싱겁기도 할뿐더러 이건 참 아무것도 아니다.

숙맥이 그걸 모르고 점순이의 키 자라기만 까맣게 기달리지 않았나. 언젠가는 하도 갑갑해서 자를 가지고 덤벼들어서 그 키를 한번 재볼까, 했다마는 우리는 장인님이 내외를 해야 한다고 해서 마주 서 이야기도 한 마디 하는 법 없다. 움물[6]길에서 어쩌다 마주칠 적이면 겨우 눈어림으로 재보고 하는 것인데 그럴 적마다 나는 저만침 가서

"제—미 키두!" 하고 논둑에다 침을 퉤, 뱉는다. 아무리 잘 봐야 내 겨드랑(다른 사람보다 좀 크긴 하지만) 밑에서 넘을락말락 밤낮 요모양이다. 개돼지는 푹푹 크는데 왜 이리도 사람은 안 크는지, 한동안 머리가 아프도록 궁리도 해보았다. 아하 물동이를 자꾸 이니까 뼉다귀가 옴츠라드나 부다. 하고 내가 넌즛넌즈시 그 물을 대신 길어도 주었다. 뿐만

---

4 붙배기 : 붙박이. 어느 한 자리에 정한 대로 박혀 있어서 움직임이 없는 상태
5 모로 : 옆으로
6 움물 : 우물

아니라 나무를 하러 가면 소낭당[7]에 돌을 올려놓고

 "점순이의 키 좀 크게 해줍소사, 그러면 담엔 떡 갖다놓고 고사 드립죠니까" 하고 치성도 한두 번 드린 것이 아니다. 어떻게 돼먹은 킨지 이래도 막무가내니—

 그래 내 어저께 싸운 것이지 결코 장인님이 밉다든가 해서가 아니다.

 모를 붓다가 가만히 생각을 해보니까 또 싱겁다. 이 벼가 자라서 점순이가 먹고 좀 큰다면 모르지만 그렇지도 못할걸 내 심어서 뭘 하는 거냐. 해마다 앞으로 축 거불지는[8] 장인님의 아랫배(가 너무 먹은 걸 모르고 내병[9]이라나 그 배)를 불리기 위하야 심으곤 조곰도 싶지 않다.

 "아이구 배야!"

 난 몰 붓다 말고 배를 씨다듬으면서 그대루 논둑으로 기어올랐다. 그리고 겨드랑에 꼈던 벼 담긴 키를 그냥 땅바닥에 털썩, 떨어치며 나도 털썩 주저앉았다. 일이 암만 바빠도 나 배 아프면 고만이니까. 아픈 사람이 누가 일을 하느냐. 파릇파릇 돋아오른 풀 한 숲을 뜯어 들고 다리의 거머리를 쓱쓱 문태며 장인님의 얼굴을 쳐다보았다.

 논 가운데서 장인님도 이상한 눈을 해가지고 한참 날 노려보더니

 "너 이자식, 왜 또이래 응?"

 "배가 좀 아파서유!" 하고 풀 위에 슬며시 쓰러지니까 장인님은 약이 올랐다. 저도 논에서 철벙철벙 둑으로 올라오더니 잡은참 내 멱살을 응켜잡고 뺨을 치는 것이 아닌가—

 "이자식아, 일 허다말면 누굴 망해놀 셈속이냐 이대가릴 까놀 자식?"

---

7 소낭당 : 서낭당. 토지와 마을을 지켜주는 서낭신을 모신 집
8 거불지다 : 둥글고 두두룩하게 툭 나오다
9 내병 : 속병. 위장병

우리 장인님은 약이 오르면 이렇게 손버릇이 아주 못됐다. 또 사위에게 이자식 저자식 하는 이놈의 장인님은 어디 있느냐. 오작해야 우리 동리에서 누굴 물론하고 그에게 욕을 안 먹는 사람은 명이 짜르다, 한다. 조고만 아이들까지도 그를 돌라세놓고 욕필이(번[10] 이름이 봉필이니까) 욕필이, 하고 손가락질을 할만치 두루 인심을 잃었다. 허나 인심을 정말 잃었다면 욕보다 읍의 배참봉댁 마름으로 더 잃었다. 번이[11] 마름이란 욕 잘하고 사람 잘 치고 그리고 생김생기길 호박개[12] 같아야 쓰는 거지만 장인님은 외양이 똑 됐다. 작인이 닭 마리나 좀 보내지 않는다든가 애벌논[13] 때 품을 좀 안 준다든가 하면 그해 가을에는 영낙없이 땅이 뚝뚝 떨어진다. 그러면 미리부터 돈도 먹이고 술도 먹이고 안달재신[14]으로 돌아치던 놈이 그 땅을 슬쩍 돌라안는다. 이 바람에 장인님집 빈 외양간에는 눈깔 커다란 황소 한 놈이 절로 엉금엉금 기여들고 동리 사람은 그 욕을 다 먹어가면서도 그래도 굽신굽신하는 게 아닌가—

 그러나 내겐 장인님이 감히 큰소리할 계제[15]가 못 된다.

 뒷생각은 못하고 뺨 한 개를 딱 때려놓고는 장인님은 무색해서 덤덤이 쓴 침만 삼킨다. 난 그 속을 퍽 잘 안다. 조곰 있으면 갈도 꺾어야[16] 하고 모도 내야 하고, 한창 바쁜 때인데 나 일 안 하고 우리 집으로 그냥 가면 고만이니까. 작년 이맘때도 트집을 좀 하니까 늦잠 잔다구 돌멩이를 집

---

10 번 : 본래
11 번이 : 본디
12 호박개 : 뼈대가 굵고 털이 북슬북슬한 개
13 애벌논 : 첫 번째 매는 논
14 안달재신 : 속을 태우며 여기저기로 다니는 사람
15 계제 : 어떤 일을 할 수 있는 형편이나 기회
16 갈 꺾다 : 퇴비로 만들기 위하여 참나무, 도토리 나무 등의 잎이 핀 가지를 꺾다

어던져서 자는 놈의 발목을 삐게 해놨다. 사날씩이나 건승[17] 끙, 끙, 앓았더니 종당에는 거반 울상이 되지 않었는가—

"애 그만 일어나 일 좀 해라, 그래야 올갈에 벼 잘되면 너 장가들지 않니"

그래 귀가 번쩍 띄어서 그날로 일어나서 남이 이틀 품 들일 논을 혼자 삶어놓으니까 장인님도 눈깔이 커다랗게 놀랐다. 그럼 정말로 가을에 와서 혼인을 시켜줘야 온 경우가 옳지 않겠나. 볏섬을 척척 들여쌓아도 다른 소리는 없고 물동이를 이고 들어오는 점순이를 담배통으로 가르치며

"이자식아 미처 커야지, 조걸 데리구 무슨 혼인을 한다구 그러니 온!"

하고 남 낯짝만 붉게 해주고 고만이다. 골김에 그저 이놈의 장인님, 하고 댓돌[18]에다 메꽂고[19] 우리 고향으로 내뺄까 하다가 꾹꾹 참고 말았다.

참말이지 난 이꼴 하고는 집으로 차마 못 간다. 장가를 들러 갔다가 오작 못났어야 그대로 쫓겨왔느냐고 손가락질을 받을 테니까—

논둑에서 벌떡 일어나 한풀 죽은 장인님 앞으로 다가서며

"난 갈테야유, 그동안 사경[20] 처내슈 뭐"

"너 사위로 왔지 어디 머슴살러 왔니?"

"그러면 얼찐[21] 성렐 해줘야 안하지유, 밤낮 부려만먹구 해준다 해준다—"

"글쎄 내가 안하는거냐 그년이 안크니까" 하고 어름어름[22] 담배만 담

---

17 건승 : 건성
18 댓돌 : 집채의 낙숫물이 떨어지는 곳 안쪽으로 돌려 가며 놓은 돌
19 메꽂다 : 어깨 너머로 둘러메어 힘껏 내리꽂다
20 사경 : 머슴이 주인에게서 한 해 동안 일한 대가로 받는 돈이나 물건
21 얼찐 : 얼른
22 어름어름 : 우물쭈물하는 모양

으면서 늘 하는 소리를 또 늘어놓는다.

　이렇게 따져나가면 언제든지 늘 나만 밑지고 만다. 이번엔 안 된다, 하고 대뜸 구장님한테로 단판 가자고 소맷자락을 내끌었다.

　"아 이자식이 왜 이래 어른을"

　안 간다구 뺏듸듸고[23] 이렇게 호령은 제맘대로 하지만 장인님 제가 내 기운은 못 당한다. 막 부려먹고 딸은 안 주고 게다 땅땅 치는 건 다 뭐야—

　그러나 내 사실 참 장인님이 미워서 그런 것은 아니다.

　그 전날 왜 내가 새고개 맞은 봉우리 화전밭을 혼자 갈고 있지 않았느냐. 밭 가생이로 돌 적마다 야릇한 꽃내가 물컥물컥 코를 찌르고 머리 위에서 벌들은 가끔 붕, 붕, 소리를 친다. 바위틈에서 샘물소리밖에 안 들리는 산골짜기니까 맑은 하늘의 봄볕은 이불속같이 따스하고 꼭 꿈꾸는 것 같다. 나는 몸이 나른하고 몸살(을 아직 모르지만 병)이 날랴고 그러는지 가슴이 울렁울렁하고 이랬다.

　"어러이! 말이! 맘 마 마—"

　이렇게 노래를 하며 소를 부리면 여느 때 같으면 어깨가 으쓱으쓱한다. 웬일인지 밭 반도 갈지 않아서 온몸의 맥이 풀리고 대구[24] 짜증만 난다. 공연히 소만 드립다 두들기며—

　"안야! 안야! 이 망할 자식의 소(장인님의 소니까) 대리[25]를 꺾어들라"

　그러나 내 속은 정말 안야 때문이 아니라 점심을 이고 온 점순이의 키를 보고 울화가 났던 것이다.

23　뺏듸듸다 : 버티다
24　대구 : 잇따라 계속
25　대리 : 다리

점순이는 뭐 그리 썩 이쁜 계집애는 못 된다. 그렇다구 또 개떡이냐 하면 그런 것두 아니고 꼭 내 아내가 돼야 할만치 그저 툽툽하게[26] 생긴 얼굴이다. 나보다 십년이 아래니까 올에 열여섯인데 몸은 남보다 두 살이나 덜 자랐다. 남은 잘도 훤칠히들 크건만 이건 위아래가 몽툭한 것이 내 눈에는 헐없이[27] 감참외[28] 같다. 참외 중에는 감참외가 젤 맛좋고 이쁘니까 말이다. 둥글고 커단 눈은 서글서글하니 좋고 좀 지쳐 찢어졌지만 입은 밥술이나 혹혹이 먹음직하니 좋다. 아따 밥만 많이 먹게 되면 팔짜는 고만 아니냐. 헌데 한 가지 파[29]가 있다면 가끔가다 몸이(장인님은 이걸 체신이 없이 들까분다고[30] 하지만) 너무 빨리빨리 논다. 그래서 밥을 나르다가 때없이 풀밭에다 깨빡을 쳐서[31] 흙투성이 밥을 곧잘 먹인다. 안 먹으면 무안해할까 봐서 이걸 씹고 앉았노라면 으적으적 소리만 나고 돌을 먹는 겐지 밥을 먹는 겐지—

　그러나 이날은 웬일인지 성한 밥채루 밭머리에 곱게 나려놓았다. 그리고 또 내외를 해야 하니까 저만큼 떨어져 이쪽으로 등을 향하고 옹크리고 앉아서 그릇 나기를 기다린다.

　내가 다 먹고 물러섰을 때 그릇을 와서 챙기는데 그런데 난 깜짝 놀라지 않었느냐. 고개를 푹 숙이고 밥함지[32]에 그릇을 포개면서 날더러 들으래는지 혹은 제 소린지

26　툽툽하다 : 생김이 꾸밈없고 자연스럽다
27　헐없다 : 영락없다
28　감참외 : 참외의 한 품종. 속의 살이 잘 익은 감빛같이 붉고 맛이 좋음
29　파 : 결점
30　들까불다 : 경망스럽게 행동하다
31　깨빡을 치다 : 실수로 물건을 세차게 내동댕이치다
32　밥함지 : 밥을 담는 데 쓰는 네모진 나무 그릇

"밤낮 일만하다 말텐가!" 하고 혼자서 쫑알거린다. 고대 잘 내외하다가 이게 무슨 소린가, 하고 난 정신이 얼떨떨했다. 그러면서도 한편 무슨 좋은 수나 있는가 싶어서 나도 공중을 대고 혼잣말로

"그럼 어떻게?" 하니까

"성예 시켜달라지 뭘 어떻게" 하고 되알지게[33] 쏘아붙이고 얼굴이 발개져서 산으로 그저 도망질을 친다.

나는 잠시 동안 어떻게 되는 심판인지 맥을 몰라서 그 뒷모양만 덤덤히 바라보았다.

봄이 되면 온갖 초목이 물이 오르고 싹이 트고 한다. 사람도 아마 그런가 부다, 하고 며칠 내에 부쩍(속으로) 자란 듯 싶은 점순이가 여간 반가운 것이 아니다.

이런 걸 멀쩡하게 안즉 어리다고 하니까―

우리가 구장님을 찾아갔을 때 그는 싸리문 밖에 있는 돼지 우리에서 죽을 퍼주고 있었다. 서울엘 좀 갔다오더니 사람은 점잖해야 한다구 웃쉼[34]이(얼른 보면 지붕 위에 앉은 제비꼬랑지 같다) 양쪽으로 뾰죽이 뻗이고[35] 그걸 애햄, 하고 늘 쓰담는 손버릇이 있다. 우리를 멀뚱히 쳐다보고 미리 알아챘는지

"왜 일들 허다말구 그래?" 하더니 손을 올려서 그 애햄을 한번 훅딱 했다.

"구장님! 우리 장인님과 츰에 계약하기를―"

먼저 덤비는 장인님을 뒤로 떼다밀고 내가 허둥지둥 달겨들다가 가만

---

33 되알지다 : 힘차고 야무지다
34 웃쉼 : 윗수염
35 뻗이다 : 뻗치다

히 생각하고

"아니 우리 빙장[36]님과 츰에" 하고 첫번부터 다시 말을 고쳤다. 장인님은 빙장님, 해야 좋아하고 밖에 나와서 장인님, 하면 괜스리 골을 낼라구 든다. 뱀두 뱀이래야 좋냐고, 창피스러우니 남 듣는 데는 제발 빙장님, 빙모님, 하라구 일상 말조짐을 받아오면서 난 그것두 자꾸 잊는다. 당장두 장인님, 하다 옆에서 내 발등을 꾹 밟고 곁눈질을 흘기는 바람에야 겨우 알았지만—

구장님도 내 이야기를 자세히 듣더니 퍽 딱한 모양이었다. 하기야 구장님뿐만 아니라 누구든지 다 그럴 게다. 길게 길러둔 새끼손톱으로 코를 후벼서 저리 탁 튀기며

"그럼 봉필씨! 얼른 성옐 시켜주구려, 그렇게까지 제가 하구싶다는 걸—" 하고 내 짐작대루 말했다. 그러나 이 말에 장인님이 삿대질로 눈을 부라리고

"아 성례구뭐구 기집애년이 미처 자라야 할게 아닌가—" 하니까 고만 멀쑤룩해서[37] 입맛만 쩍쩍 다실 뿐이 아닌가—

"그것두 그래!"

"그래 거진 사년동안에도 안 자랐다니 그 킨 은제 자라지유? 다 그만두구 사경내슈—"

"글쎄 이자식아! 내가 크질말라구 그랬니 왜 날보구 떼냐?"

"빙모님은 참새만 한것이 그럼 어떻게 앨났지유?"

(사실 장모님은 점순이보다도 귓배기 하나가 적다)

장인님은 이 말을 듣고 껄껄 웃더니(그러나 암만해두 돌 씹은 상이다) 코를

---

36 빙장 : 장인을 높게 이르는 말
37 멀쑤룩하다 : 머쓱하다

푸는 척하고 날 은근히 골릴랴구 팔꿈치로 옆 갈비께를 퍽 치는 것이다. 더럽다, 나두 종아리의 파리를 쫓는 척하고 허리를 구부리며 어깨로 그 궁둥이를 꽉 떼밀었다. 장인님은 앞으로 우찔근하고 싸리문38께로 쓰러질 듯하다 몸을 바루 고치더니 눈총을 몹시 쏘았다. 이런 쌍년의 자식하곤 싶으나 남의 앞이라서 차마 못하고 섰는 그 꼴이 보기에 퍽 쟁그러웠다.39

그러나 이 말에는 별반 신통한 귀정40을 얻지 못하고 도루 논으로 돌아와서 모를 부었다. 왜냐면 장인님이 뭐라구 귓속말로 수군수군하고 간 뒤다. 구장님이 날 위해서 조용히 데리구 아래와 같이 일러주었기 때문이다. (뭉태의 말은 구장님이 장인님에게 땅 두 마지기 얻어 부치니까 그래 꾀었다구 하지만 난 그렇게 생각 않는다)

"자네 말두 하기야 옳지, 암 나이 찼으니까 아들이 급하다는 게 잘못된 말은 아니야, 허지만 농사가 한창 바쁠 때 일을 안한다든가 집으로 달아난다든가 하면 손해죄루 그것두 징역을 가거든! (여기에 그만 정신이 번쩍 났다) 웨 요전에 삼포말서 산에 불 좀 놓았다구 징역간거 못봤나, 제산에 불을 놓아두 징역을 가는 이땐데 남의 농사를 버려주니 죄가 얼마나 더 중한가. 그리고 자넨 정장41을(사경 받으러 정장가겠다 했다) 간대지만 그러면 괜시리 죌 들쓰고 들어가는걸세 또 결혼두 그렇지 법률에 성년이란 게 있는데 스물하나가 돼야지 비로소 결혼을 할 수가 있는 걸세 자넨 물론 아들이 늦을 걸 염려지만 점순이루 말하면 인제 겨우 열여섯이 아닌

---

38 싸리문 : 싸릿가지를 엮어 만든 문
39 쟁그럽다 : 고소하다
40 귀정 : 그릇된 일이 바른 길로 돌아오게 됨
41 정장 : 소송장을 내어 억울함을 관청에 호소함

가, 그렇지만 아까 빙장님의 말씀이 올갈에는 열일을 제치고라두 성례를 시켜주겠다 하시니 좀 고마울겐가. 빨리 가서 모 붓든거나 마저 붓게, 군소리말구 어서 가—"

그래서 오늘 아침까지 끽소리 없이 왔다.

장인님과 내가 싸운 것은 지금 생각하면 전혀 뜻밖의 일이라 안할 수 없다.

장인님으로 말하면 요즈막 작인들에게 행세를 좀 하고 싶다구 해서 "돈있으면 양반이지 별게 있느냐!" 하고 일부러 아랫배를 툭 내밀고 걸음도 뒤틀리게 걷고 하는 이 판이다. 이까진 나쯤 뚜들기다 남의 땅을 가지고 모처럼 닦아놓았던 가문을 망친다든지 할 어른이 아니다. 또 나로 논지면[42] 아무쪼록 잘 봬서 점순이에게 얼른 장가를 들어야 하지 않느냐—

이렇게 말하자면 결국 어젯밤 뭉태네집에 마실[43] 간 것이 썩 나빴다. 낮에 구장님 앞에서 장인님과 내가 싸운 것을 어떻게 알았는지 대구 빈정거리는 것이 아닌가.

"그래 맞구두 그걸 가만둬?"

"그럼 어떻거니?"

"임마 봉필일 모판에다 거꾸루 박아놓지 뭘 어떻게?" 하고 괜히 내 대신 화를 내가지고 주먹질을 하다 등잔까지 쳤다. 놈이 본시 괄괄은 하지만 그래놓고 날더러 석유값을 물라구 막 찌다우[44]를 붙는다. 난 어안이 벙벙해서 잠자코 앉았으니까 저만 연실 지껄이는 소리가—

---

42 논지면 : 논리적으로 따져보자면
43 마실 가다 : 집에서 나와 마실(마을의 방언)로 놀러나가다
44 찌다우 : 지다위. 자신의 허물을 남에게 덮어씌우는 일

"밤낮 일만 해주구 있을테냐"

"영득이는 일년을 살구두 장갈 들었는데 넌 사년이나 살구두 더 살아야해"

"네가 세번째 사원 줄이나 아니, 세 번째 사위"

"남의 일이라두 분하다 이자식아, 우물에 가 빠져죽어"

나종에는 겨우 손톱으로 목을 따라구까지 하고 제아들같이 함부루 혹닥이었다.[45] 별의별 소리를 다해서 그대로 옮길 수는 없으나 그 줄거리는 이렇다ㅡ

우리 장인님이 딸이 셋이 있는데 맏딸은 재작년 가을에 시집을 갔다. 정말은 시집을 간 것이 아니라 그 딸도 데릴사위를 해가지고 있다가 내보냈다. 그런데 딸이 열 살때부터 열아홉 즉 십 년 동안에 데릴사위를 갈아들이기를, 동리에선 사위부자라고 이름이 났지마는 열네 놈이란 참 너무 많다. 장인님이 아들은 없고 딸만 있는고로 그담 딸을 데릴사위를 해올 때까지는 부려먹지 않으면 안 된다. 물론 머슴을 두면 좋지만 그건 돈이 드니까, 일 잘하는 놈을 고르누라고 연방 바꿔들였다. 또 한편 놈들이 욕만 줄창 퍼붓고 심히도 부려먹으니까 밸이 상해서 달아나기도 했겠지. 점순이는 둘째딸인데 내가 일테면 그 세 번째 데릴사위로 들어온 셈이다. 내 담으로 네 번째 놈이 들어올 것을 내가 일두 참 잘하구 그리고 사람이 좀 어수룩하니까[46] 장인님이 잔뜩 붙들고 놓질 않는다. 셋째 딸이 인제 여섯 살, 적어도 열 살은 돼야 데릴사위를 할 테므로 그동안은 죽도록 부려먹어야 된다. 그러니 인제는 속 좀 채리고 장가를 들여달라고 떼를 쓰고 나자뼈저라, 이것이다.

---

45 혹닥이다 : 세차게 다그치다
46 어수룩하다 : 말이나 행동이 순진하고 착하다

나는 건으로[47] 엉, 엉, 하며 귓등으로 들었다. 뭉태는 땅을 얻어 부치다가 떨어진 뒤로는 장인님만 보면 공연히 못 먹어서 으릉거린다. 그것두 장인님이 저 달라구 할 적에 제집에서 위한다는 그 감투(예전에 원님이 쓰던 것이라나 옆구리에 뽕뽕 좀먹은 걸레)를 선뜻 주었더면 그럴 리도 없었던 걸—

그러나 나는 뭉태란 놈의 말을 전수히 곧이듣지 않았다. 꼭 곧이들었다면 간밤에 와서 장인님과 싸웠지 무사히 있었을 리가 없지 않은가. 그러면 딸에게까지 인심을 잃은 장인님이 혼자 나뻤다.

실토이지 나는 점순이가 아침상을 가지고 나올 때까지는 오늘도 또 얼마나 밥을 담았나, 하고 이것만 생각했다. 상에는 된장찌개하고 간장 한 종지 조밥 한 그릇 그리고 밥보다 더 수부룩하게 담은 산나물이 한 대접 이렇다. 나물은 점순이가 틈틈이 해오니까 두 대접이고 네 대접이고 멋대로 먹어도 좋나 밥은 장인님이 한 사발 외엔 더 주지 말라고 해서 안 된다. 그런데 점순이가 그 상을 내 앞에 나려놓으며 제 말로 지껄이는 소리가

"구장님한테 갔다 그냥온담 그래!" 하고 엊그제 산에서와 같이 되우[48] 쫑알거린다. 딴은 내가 더 단단히 덤비지 않고 만 것이 좀 어리석었다. 속으로 그랬다. 나도 저쪽 벽을 향하야 외면하면서 내 말로

"안된다는 걸 그럼 어떻건담!" 하니까

"쇰[49]을 잡아채지 그냥둬, 이바보야?" 하고 또 얼굴이 빨개지면서 성을

---

47 건으로 : 건성으로
48 되우 : 되게. 몹시
49 쇰 : 수염

내며 안으로 샐죽하니[50] 튀들어가지 않느냐. 이때 아무도 본 사람이 없었게 망정이지 보았다면 내 얼굴이 에미 잃은 황새새끼처럼 가여웁다 했을 것이다.

사실 이때만치 슬펐던 일이 또 있었는지 모른다. 다른 사람은 암만 못 생겼다 해두 괜찮지만 내 아내 될 점순이가 병신으로 본다면 참 신세는 따분하다. 밥을 먹은 뒤 지게를 지고 일터로 갈랴 하다 도루 벗어던지고 바깥 마당 공석 위에 드러누워서 나는 차라리 죽느니만 같지 못하다 생각했다.

내가 일 안 하면 장인님 저는 나이가 먹어 못하고 결국 농사 못 짓고 만다. 뒷짐으로 트림을 끌꺽, 하고 대문 밖으로 나오다 날 보고서

"이자식아! 너 웨 또 이러니?"

"관객[51]이 났어유, 아이구 배야!"

"기껀 밥 처먹구나서 무슨 관객이야, 남의 농사 버려주면 이자식아 징역간다 봐라!"

"가두 좋아유, 아이구 배야!"

참말 난 일 안 해서 징역 가도 좋다 생각했다. 일후 아들을 낳어도 그 앞에서 바보 바보 이렇게 별명을 들을 테니까 오늘은 열 쪽에 난대도 결정을 내고 싶었다.

장인님이 일어나라고 해도 내가 안 일어나니까 눈에 독이 올라서 저편으로 힝하게 가더니 지게막대기를 들고 왔다. 그리고 그걸로 내 허리를 마치 돌 떠넘기듯이 쿡 찍어서 넘기고 넘기고 했다. 밥을 잔뜩 먹고 딱딱한 배가 그럴 적마다 퉁겨지면서 뱃창이 꼿꼿한 것이 여간 켕기지 않었

---

50 샐죽하다 : 샐쭉하다. 마음에 들지 않았다는 것을 얼굴 표정이나 태도로 드러내다
51 관객 : 관격. 급체

다. 그래도 안 일어나니까 이번에는 배를 지게막대기로 위에서 쿡쿡 찌르고 발길로 옆구리를 차고 했다. 장인님은 원체 심정이 굳어서 그러지만 나도 저만 못하지 않게 배를 채었다. 아픈 것을 눈을 꽉 감고 넌 해라 난 재미난 듯이 있었으나 볼기짝을 후려갈길 적에는 나도 모르는 결에 벌떡 일어나서 그 수염을 잡아챘다마는 내 골이 난 것이 아니라 정말은 아까부터 부엌 뒤 울타리 구멍으로 점순이가 우리들의 꼴을 몰래 엿보고 있었기 때문이다. 가뜩이나 말 한 마디 톡톡이 못한다고 바보라는데 매까지 잠자코 맞는 걸 보면 짜정 바보로 알 게 아닌가. 또 점순이도 미워하는 이까진 놈의 장인님 나곤 아무것도 안되니까 막 때려도 좋지만 사정보아서 수염만 채고(제 원대로 했으니까 이때 점순이는 퍽 기뻤겠지) 저기까지 잘 들리도록

"이걸 까셀라부다!" 하고 소리를 쳤다.

장인님은 더 약이 바짝 올라서 잡은참 지게막대기로 내 어깨를 그냥 나려갈겼다. 정신이 다 아찔하다. 다시 고개를 들었을 때 그때엔 나도 온몸에 약이 올랐다. 이 녀석의 장인님을, 하고 눈에서 불이 퍽 나서 그 아래 밭 있는 넝알로[52] 그대로 떼밀어 굴려버렸다. 조금 있다가 장인님이 씩, 씩, 하고 한번 해볼려고 기어오르는 걸 얼른 또 떼밀어 굴려버렸다.

기어오르면 굴리고 굴리면 기어오르고 이러길 한 너덧 번을 하며 그럴 적마다

"부려만 먹구 왜 성례 안하지유!"

나는 이렇게 호령했다. 허지만 장인님이 선뜻 오냐 낼이라두 성례시켜주마, 했으면 나도 성가신 걸 그만두었을지 모른다. 나야 이러면 때

---

[52] 넝알로 : 넝 아래로

린 건 아니니까 나중에 장인 쳤다는 누명도 안 들을 터이고 얼마든지 해도 좋다.

한번은 장인님이 헐떡헐떡 기어서 올라오더니 내 바지가랭이를 요렇게 노리고서 담박[53] 웅켜잡고 내달렸다. 악, 소리를 치고 나는 그만 세상이 다 팽그르 도는 것이

"빙장님! 빙장님! 빙장님!"

"이자식! 잡어먹어라 잡어먹어!"

"아! 아! 할아버지! 살려줍쇼 할아버지!" 하고 두 팔을 허둥지둥 내절적에는 이마에 진땀이 쭉 내솟고 인젠 참으로 죽나 부다, 했다. 그래두 장인님은 놓질 않더니 내가 기어히 땅바닥에 쓰러져서 거의 까무라치게 되니까 놓는다. 더럽다 더럽다. 이게 장인님인가, 나는 한참을 못 일어나고 쩔쩔맸다. 그렇다 얼굴을 드니(눈에 참 아무것도 보이지 않았다) 사지가 부르르 떨리면서 나도 엉금엉금 기어가 장인님의 바지가랑이를 꽉 웅키고 잡아 나꿨다.

내가 머리가 터지도록 매를 얻어맞은 것이 이 때문이다. 그러나 여기가 또한 우리 장인님이 유달리 착한 곳이다. 어느 사람이면 사경을 주어서라도 당장 내쫓았지 터진 머리를 불솜으로 손수 지져주고, 호주머니에 히연[54] 한 봉을 넣어주고 그리고

"올갈엔 꼭 성례를 시켜주마, 암말말구 가서 뒷골의 콩밭이나 얼른갈아라." 하고 등을 뚜덕여줄 사람이 누구냐.

나는 장인님이 너무나 고마워서 어느덧 눈물까지 났다. 점순이를 남기고 인젠 내쫓기려니, 하다 뜻밖의 말을 듣고

53　담박 : 바로
54　히연 : 희연. 일제 강점기에 생산되었던 담배의 한 종류

"빙장님! 인제 다시는 안그러겠어유—"

이렇게 맹서를 하며 불야살야[55] 지게를 지고 일터로 갔다.

그러나 이때는 그걸 모르고 장인님을 원수로만 여겨서 잔뜩 잡아다렸다.

"아! 아! 이놈아! 놔라, 놔, 놔—"

장인님은 헷손질을 하며 솔개미에 챈 닭의 소리를 연해 질렀다. 놓긴 웨, 이왕이면 호되게 혼을 내주리라, 생각하고 짓궂이 더 댕겼다마는 장인님이 땅에 쓰러져서 눈에 눈물이 피잉 도는 것을 알고 좀 겁도 났다.

"할아버지! 놔라, 놔, 놔, 놔놔." 그래도 안 되니까

"얘 점순아! 점순아!"

이 악장[56]에 안에 있었던 장모님과 점순이가 헐레벌떡하고 단숨에 뛰어나왔다.

나의 생각에 장모님은 제남편이니까 역성을 할른지도 모른다. 그러나 점순이는 내 편을 들어서 속으로 고수해서 하겠지—대체 이게 웬 속인지(지금까지도 난 영문을 모른다) 아버질 혼내주기는 제가 내래놓고 이제와서는 달겨들며

"에그머니! 이 망할게 아버지 죽이네!" 하고 내 귀를 뒤로 잡어댕기며 마냥 우는 것이 아니냐. 그만 여기에 기운이 탁 꺾이어 나는 얼빠진 등신이 되고 말았다. 장모님도 덤벼들어 한쪽 귀마저 뒤로 잡아채면서 또 우는 것이다.

이렇게 꼼짝 못하게 해놓고 장인님은 지게막대기를 들어서 사뭇 나려조겼다. 그러나 나는 구태여 피할랴지도 않고 암만해도 그 속 알 수 없

---

55 불야살야 : 부랴사랴. 매우 급하고 정신없이 서두르는 모양
56 악장 : 악장치다. 악을 쓰며 싸우다

는 점순이의 얼굴만 멀거니 들여다보았다.

"이 자식! 장인 입에서 할아버지 소리가 나오도록 해?"

(1935.12, 조광)

작품 해설

작품의 개관

「봄·봄」은 1935년 『조광』 12월호에 발표된 작품으로 제목 앞에 '농촌소설'이라는 표식이 붙어 있다. 이 작품은 농촌을 배경으로 당시의 소작 제도 아래서 마름의 횡포가 얼마나 심했는지, 그 횡포 아래서 소작인의 생활이 어떠했는지를 우직한 데릴사위인 화자와 마름이면서 장인을 자처하는 봉필과의 성례를 둘러싼 대립관계를 통하여 우회적으로 제시하고 있다.

장인을 자처하고 있는 봉필은 마름이다. 마름이란 지주의 위임을 받아 소작지를 관리하며 지주의 사주를 받고 있는 사람이다. 마름의 횡포와 착취는 하루아침에 소작농의 생명줄을 끊어 놓을 수도 있는 대단히 위협적인 것이며 이 작품에서는 봉필에게 감투를 주지 않았다는 이유로 소작땅이 떨어진 뭉태의 이야기를 삽입함으로 그들의 횡포를 짐작하게 해주고 있다.

이런 웃지 못할 일들이 비일비재하게 일어났던 1930년대의 농촌 현실은 이렇다. 당시는 일제의 식민지 농업 정책으로 전체 농민의 80%가 소작농으로 전락되었는데 소작인은 1년 농사를 지어서 수확량의 50% 이상을 지주와 마름에게 빼앗겼다. 그렇기 때문에 필연적으로 가난에 시달릴 수밖에 없었다. 그나마 그 땅이라도 떨어지면 먹고 살 길이 없기에 생존을 위해 지주나 마름에게 절대 복종을 해야 하는 상황이었다.

이 작품에서 구장이 불합리한 장인의 편을 들어 줄 수밖에 없는 것도 당시의 시대상황을 고려할 때, 뭉태가 땅을 빼앗긴 사건과 같은 맥락이다. 딸과의 성례를 미끼로 화자의 노동력을 착취하는 장인의 횡포 또한 앞에서 살펴본 마름의 횡포와 연장선상에서 이해되어야 할 것이다.

그렇지만 김유정은 이런 노동력의 착취나 비인간적인 횡포, 그리고 소작인의 비참한 현실을 직접적으로 신랄하게 비판하거나 고발하지 않고 모순된 현실에 대해 해학적 접근으로 대응하고 있다는 점에서 그의 작품을 의미있게 한다.

그렇다면 이 작품에서 해학성을 어떻게 드러내고 있는지 살펴보자.

첫째는 인물과 상황 제시를 통해 해학적 분위기를 조성하고 있다. 화자는 누구나 가지고 있는 것을 얻기 위해 애쓰고 있는 열등한 인물이다. 이 열등성은 작품 내에 등장하는 주변의 정상적인 인물의 판단과 주인공의 입장이 대립하면서 웃음을 유발한다. 또한 작품의 중요한 갈등으로 키의 문제를 내세웠다는 점이 이 작품을 더욱 해학적으로 만든다. 키의 문제는 물을 대신 길어주거나 치성을 통해 해결될 수 없는, 사람의 능력 밖의 일인데 이것을 문제의 핵심으로 등장시킨 자체가 해학적인 것이다.

둘째는 비상식적인 장면의 제시를 통해 해학적 상황을 만들고 있다. 데릴사위를 데려다놓고 성례는 시키지 않고 일만 부려먹는 상황이라든지, 사위가 장인의 사타구니를 잡고 늘어지는 장면, 그리고 장인이 사위뻘인 화자에게 할아버지라 부르는 장면 등은 상식적으로 이해하기 어려운 부분이다.

셋째는 엉뚱한 행동을 통해 해학성을 획득하고 있다. 위선적인 장인의 희화적인 행동이나 모자란 나의 행동과 대사, 성례를 위해 화자의 편을 들어 주어야 했을 점순이가 엉뚱하게도 장인의 편에 서는 부분 등이 여기에 해당한다.

넷째는 방언, 속어, 비어, 속담 등을 사용해 웃음을 유발하고 있다. 장인의 위선과 나의 우직함이 맞부딪치면서 사건이 전개되지만 이것을 더욱 재미있고 활달하게 만들어 주는 것은 바로 방언, 속어, 비어, 속담 등 서민들의 언어이다. 이런 언어에서 느껴지는 해학 그리고 낙천적 심성이 역사적 질곡 속에서 수많은 절망적 상황을 겪지만 결코 좌절하지 않고 끈질기게 삶을 영위할 수 있었던 우리 민족의 힘의 바탕이라 할 수 있을 것이다.

한편 이 작품은 화자가 장인과 성례에 대해 이야기하는 것으로 시작되는데 이 대화가 어떤 맥락에서 이루어지고 있는지 알 수가 없어 궁금증을 유발한다. 작가가 이런 구성 방식을 사용하고 있는 이유는 시간적 순서에 따라 사건을 전개시키는 것보다 순서를 뒤바꿈으로 해서 장인과 나의 갈등을 긴장감 있게 제시할 수 있고, 갈등을 고조시켰다가 갑작스럽게 역전시켜 화해의 결말을 유도하는 데 보다 효과적이기 때문이다. 또한 이런 과정 속에서 작품의 해학성을 극대화시키는 효과도 얻게 된다.

김유정 소설의 대부분은 실제 모델이 있다. 이 작품도 예외는 아니어서 김유정의 고향마을인 강원도 실레 마을에 실제로 살았던 봉필이와 그의 데릴사위에 관련된 이야기가 모델이 되었다고 알려져 있다. 김유정의 작품에서 이런 점이 작품성과 현실감을 제고해 주는 요소가 되기도 한다.

작품 읽기의 주안점

1. 이 작품의 해학적 성격에 대해 생각하며 읽어보자.
2. 이 작품에서 방언, 비속어, 속담 등의 사용이 주는 효과에 대해 생각하며 읽어보자.

3 이 작품에서 나와 장인 간의 갈등의 핵심은 무엇이며 그 이면에 깔려있는 작가의 생각은 무엇인지 생각하며 읽어보자.
4 이 작품에서 주변 인물로 등장하고 있는 점순, 구장, 뭉태의 역할은 무엇인지 생각하며 읽어보자.
5 이 작품의 구성 방식이 작품에 주는 효과는 무엇인지 생각하며 읽어보자.

작품을 읽고 생각해 봅시다.

01 이 작품의 시점과 구성의 특징을 지적하고 그 효과는 무엇인지 생각해 보자.

이 작품의 시점은 1인칭 주인공 시점으로 주인공이 직접 자신의 이야기를 독자에게 전달하기 때문에 독자들은 주인공의 심리를 생생하게 느낄 수 있다. 또한 화자인 주인공은 나름의 한계(제한)를 지니기 때문에 사건이나 다른 인물들을 왜곡시켜 제시하는 장치로 사용되기도 하는데 이 작품의 경우는 주로 해학성을 획득하는 장치로 사용되고 있다.

한편 이 작품의 구성은 과거와 현재를 넘나드는 역전적 구성 방식인데 현재의 시점에서 과거를 회상하는 형식을 취한다. 이런 방식의 구성은 사건의 실마리를 먼저 제시하고 뒤에 그 사건의 원인을 알게 한다. 이는 사건을 보다 긴장감 있게 제시할 수 있을 뿐만 아니라 갈등을 고조시켰다가 갑작스럽게 역전시켜 화해의 결말을 유도할 수도 있다. 또한 이런 구성 방식을 사용하면서 과거 회상을 자주 삽입하고 있는데 이는 화자가 사건을 전달함에 있어 치밀함이 부족하고 다소 즉흥적으로 순간순간 회상을 하고 있는 것으로 비치게 하여 주인공의 어수룩한 면을 부각하는 효과도 기대할 수 있게 한다.

02 이 작품의 문체상의 특징은 무엇인지 생각해보자.

이 작품은 주인공을 서술자로 내세워 그의 말투로 사건을 전개해 나간다. 구어체를 사용하여 옆에 있는 사람에게 직접 말을 하고 있는 듯한 느낌을 주어 작품의 분위기를 생동감 있게 조성한다. 또한 토속어, 비속어, 의성어나 의태어, 속담 등을 적극적으로 사용하여 현장감을 드러낼 뿐만 아니라 작품의 개성을 만들어내고 있다.

03 이 작품에서 점순이가 보여주는 이중성에 대해 생각해보자.

봄이 되어 화자가 몸살을 앓는 듯 연정으로 충만해지는 것과 같이 점순이의 가슴 속에도 사랑이 싹트고 화자와 빨리 결혼을 하고 싶어 한다. 그러나 차마 이런 마음을 부모에게 직접 말하지는 못하고 화자를 부추겨 성례시켜 달라고 조르라고 두 번이나 다그친다. 그렇지만 막상 화자가 장인과 싸울 때에는 아버지 편을 든다. 이는 처녀로서의 사랑과 자식으로서의 도리라는 양면적 역할의 갈등을 보여 주고 있는 것인데, 화자는 점순이의 이런 이중적 행동을 이해하지 못하고 그만 얼이 빠져 버린다.

04 이 작품에서 구장과 뭉태의 역할은 무엇인지 생각해보자.

구장은 장인의 지침에 따라 장인 편을 드는 인물이다. 그러나 그는 결과적으로 장인의 비인간적 성격을 부각시키는 기능을 담당한다. 또한 구장의 행태는 당대의 현실과 그에 따른 인심의 야박함을 보여주기도 한다. 화자와 장인이 구장을 찾아 왔을 때는, 화자의 성례 요구가 정당함을 인정한다. 그러나 장인으로부터 땅을 얻어 부치는 구장이기에 결국 마름인 장인의 편을 들 수밖에 없게 된다. 그 뿐 아니라 화자를 회유하고 협박까지 한다. 즉 점순이가 아직 어리다는 점, 남의 농사를 버리면 죄가 커서 징역을 간다는 점을 근거로 협박하고 장인이 올가을에 성례를 약속했다는 점을 들어 회유한다. 구장은 먹고 살기 위해 마름인 장인의 편을 들고 있는 것이다.

한편 뭉태는 화자에게 빈정거리며 성례를 강력하게 촉구하라는 충고와 함께 장인이 그간 데릴사윗감들에게 한 일에 대한 정보를 제공하는 역할을 한다. 뭉태에게서 들은 이러한 정보가 화자가 장인을 불신하게 되는 원인이 된다. 결국 뭉태는 장인의 인물됨과 그와 관련된 정보를 화자에게 전달하는 역할을 하고 있는 것이다.

05 작품 제목 「봄봄」의 상징적 의미는 무엇인지 생각해보자.

봄은 따스함과 포근함 그리고 생명력이 충만하게 느껴지는 계절로 춘정의 욕구가 드러나는 때이다. 따라서 점순이가 이성에 눈을 뜨고 화자를 충동질하여 하루 빨리 성례를 올리고 싶어 하는 것이 봄의 성격과 통한다.

그런데 왜 제목을 「봄」이라 하지 않고 「봄봄」이라 했을까? 이는 사랑을 느끼고 원하는 남녀 주인공을 의미한다고 볼 수도 있고, 앞의 봄은 춘정, 뒤의 봄은 성례를 의미한다고 볼 수도 있다.

만무방

산골에, 가을은 무르녹았다.

아람드리[1] 노송은 뻑뻑이 늘어박혔다. 무거운 송낙을 머리에 쓰고 건들건들. 새새이 끼인 도토리, 뼛, 돌배, 갈잎들은 울긋불긋. 잔디를 적시며 맑은 샘이 쫄쫄거린다. 산토끼 두 놈은 한가로이 마주 앉아 그 물을 할짝거리고. 이따금 정신이 나는 듯 가랑잎은 부수수, 하고 떨린다. 산산한 산들바람. 귀여운 들국화는 그 품에 새뜩새뜩 넘논다. 흙내와 함께 향긋한 땅김이 코를 찌른다. 요놈은 싸리버섯, 요놈은 입 썩은 내 또 요놈은 송이―아니, 아니 가시넝쿨 속에 숨은 박하풀 냄새로군.

응칠이는 뒷짐을 딱 지고 어정어정 노닌다. 유유히 다리를 옮겨 놓으며 이 나무 저 나무 사이로 호아든다.[2] 코는 공중에서 벌렸다 오므렸다, 연실 이러며 훅, 훅. 구붓한 한 송목 밑에 이르자 그는 발을 멈춘다. 이번에는 지면에 코를 얕이 갖다 대이고 한 바퀴 비잉, 나물 끼고 돌았다.

---

1 아람드리 : 아름드리. 둘레가 한 아름을 넘음
2 호아들다 : 이리저리 왔다 갔다 하며 돌아다니다(감침질하듯이 나선형 모양으로 성깃하게 꿰매어 가다는 뜻에서 나옴)

―아 하, 요놈이로군!

썩은 솔잎에 덮여 흙이 봉곳이 돋아올랐다.

그는 손가락을 꾸짖으며 정성스레 살살 헤쳐본다. 과연 귀여운 송이. 망할 녀석, 조곰만 더 나오지. 그걸 뚝 따 들곤 뒷짐을 지고 다시 어실렁어실렁. 가끔 선하품은 터진다. 그럴 적마다 두 팔을 떡 벌리곤 먼 하늘을 바라보고 늘어지게도 기지개를 늘인다.

때는 한창 바쁠 추수때이다. 농군 치고 송이파적[3] 나올 놈은 생겨나도 않았으리라. 허나 그는 꼭 해야만 할 일이 없었다. 싶으면 하고 말면 말고 그저 그뿐. 그러함에는 먹을 것이 더러 있느냐면 있기커녕 부쳐먹을 농토조차 없는, 계집도 없고 집도 없고 자식 없고. 방은 있대야 남의 곁방이요 잠은 새우잠이요. 허지만 오늘 아침만 해도 한 친구가 찾아와서 벼를 털 텐데 일 좀 와 해달라는 걸 마다하였다. 몇 푼 바람에 그까짓 걸 누가 하느냐. 보다는 송이가 좋았다. 왜냐면 이 땅 삼천리 강산에 늘려 놓인 곡식이 말쩡 누거럼.[4] 먼저 먹는 놈이 임자 아니야. 먹다 걸릴 만치 그토록 양식을 쌓아두고 일이 다 무슨 난장맞을 일이람. 걸리지 않도록 먹을 궁리나 할 게지. 하기는 그도 한 세 번이나 걸려서 구메밥[5]으로 사관을 틀었다.[6] 마는 결국 제 밥상 위에 올라앉은 제 목도 자칫하면 먹다 걸리긴 매일반―

올라갈수록 덤불은 우거다. 머루며 다래, 칡, 게다 이름 모를 잡초. 이것들이 위아래로 이리저리 서리어 좀체 길을 내지 않는다. 그는 잔딧길

---

3 송이파적 : 한가할 때 송이버섯 따면서 심심풀이나 하는 것
   파적(破寂)은 심심풀이, 적막을 깨뜨림, 고요함을 깨뜨림
4 누거럼 : 누구 것이람
5 구메밥 : 옥에 갇힌 죄수에게 들여보내던 밥
6 사관을 틀다 : 관절을 비튼다는 뜻으로, 징역을 살면서 고생하다

로만 돌았다. 넓적다리가 벌죽이는 찢어진 고의자락을 아끼며 조심조심 사려 딛는다. 손에는 칡으로 엮어 든 일곱 개 송이. 늙은 소나무마다 가선 두리번거린다. 사냥개 모양으로 코로 쿡, 쿡, 내를 한다. 이것도 송이 같고 저것도 송이. 어떤 게 알짜 송인지 분간을 모른다. 토끼똥이 소보록한데 갈잎이 한 잎 똑 떨어졌다. 그 잎을 살며시 들어보니 송이 대구리가 불쑥 올라왔다. 매우 큰 송인 듯. 그는 반색하여 그 앞에 무릎을 털썩 꿇었다. 그리고 그 위에 두 손을 내들며 열 손가락을 다 펴들었다. 가만가만히 살살 흙을 헤쳐본다. 주먹만한 송이가 나타난다. 얘 이놈 크구나. 손바닥 위에 따 올려놓고는 한참 들여다보며 싱글벙글한다. 우중충한 구석으로 바위는 벽같이 깎아질렸다. 그 중턱을 얽어나간 칡잎에서는 물이 쪼록쪼록, 흘러내린다. 인삼이 썩어 내리는 약수라 한다. 그는 돌 위에 걸터앉으며 또 한 번 하품을 하였다. 간밤 쓸데없는 노름에 밤을 팬 것이 몹시 나른하였다. 따사로운 햇발이 숲을 새어든다. 다람쥐가 솔방울을 떨어치며. 어여쁜 할미새는 앞에서 알씬거리고. 동리에서는 타작을 하노라고 와글거린다. 흥겨워 외치는 목성, 그걸 엎누르고 공중에 응, 응, 진동하는 벼 터는 기계 소리. 맞은쪽 산속에서 어린 목동들의 노래는 처량히 울려온다. 산 속에 묻힌 마을의 전경을 멀리 바라보다가 그는 눈을 찌긋하며 다시 한 번 하품을 뽑는다. 이 웬놈의 하품일까. 생각해보니 어제 저녁부터 여지껏 창주[7]가 곯리던 것이다. 불현듯 송이 꾸럼에서 그중 크고 먹음직한 놈을 하나 뽑아 들었다.

    응칠이는 그 송이를 물에 써억써억 부벼서는 떡 벌어진 대구리부터 걸삼스리[8] 덥석 물어뗴었다. 그리고 넓죽한 입이 움질움질 씹는다. 혀가 녹

---

7   창주 : 창자
8   걸삼스럽다 : 지지 않으려고 억척스럽게 굴다

을 듯이 만질만질하고 향기로운 그 맛. 이렇게 훌륭한 놈을 입맛만 다시고 못 먹다니. 문득 옛 추억이 혀끝에 뱅뱅 돈다. 이놈을 맛보는 것도 참 근자의 일이다. 감불생심[9]이지 어디 냄새나 똑똑히 맡아보리. 산 속으로 쏘다니다 백판[10] 못 따기도 하려니와 더러 딴다는 놈은 행여 상할까 봐 손도 못 대게 하고 집에 내려다 모으고 모으고 하는 것이다. 그러나 요행히 한 꾸림이 차면 금시로 장에 가져다 판다. 이틀 사흘씩 공때린 거로되 잘 하면 사십 전 못 받으면 이십오 전. 저녁거리를 기다리는 아내를 생각하며 좁쌀 서너 되를 손에 사 들고 어두운 고개치를 터덜터덜 올라오는 건 좋으나 이 신세를 멋에 쓰나, 하고 보면 을프냥궂기[11]가 짝이 없겠고— 이까짓 걸 못 먹어 그래 홧김에 또 한 놈을 뽑아 들고 이번엔 물에 흙도 씻을 새 없이 그대로 텁석거린다. 그러나 다른 놈들도 별수 없으렷다. 이 산골이 송이의 본고향이로되 아마 일 년에 한 개조차 먹는 놈이 드물리라.

　—흠, 썩어진 두상들!

　그는 폭넓은 얼굴을 이그리며 남이나 들으란 듯이 이렇게 비웃는다. 썩었다, 함은 데생겼다[12] 모멸하는 그의 언투였다. 먹다 나머지 송이 꽁댕이를 바로 자랑스러이 입에다 치트리곤 트림을 섞어가며 우물거린다.

　송이가 두 개가 들어가니 인제는 더 먹을 재미가 없다. 뭔가 좀 든든한 걸 먹었으면 좋겠는데. 떡, 국수, 말고기, 개고기, 돼지고기, 그렇지 않으면 쇠고기냐. 아따 궁한 판이니 아무거나 있으면 송중으로[13] 여러 가

9　감불생심(敢不生心) : 엄두도 내지 못하다
10　백판 : 전혀 생소하게
11　을프냥궂다 : 을씨년스럽다. 스산하고 쓸쓸하다
12　데생기다 : 외형이나 행동이 부족하고 못나다
13　송중으로 : 속마음으로

질 먹으며 시름없이 앉았다. 그는 눈꼴이 슬그머니 돌아간다. 웬놈의 닭인지 암탉 한 마리가 조 아래 무덤 앞에서 뺑뺑 맨다. 골골거리며 감도는 걸 보매 아마 알자리를 보는 맥이라. 그는 돌에서 궁뎅이를 들었다. 낮은 하늘로 외면하여 못 본 척하고 닭을 향하여 저 켠으로 넓직이 돌아내린다. 그러나 무덤까지 왔을 때 몸을 돌리며

"후, 후, 후, 이 자식이 어딜 가 후—"

두 팔을 벌리고 쫓아간다. 산꼭대기로 치모니 닭은 하둥지둥 갈 길을 모른다. 요리매낀 조리매낀, 꼬꼬댁거리며 속만 태울 뿐. 그러나 바위틈에 끼어 왈살스러운 그 주먹에 모가지가 둘로 나기에는 불과 몇 분 못 걸렸다.

그는 으슥한 숲 속으로 찾아들었다. 닭의 껍질을 홀랑 까고서 두 다리를 들고 찢으니 배창[14]이 옆구리로 꾀진다.[15] 그놈을 긁어 뽑아서 껍질과 한데 뭉치어 흙에 묻어버린다.

고기가 생기고 보니 연하여 나느니 막걸리 생각. 이걸 부글부글 끓여놓고 한 사발 떡 켰으면 똑 좋을 텐데 제—기. 응칠이의 고기는 어디 떨어졌는지 술집까지 못 가는 고기였다. 아무려나 고기 먹구 술 먹구 거꾸룬 못 먹느냐. 그는 닭의 가슴패기를 입에 뒤려대고[16] 쭉쭉 찢어가며 먹기 시작한다. 쭐깃쭐깃한 놈이 제법 맛이 들었다. 가슴을 먹고 넓적다리 볼기짝을 먹고 거반 반쪽을 다 해내고 나니 어쩐지 맛이 좀 적었다. 결국 음식이란 양념을 해야 하는군.

수풀 속으로 그냥 내던지고 그는 설렁설렁 내려온다. 솔숲을 빠져 화

---

14 배창 : 배창자. 창자
15 꾀지다 : 꿰지다. 터져 나오다
16 뒤려대다 : 들이대다. 바짝 가져다 대다

전께로 내릴려 할 제 별안간 등 뒤에서

"여보게 응칠이 아닌가!"

고개를 돌려보니 대정깐[17] 하는 성팔이가 작달막한 체수[18]에 들갑작거리며[19] 고개를 넘어온다. 그런데 무슨 긴한 일이나 있는지 부리나케 달려들더니

"자네 응고개 논의 벼 없어진 거 아나?"

응칠이는 고만 가슴이 덜컥 내려앉았다. 이 바쁜 때 농군의 몸으로 응고개까지 앨 써 갈 놈도 없으려니와 또한 하필 절 보고 벼의 없어짐을 말하는 것이 여간 심상치 않은 일이었다.

잡담 제하고 응칠이는

"자넨 어째서 응고개까지 갔던가?" 하고 대담스레도 그 눈을 쏘아보았다. 그러나 성팔이는 조곰도 겁먹는 기색 없이

"아 어쩌다 지냈지 뭘 그래."

하며 도리어 얼레발[20]을 치고 덤비는 수작이다. 고얀 놈, 응칠이는 입때 다녀야 동무를 팔아 배를 채우는 그런 비열한 짓은 안 한다. 낯을 붉히자 눈에 불이 보이며,

"어쩌다 지냈다?"

응칠이가 이 동리에 들어온 것은 어느덧 달이 넘었다. 인제는 물릴 때도 되었고, 좀 떠보고자 생각은 간절하나 아우의 일로 말미암아 망설거리는 중이었다.

17　대정깐 : 대장간
18　체수 : 체구
19　들갑작거리다 : 몸을 가만히 두지 못하고 까불대다
20　얼레발 : '엉너리'의 방언. 남의 환심을 사려고 어벌쩡하게 서두르는 짓. 설레발

그는 오라는 데는 없어도 갈 데는 많았다. 산으로 들로 해변으로 빨뿌리[21] 놓이는 곳이 즉 가는 곳이었다.

그러나 저물며는 그대로 쓰러진다. 남의 방앗간이고 헛간이고 혹은 강가, 시새장.[22] 물론 수가 좋으면 괴때기[23] 위에서 밤을 편히 잘 적도 있었다. 이렇게 하여 강원도 어수룩한 산골로 이리 넘고 저리 넘고 못 간 데 별로 없이 유람 겸 편답[24]하였다.

그는 한 구석에 머물러 있음은 가슴이 답답할 만치 되우[25] 괴로웠다.

그렇다고 응칠이가 번시라[26] 역마직성이냐 하면 그런 것도 아니다. 그도 오 년 전에는 사랑하는 아내가 있었고 아들이 있었고 집도 있었고 그때야 어딜 하루라고 집을 떨어져보았으랴. 밤마다 아내와 마주 앉으면 어찌하면 이 살림이 좀 늘어볼까 불어볼까, 애간장을 태우며 같은 궁리를 되하고 되하였다. 마는 별 뾰죽한 수는 없었다. 농사는 열심으로 하는 것 같은데 알고 보면 남는 건 겨우 남의 빚뿐. 이러다가는 결말엔 봉변을 면치 못할 것이다. 하루는 밤이 깊어서 코를 골며 자는 아내를 깨웠다. 밖에 나아가 우리의 세간이 몇 개나 되는지 세어보라 하였다. 그리고 저는 벼루에 먹을 갈아 붓에 찍어 들었다. 벽을 바른 신문지는 누렇게 꺼럿다.[27] 그 위에다 아내가 불러주는 물목대로 일일이 내려 적었다. 독이 세 개, 호미가 둘, 낫이 하나, 로부터 밥사발, 젓가락 짚이 석 단까지 그

---

21 빨뿌리 : 담뱃대
22 시새장 : 모래사장
23 괴때기 : 북데기. 짚이나 풀을 뒤섞어 만든 뭉텅이
24 편답 : 편력. 이곳저곳을 널리 돌아다님
25 되우 : 매우, 몹시
26 번시라 : 본래부터
27 꺼럿다 : 상하고 변색되다

담에는 제가 빚을 얻어온데, 그 사람들의 이름을 쭉 적어놓았다. 금액은 제각기 그 아래다 달아 놓고. 그 옆으론 조금 사이를 떼어 역시 조선문으로 나의 소유는 이것밖에 없노라, 나는 오십사 원을 갚을 길이 없으매 죄진 몸이라 도망하니 그대들은 아예 싸울 게 아니겠고 서로 의논하여 억울치 않도록 분배하여 가기 바라노라 하는 의미의 성명서를 벽에 남기자 안으로 문들을 걸어닫고 울타리 밑구멍으로 세 식구 빠져나왔다.

이것이 응칠이가 팔자를 고치던 첫날이었다.

그들 부부는 돌아다니며 밥을 빌었다. 아내가 빌어다 남편에게, 남편이 빌어다 아내에게. 그러자 어느 날 밤 아내의 얼굴이 썩 슬픈 빛이었다. 눈보라는 살을 에인다. 다 쓰러져가는 물방앗간 한 구석에서 섬[28]을 두르고 언내에게 젖을 먹이며 떨고 있더니 여보게유, 하고 고개를 돌린다. 왜, 하니까 그 말이 이러다간 우리도 고생일 뿐더러 첫째 언내를 잡겠수, 그러니 서루 갈립시다 하는 것이다. 하긴 그럴 법한 말이다. 쥐뿔도 없는 것들이 붙어 다닌댔자 별 수는 없다. 그보담은 서로 갈리어 제 맘대로 빌어먹는 것이 오히려 가뜬하리라. 그는 선뜻 응낙하였다. 아내의 말대로 개가를 해가서 젖먹이나 잘 키우고 몸 성히 있으면 혹 연분이 닿아 다시 만날지도 모르니깐 마지막으로 아내와 같이 땅바닥에 나란히 누워 하룻밤을 떨고나서 날이 훤해지자 그는 툭툭 털고 일어섰다.

매팔자[29]란 응칠이의 팔자이겠다.

그는 버젓이 게트림으로 길을 걸어야 걸릴 것은 하나도 없다. 논 맬 걱정도, 호포 바칠 걱정도, 빚 갚을 걱정, 아내 걱정, 또는 굶을 걱정도. 호동

---

28   섬 : 짚으로 엮어 만든 그릇
29   매팔자 : 하는 일 없이 놀기만 하면서도 살림살이 걱정이 없는 팔자

가란히[30] 털고 나서니 팔자 중에는 아주 상팔자다. 먹구만 싶으면 도야지구, 닭이구, 개구, 언제나 옆을 떠날 새 없겠지, 그리고 돈, 돈두—

그러나 주재소[31]는 그를 노려보았다. 툭하면 오라, 가라, 하는데 학질이었다. 어느 동리고 가 있다가 불행히 일만 나면 누구보다도 그부터 붙들려간다. 왜냐면 그는 전과 사범이었다. 처음에는 도박으로 다음엔 절도로 또 고담에도 절도로, 절도로.

그러나 이번 멀리 아우를 방문함은 생활이 궁하여 근대러[32] 왔다거나 혹은 일을 해보러 온 것은 결코 아니었다. 혈족이라곤 단 하나의 동생이요, 또한 오래 못 본지라 때없이 그리웠다. 그래 모처럼 찾아온 것이 뜻밖에 덜컥 일을 만났다.

지금까지 논의 벼가 서 있다면 그것은 성한 사람의 짓이라 안 할 것이다.

응오는 응고개 논의 벼를 여태 베지 않았다. 물론 응오가 베어야 할 것이나 누가 듣든지 그 형 응칠이를 먼저 의심하리라. 그럼 여기에 따르는 모든 책임을 응칠이가 혼자 지지 않으면 안 될 것이다.

응오는 진실한 농군이었다. 나이 서른하나로 무던히 철났다 하고 동리에서 쳐주는 모범 청년이었다. 그런데 벼를 베지 않는다. 남은 다들 걷어들였고 털기까지 하련만 그는 벨 생각조차 않는 것이다.

지주라든 혹은 그에게 장리를 놓은 김참판이든 뻔질 찾아와 벼를 베라 독촉하였다.

"얼른 털어서 낼 건 내야지."

---

30 호동가란하다 : 회동그랗다. 개운하고 홀가분하다
31 주재소 : 일제 강점기에 순사가 사무를 맡아보던 경찰의 말단 기관
32 근대다 : 성가시게 하다

하면 그 대답은,

"계집이 죽게 됐는데 벼는 다 뭐지유—"
하고 한결같이 내뱉는 소리뿐이었다.

하기는 응오의 아내가 지금 기지사정[33]이매 틈은 없다 하더라도 돈이 놀아서 약을 못 쓰는 이판이니 진시[34] 벼라도 털어야 할 것이다.

그러면 왜 안 털었던가—

그것은 작년 응오와 같이 지주 문전에서 타작을 하던 친구라면 묻지는 않으리라. 한 해 동안 애를 졸이며 홑자식[35] 모양으로 알뜰히 가꾸던 그 벼를 걷어들임은 기쁨에 틀림없었다. 꼭두새벽부터 엣, 엣, 하며 괴로움을 모른다. 그러나 캄캄하도록 털고 나서 지주에게 도지[36]를 제하고, 장리쌀[37]을 제하고 색초[38]를 제하고 보니 남는 것은 등줄기를 흐르는 식은땀이 있을 따름. 그것은 슬프다 하니보다 끝없이 부끄러웠다. 같이 털어 주던 동무들이 뻔히 보고 섰는데 빈 지게로 덜렁거리며 집으로 돌아오는 건 진정 열적기 짝이 없는 노릇이었다. 참다참다 응오는 눈에 눈물이 흘렀던 것이다.

가뜩한데 엎치고 덮치더라고 올해는 고나마 흉작이었다. 샛바람[39]과 비에 벼는 깨깨 배틀렸다.[40] 이놈을 가을하다간 먹을 게 남지 않음은 물

---

33 기지사정 : 기지사경(幾至死境). 거의 죽을 지경에 이름
34 진시 : 참으로, 진실로, 진정으로.
35 홑자식 : 하나뿐인 자식
36 도지 : 남의 논밭을 빌려서 부치고 그 세(稅)로 해마다 무는 벼
37 장리쌀 : 꾼 곡식을 갚을 때 내는 이자로, 원래 곡식 양의 절반 이상으로 지불하는 쌀
38 색초 : 색조. 세곡이나 환곡을 받을 때나 타작할 때 정부나 지주가 곡식의 질을 살펴본다는 이유로 좀더 받던 곡식
39 샛바람 : 동풍을 가리키는 뱃사람들의 은어
40 깨깨 배틀리다 : 몹시 말라 비틀어지다

론이요 빚도 다 못 가릴 모양. 에라 빌러먹을 거. 너들끼리 캐다 먹든 마든 멋대로 하여라, 하고 내던져 두지 않을 수 없다. 벼를 거뒀다고 말만 나면 빚쟁이들은 우— 몰려들거니깐—

응칠이의 죄목은 여기에서도 또렷이 드러난다. 구구루[41] 가만만 있었더면 좋은걸 이 사품[42]에 뛰어들어 지주의 뺨을 제법 갈긴 것이 응칠이었다.

처음에야 그럴 작정이 아니었다. 그는 여러 곳 물을 마신이만치 어지간히 속이 튄 건달이었다. 지주를 만나 까놓고 썩 좋은 소리로 의논하였다. 올 농사는 반실이니 도지도 좀 감해주는 게 어떠냐고. 그러나 지주는 암말 없이 고개를 모로 흔들었다. 정 이러면 하여튼 일년 품은 빼야 할 테니 나는 그 논에다 불을 질르겠수, 하여도 잠자코 응치 않는다. 지주로 보면 자기로도 그 벼는 넉넉히 걷어들일 수는 있다. 마는 한번 버릇을 잘못해놓으면 여느 작인까지 행실을 버릴까 염려하여 겉으로 독촉만 하고 있는 터이었다. 실상이야 고까짓 벼쯤 있어도 고만 없어도 고만— 그 심보를 눈치채고 응칠이는 화를 벌컥 냈건마는 좋으나, 저도 모르고 대뜸 주먹뺨이 들어갔던 것이다.

이렇게 문제 중에 있는 벼인데 귀신의 노름같은 변괴가 생겼다. 다시 말하면 벼가 없어졌다. 그것두 병들어 쓰러진 쭉쟁이는 제쳐놓고 무얼로 그랬는지 알짱 이삭만 따갔다. 그 면적으로 어림하면 아마 못 돼도 한 댓 말 가량은 되는지—

응칠이가 아침 일찍이 그 논께로 노닐자 이걸 발견하고 기가 막혔다. 누굴 성가시게 굴려고 그러는지. 산속에 파묻힌 논이라 아직은 본 사람이 없는 모양 같다. 허나 동리에 이 소문이 퍼지기만 하면 저는 어느 모

---

41 구구루 : 국으로. 분수에 맞게 지금 그대로. 제 생긴 그대로
42 사품 : 어떤 일이나 동작이 진행되는 '마침 그때(기회)'를 뜻함

로든 혐의를 받아 폐는 좋이[43] 입어야 될 것이다.

응칠이는 송이도 송이려니와 실상은 궁리에 바빴다. 속중으로 지목 갈 만한 놈을 여럿 들어 보았으나 이렇다 짚을 만한 증거가 없다. 어쩌면 재성이나 성팔이 이 둘 중의 짓이리라, 하고 결국 이렇게 생각던 것도 응칠이가 아니면 안 될 것이다.

원수는 외나무다리에서 만났다.

응칠이는 저의 짐작이 들어맞음을 알고 당장에 일을 낼 듯이 성팔이의 눈을 드리 노렸다.

성팔이는 신이 나서 떠들다가 그 눈총에 어이가 질리어 고만 벙벙하였다. 그리고 얼굴이 해쓱하여 마주대고 쳐다보더니

"근래 자네 왜 그케 노하나. 지내다 보니깐 그렇길래 일테면 자네보구 얘기지 뭐……"

하고 뒷갈망[44]을 못하여 우물주물한다.

"노하긴 누가 노해―"

응칠이는 뼈팅겼던 몸에 좀더 힘을 올리며

"응고개를 어째 갔더냐 말이지?"

"놀러갔다 오는 길인데 우연히……."

"놀러갔다, 거기가 노는 덴가?"

"글쎄, 그렇게까지 물을 게 뭔가. 난 응고개 아니라 서울은 못 갈 사람인가."

하다가 성팔이는 속이 타는지 코로 흐응, 하고 날숨을 길게 뽑는다.

---

43 좋이 : 꽤. 넉넉히. 무던히.
44 뒷갈망 : 뒷감당

이렇게 나오는 데는 더 물을 필요가 없었다. 성팔이란 놈도 여간내기가 아니요 구장네 솥인가 뭔가 떼다먹고 한번 다녀온 놈이었다. 많이 사귀지는 못했으나 동리 평판이 그놈과 같이 다니다가는 엉뚱한 일 만난다 한다. 이번에 응칠이 저녁[45] 그 섭수[46]에 걸렸음을 알고

"그야 응고개라구 못 갈 리 없을 테―."

하고 한번 엇먹다[47] 그러나 자네두 아다시피 거 어디야, 거기 바루 길이 있다든지 사람 사는 동리라면 혹 모른다 하지마는 성한 사람이야 응고개엘 뭘 먹으러 가나, 그렇지 자네야 심심하니까, 하고 앞을 꽉 눌러 등을 떠본다.

여기에는 대답 없고 성팔이는 덤덤히 쳐다만 본다. 무엇을 생각했는가 한참 있더니 호주머니에서 단풍갑[48]을 꺼낸다. 우선 제가 한 개를 물고 또 하나를 뽑아 내대며,

"권연 하나 피게."

매우 든직한 낯을 해보인다.

이놈이 이에 밝기가 몹시 밝은 성팔이다. 턱없이 권연 하나라도 선심을 쓸 궐자[49]가 아니리라, 생각은 하였으나 그렇다고 예까지 부르대는[50] 건 도리어 저의 처지가 불리하다. 그것은 짜정[51] 그 손에 넘는 짓이니

"아 웬 권연은이래―"

---

45 저녁 : 저 역시
46 섭수 : 어떤 목적을 달성하기 위한 방법
47 엇먹다 : 이치에 맞지 않는 말과 행동으로 비꼬다
48 단풍갑 : 일제 강점기에 생산되었던 담배의 한 종류
49 궐자 : '그 사람'을 홀하게 이르는 말. 궐공(厥公)
50 부르대다 : 거친 말로 야단스럽게 떠들어대다
51 짜정 : 참, 과연, 틀림없이 정말로

하고 슬쩍 눙치며[52]

"성냥 있겠나?"

일부러 불까지 거대게[53] 하였다.

응칠이에게 액을 떠넘기어 이용할려는 고 야심을 생각하면 곧 달겨들어 다리를 꺾어놔야 옳을 것이다. 그러나 이 마당에 떠들어대고 보면 저는 드러누워 침뱉기. 결국 도적은 뒤로 잡지 앞에서 얼르는 법이 아니다.

동리에 소문이 퍼질 것만 두려워하며

"여보게 자네가 했건 내가 했건 간."

하고 과연 정다이 그 등을 툭 치고 나서,

"우리 둘만 알고 동리에 말은 내지 말게."

하다가 성팔이가 이 말에 되우[54] 놀라며 눈을 말뚱말뚱 뜨니

"그까진 벼쯤 먹으면 어떤가!"

하고 껄껄 웃어 버린다.

성팔이는 한굽 접히어[55] 말문이 메였는지 얼뚤하여 입맛만 다신다.

"아예 말은 내지 말게, 응 알지—"

하고 다시 다질 때에야 겨우 주저주저 입을 열어

"내야 무슨 말을 내겠나."

하고 조곰 사이를 떼어 또

"내야 무슨 말을…… 그건 염려 말게."

하더니 비실비실 몸을 돌리어 저 갈 길을 내걷는다. 그러나 저 앞고개까

---

52 눙치다 : 좋은 말로 상대의 마음을 누그러뜨리다
53 거대다 : 그어대다
54 되우 : 매우, 몹시, 되게, 된통
55 한굽 접히다 : 한풀 꺾이다

지 가는 동안에 두 번이나 돌아다보며 이쪽을 살피고 살피고 한 것만은 사실이었다.

응칠이는 그 꼴을 이윽히 바라보고 입 안으로 죽일 놈, 하였다. 아무리 도적이라도 같은 동료에게 제 죄를 넘겨씌우려 함은 도저히 의리가 아니다.

그건 그렇다 치고 응오가 더 딱하지 않은가. 기껀 힘들여 지어 놓았다 남 좋은 일 한 것을 안다면 눈이 뒤집힐 일이겠다.

이래서야 어디 이웃을 믿어보겠는가—

확적히[56] 증거만 있어 이놈을 잡으면 대번에 요절을 내리라 결심하고 응칠이는 침을 탁 뱉어 던지고 산을 내려온다.

그런데 그놈의 행태로 가늠 보면 응칠이 저만치는 때가 못 벗은 도적이다. 어느 미친놈이 논두렁에까지 가새[57]를 들고 오는가. 격식도 모르는 푸뚱이[58]가. 그럴려면 바로 조나까리나 수수나까리 말이지. 그 속에 들어앉아 가새로 속닥거려야 들릴 리도 없고 일도 편하고. 두 포대고 세 포대고 마음껏 딸 수도 있다. 그러나 틈 보고 집으로 나르면 고만이지만 누가 논의 벼를 다. 그렇게도 벼에 걸신이 들었다면 바로 남의 집 머슴으로 들어가 한 달포 동안 주인 앞에 얼렁거리는[59] 것이어니와. 신용을 얻어 났다가 주는 옷이나 얻어입고 다들 잠들거든 벼섬이나 두둑이 짊어메고 덜렁거리면 그뿐이다. 이건 맥도 모르는 게 남도 못살게 굴려고. 에—이 망할 자식두. 그는 분노에 살이 다 부들부들 떨리는 듯싶었다. 그러나

---

56 확적히 : 확실하여 틀림이 없이
57 가새 : 가위
58 푸뚱이 : 풋내기. 경험이 없어 서투른 사람
59 얼렁거리다 : 하는 일 없이 빈둥거리다

이런 좀도적이란 뽕이 나기 전에는 바짝 물고 덤비는 법이었다. 오늘 밤에는 요놈을 지켰다 꼭 붙들어가지고 정갱이를 분질러놓으리라, 밥을 먹고는 태연히 막걸리 한 사발을 껄떡껄떡 들여키자

"커—, 가을이 되니깐 맛이 행결 낫군—"

그는 주먹으로 입가를 쓱쓱 훔친 다음 송이 꾸림에서 세 개를 뽑는다. 그리고 그걸 갈퀴같이 마른 주막할머니 손에 내어주며

"옛수, 송이나 잡숫게유—"

하고 술값을 치렀으나

"아이 송이두 고놈 참."

간사를 피는 것이 겉으로는 반기는척 하면서도 좀 시쁜[60] 모양이다. 제 딴은 한 개에 삼 전씩 치더라도 구 전밖에 안 되니깐—

응칠이는 슬며시 화가 나서 그 얼굴을 유심히 들여다보았다. 움푹 들어간 볼때기에 저건 또 왜 저리 멋없이 불거졌는지 툭 나온 광대뼈하구 치마 아래로 남실거리는 발가락은 자칫 잘못 보면 황새 발목이니 이건 언제 잡아갈려구 남겨두는 거야— 보면 볼수록 하나 이쁜 데가 없다. 한두 번 먹은 것두 아니요 언젠간 울타리께 풀을 베어 주고 술사발이나 얻어먹은 적도 있었다. 고렇게 야멸치게 따질 건 뭔가. 그는 눈살을 흘낏 맞추고는 하나를 더 꺼내어

"옛수 또 하나 잡숫게유—"

내던져주곤 댓돌에 가래침을 탁 뱉았다.

그제야 식성이 좀 풀리는지 그 가축[61]으로 웃으며

60 　시쁘다 : 마음에 차지 않고 시들하다
61 　가축 : 알뜰히 매만져 잘 지님

"아이그 이거 자꾸 즘 어떡해—"

"어떡허긴, 자꾸 살찌게유—"

하고 한 마디 툭 쏘고 일어서다가 무엇을 생각함인지 다시 툇마루에 주저앉았다.

"그런데 참 요즘 성팔이 보셨수?"

"아—니, 당최 볼 수가 없더구먼."

"술두 안 먹으러 와유?"

"안 와—"

하고는 입 속으로 뭐라구 종잘거리며 의아한 낯을 들더니

"왜, 또 뭐 일이……?"

"아니유, 본 지가 하 오래니깐—"

응칠이는 말끝을 얼버무리고 고개를 돌리어 한데[62]를 바라본다. 벌써 점심때가 되었는지 닭들이 요란히 울어댄다. 논둑의 미루나무는 부 하고 또 부, 하고 잎이 날리며 팔랑팔랑 하늘로 올라간다.

"성팔이가 이 말에서 얼마나 살았지유?"

"글쎄—, 재작년 가을이지 아마."

하고 장죽을 빡빡 빨더니

"근대 또 떠난대던걸, 홍천인가 어디 즈 성님안터로 간대."

하고 그게 옳지 여기서 뭘 하느냐. 대장간이라고 일이나 많으면 모르거니와 밤낮 파리만 날리는걸. 그보다는 즈형이 크게 농사를 짓는다니 그 뒤나 자들어주고[63] 구구루 얻어먹는 게 신상에 편하겠지. 그래 불일간[64]

---

62 한데 : 바깥
63 자들어주고 : 거들어주고
64 불일간 : 며칠 안에

처자식을 데리고 아마 떠나리라고 하고

"농군은 그저 농사를 지야 돼."

"낼 술 먹으러 또 오지유—"

간단히 인사만 하고 응칠이는 다시 일어났다.

주막을 나서니 옷깃을 스치는 개운한 바람이다. 밭 둔덕[65]의 대추는 척척 늘어진다. 머지않아 겨울은 또 오렷다. 그는 응오의 집을 바라보며 그간 죽었는지 궁금하였다.

응오는 봉당[66]에 걸터앉았다. 그 앞 화로에는 약이 바글바글 끓는다. 그는 정신없이 들여다보고 앉았다.

우중충한 방에서는 아내의 가쁜 숨소리가 들린다. 색, 색 하다가 아이구, 하고는 까우러지게 콜록거린다. 가래가 치밀어 몹시 괴로운 모양— 뽑아 줄 사이가 없이 풀들은 뜰에 엉겼다. 흙이 드러난 지붕에서 망초가 휘어청휘어청. 바람은 가끔 찾아와 싸리문을 흔든다. 그럴 적마다 문은 을씨년스럽게 삐—꺽 삐—꺽. 이웃의 발발이는 부엌에서 한창 바쁘게 달그락거린다. 마는 아침에 아내에게 먹이고 남은 조죽밖에야. 아니 그것도 참 남편마저 굶었으니 사발에 붙은 찌꺽지뿐이리라—

"거, 다 졸았나 부다."

응칠이는 약이란 너무 졸면 못쓰니 고만 짜 먹이라, 하였다. 약이라야 어젯저녁 울 뒤에서 옮아들인 구렁이지만—

그러나 응오는 듣고도 흘렸는지 혹은 못 들었는지 잠자코 고개도 안 든다.

---

65 둔덕 : 가운데가 솟아서 언덕처럼 된 곳
66 봉당 : 마루가 있어야 할 자리를 흙바닥 그대로 둔 곳

"엣다, 송이 맛이나 봐라."

하고 형이 손을 내밀 제야 겨우 시선을 들었으나 술이 거나한 그 얼굴을 거북상스레 훑어본다. 그리고 송이를 고맙지 않게 받아 방으로 치트리고는

"이거나 먹어."

하다가

"뭐?"

소리를 크게 질렀다. 그래도 잘 들리지 않으므로

"뭐야 뭐야, 좀 똑똑히 하라니깐?"

하고 골피를 찌푸린다.

그러나 아내는 손짓만으로 무슨 소린지 알 수가 없다. 음성으로 치느니보다 조히[67] 부비는 소리랄지, 그걸 듣기에는 지척도 멀었다.

가만히 보다 응칠이는 제가 다 불안하여

"뒤보겠다는 게 아니냐—"

"그럼 그렇다 말이 있어야지."

남편은 이내 짜증을 내며 몸을 일으킨다. 병약한 아내의 음성이 날로 변하여감을 시방 안 것도 아니련만— 그는 방바닥에 늘어져 꼬치꼬치 마른 반송장을 조심히 일으키어 등에 업었다.

울 밖 밭머리에 잿간[68]은 놓였다. 머리가 눌릴 만치 납작한 갑갑한 굴속이다. 게다 거미줄은 예제없이[69] 엉켰다. 부추돌[70] 위에 내려놓으니 아

---

67 조히 : 종이
68 잿간 : (거름으로 쓰기 위하여) 재를 모아 두는 헛간
69 예제없이 : 여기나 저기나 구분없이
70 부추돌 : 뒷간에서 일을 볼 때 발을 디디게 만들어놓은 돌

내는 벽을 의지하여 웅크리고 앉는다. 그리고 남편은 눈을 멀뚱멀뚱 뜨고 지키고 섰는 것이다.

이 꼴들을 멀거니 바라보다 응칠이는 마뜩지[71] 않게 코를 횡, 풀며 입맛을 다시었다. 응오의 짓이 어리석고 울화가 터져서이다. 요즘 응오가 형에게 잘 말도 않고 왜 어뜩비뜩[72]하는지 그 속은 응칠이도 모르는 배 아닐 것이다.

응오가 이 아내를 찾아올 때 꼭 삼 년간을 머슴을 살았다. 그처럼 먹고 싶던 술 한 잔 못 먹었고 그처럼 침을 삼키던 그 개고기 한 메 물론 못 샀다. 그리고 사경을 받는 대로 꼭꼭 장리를 놓았으니 후일 선채[73]로 썼던 것이다. 이렇게까지 근사[74]를 모아 얻은 계집이련만 단 두 해가 못 가서 이 꼴이 되고 말았다.

그러나 이 병이 무슨 병인지 도시 모른다. 의원에게 한 번이라도 변변히 보여본 적이 없다. 혹 안다는 사람의 말인즉 뇌점[75]이니 어렵다 하였다. 돈만 있다면이야 뇌점이고 염병이고 알 바가 못 될 거로되 사날 전 거리로 쫓아나오며

"성님!"

하고 팔을 챌 적에는 응오도 어지간히 급한 모양이었다.

"왜?"

응칠이가 몸을 돌리니 허둥지둥 그 말이 인제는 별 도리가 없다. 있다

---

71 마뜩다 : 마뜩하다. 마음에 들다
72 어뜩비뜩 : 행동이 단정하지 못한 모양
73 선채 : 전통 혼례를 올리기 전에 신랑 집에서 신부 집으로 미리 보내는 채단
74 근사 : 자기가 맡은 일을 힘써 함
75 뇌점 : 폐결핵

면 꼭 한 가지가 남았으나 그것은 엊그저께 산신을 부리는 노인이 이 마을에 오지 않았는가. 그 도인이 응오를 특히 동정하여 십오 원만 들여 산치성을 올리면 씻은 듯이 낫게 해주리라는데

"성님은 언제나 돈 만들 수 있지유?"

"거 안 된다, 치성드려 날 병이 그냥 안 낫겠니."

하여 여전히 딱 떼이고 그러케 내 뭐래던, 애전에 계집 다 내버리고 날 따라나서랬지, 하고

"그래 농군의 살림이란 제 목 매기라지!"

그러나 아우가 암말 없이 몸을 휙 돌리어 집으로 들어갈 제 응칠이는 속으로 또 괜한 소리를 했구나, 하였다.

응오는 도로 아내를 업어다 방에 뉘었다. 약은 다 졸았다. 불이 삭기 전 짜야 할 것이다. 식기를 기다려 약사발을 입에 대어주니 아내는 군말 없이 그 구렁이물을 껄덕껄덕 들여마신다.

응칠이는 마당에 우두커니 앉았다. 사람의 목숨이란 과연 중하군, 하였다. 그러나 계집이라는 저 물건이 그렇게 떼기 어렵도록 중할까, 하니 암만해도 알 수 없고

"너 참 요 건너 성팔이 알지?"

"……"

"너하구 친하냐?"

"……"

"성이 뭐래는데 거 대답 좀 하렴."

하고 소리를 꽥 질러도 아우는 대답은 말고 고개도 안 든다.

그러나 응칠이는 하늘을 쳐다보고 트림만 끄윽, 하고 말았다. 술기가 코를 콱 콱 찔러야 할 터인데 이건 풋김치 냄새만 코밑에서 뱅뱅 돈다.

공짜 김치만 퍼먹을 게 아니라 한 잔 더 했더면 좋았을걸. 그는 일어서서 대[76]를 허리에 꽂고 궁둥이의 흙을 털었다. 벼 도적맞은 이야기를 할까, 하다가 아서라 가뜩이나 울상이 속이 쓰릴 것이다. 그보다는 이놈을 잡아놓고 낭종 희짜를 뽑는 것이 점잖겠지—

그는 문 밖으로 나와 버렸다.

답답한 아우의 살림을 보니 역[77] 답답하던 제 살림이 연상되고 가슴이 두목[78] 답답하였다.

이런 때에는 무가 십상[79]이다. 사실 하느님이 무를 마련해낸 것은 참으로 은혜로운 일이다. 맥맥할[80] 때 한 개를 씹고 보면 굴꺽 하고 쿡 치는 그 멋이 좋고 남의 무밭에 들어가 하나를 쑥 뽑으니 가랑무. 이—키, 이거 오늘 운수 대통이로군. 내던지고 그 담 놈을 뽑아들고 개울로 내려온다. 물에 쓱쓱 닦아서는 꽁지는 이로 베어 던지고 어썩 깨물어 붙인다.

개울 둔덕에 포플러는 호젓하게도 매출이 컸다. 재각돌[81]은 고 밑에 옹기종기 모였다. 가생이[82]로 잔디가 소보록하다. 응칠이는 나가자빠져 마을을 건너다보며 눈을 멀뚱멀뚱 굴리고 누웠다. 산에 뺑뺑 둘리어 숨이 콕 막힐 듯한 그 마을—

아리랑 아리랑 아라리요

---

76 대 : 담뱃대
77 역 : 역시
78 두목 : 두루
79 십상 : 어떤 물건이 특정한 경우에 꼭 들어맞음
80 맥맥하다 : 갑갑하다
81 재각돌 : 자갈돌
82 가생이 : 가장자리

아리랑 띄여라 노다 가세
증기차는 가자고 왼고동 트는데
정든 님 품 안고 낙누낙누
아리랑 아리랑 아라리요
아리랑 띄여라 노다 가세
낼 갈지 모레 갈지 내 모르는데
옥씨기 강낭이는 심어 뭐 하리
아리랑 아리랑 아라리요
아리랑 띄여라…….

 그는 놋노래[83]를 이렇게 흥얼거리다 갑작스레 강릉이 그리웠다. 펄펄 뛰는 생선이 좋고 아침 햇발에 비끼어 힘차게 출렁거리는 그 물결이 좋고. 이까짓 둠[84] 구석에서 쪼들리는 데 대다니. 그래도 즈이 딴은 무어 농사 좀 지었답시고 악을 복복 쓰며 잘두 떠들어댄다. 허지만 그런 중에도 어디인가 형언치 못할 쓸쓸함이 떠돌지 않는 것도 아니다. 삼십여 년 전 술을 빚어놓고 쇠를 울리고 흥에 질리어 어깨춤을 덩실거리고 이러던 가을과는 저 딴쪽이다. 가을이 오면 기쁨에 넘쳐야 될 시골이 점점 살기만 떠오름은 웬일일꼬. 이렇게 보면 재작년 가을 어느 밤 산중에서 낫으로 사람을 찍어 죽인 강도가 문득 머리에 떠오른다. 장을 보고 오는 농군을 농군이 죽였다. 그것두 많이나 되었으면 모르되 빼앗은 것이 한끗[85] 동전 네 닢에 수수 일곱 되. 게다 흔적이 탄로날까 하여 낫으로 그 얼굴의 껍

---

83 놋노래 : 콧노래
84 둠 : 두메산골. 도회지에서 멀리 떨어진 시골 변두리
85 한끗 : 한껏

질을 벗기고 조깃대강이 이기듯 끔찍하게 남기고 조긴[86] 망나니다. 흉악한 자식. 그 잘량한[87] 돈 사전에 나 같으면 가여워 덧돈을 주고라도 왔으리라. 이번 놈은 그 따위 깍따귀[88]나 아닐는지 할 때 찬 김과 아울러 치미는 소름에 머리끝이 다 쭈볏하였다. 그간 아우의 농사를 대신 돌봐주기에 이럭저럭 날이 늦었다. 오늘 밤에는 이놈을 다리를 꺾어놓고 내일쯤은 봐서 설렁설렁 뜨는 것이 옳은 일이겠다. 이 산을 넘을까 저 산을 넘을까 주저거리며 속으로 점을 치다가 슬그머니 코를 골아올린다.

밤이 나리니 만물은 고요히 잠이 든다. 검푸른 하늘에 산봉우리는 울퉁불퉁 물결을 치고 흐릿한 눈으로 별은 떴다. 그러다 구름떼가 몰려 닥치면 캄캄한 절벽이 된다. 또한 마을 한복판에는 거친 바람이 오락가락 쓸쓸히 궁굴고[89] 이따금 코를 찌름은 후련한 산사 내음새. 북쪽 산 밑 미루나무에 싸여 주막이 있는데 유달리 불이 반짝인다. 노세, 노세, 젊어서 놀아. 노랫소리는 나직나직 한산히 흘러온다. 아마 벼를 뒷심[90]대고 외상이리라—

응칠이는 잠자코 벌떡 일어나 바깥으로 나섰다. 그리고 다 나와서야 그 집 친구에게 눈치를 안 채이도록

"내 잠깐 다녀옴세—"

"어딜 가나?"

친구는 웬 영문을 몰라서 뻔히 쳐다보다 밤이 이렇게 늦었으니 나갈

---

86 조기다 : 마구 때리다
87 잘량하다 : 알량하다. 보잘 것 없다
88 깍따귀 : 각다귀. 남의 것을 뜯어먹고 사는 사람
89 궁굴다 : 궁굴하다. 이리저리 구르다
90 뒷심 : 보장되고 든든하다고 믿는 것

생각 말고 어여 이리 들어와 자라 하였다. 기껏 둘이 앉아서 개코쥐코[91] 떠들다가 갑자기 일어서니깐 꽤 이상한 모양이었다.

"건너말 가 담배 한 봉 사오라구."

"담배 여깄는데 또 사 뭐 하나?"

친구는 호주머니에서 굳이 희연[92] 봉을 꺼내어 손에 들어 보이더니

"이리 들어와 섬이나 좀 쳐주게."

"아 참 깜빡……."

하고 응칠이는 미안스러운 낯으로 뒤통수를 긁죽긁죽한다. 하기는 섬을 좀 쳐달라구 며칠째 당부하는 걸 노름에 몸이 팔리어 고만 잊고 잊고 했던 것이다. 먹고 자고 이렇게 신세를 지면서 이건 썩 안됐다, 생각은 했지마는

"내 곧 다녀올걸 뭐……."

어정쩡하게 한 마디 남기곤 그 집을 뒤에 남긴다.

그러나 이 친구는

"그럼 곧 다녀오게—"

하고 때를 재치는 법은 없었다. 언제나 여일같이

"그럼 잘 다녀오게—"

이렇게 그 신상만 편하기를 비는 것이다.

응칠이는 모든 사람이 저에게 그 어떤 경의를 갖고 대하는 것을 가끔 느끼고 어깨가 으쓱거린다. 백판 모르던 사람도 데리고 앉아서 몇 번 말만 좀 하면 대번 구부러진다. 그렇게 장한 것인지 그 일을 하다가, 그 일

---

91 개코쥐코 : 쓸데없는 말로 이러쿵저러쿵하는 모양
92 희연 : 일제 강점기에 생산되었던 담배의 한 종류

이라야 도적질이지만, 들어가 욕보던 이야기를 하면 그들은 눈을 커다랗게 뜨고

"아이구, 그걸 어떻게 당하셨수!"

하고 저윽이 놀라면서도

"그래 그 돈은 어떡했수?"

"또 그랠 생각이 납디까유?"

"참 우리 같은 농군에 대면 호강살이유!"

하고들 한편 썩 부러운 모양이었다. 저들도 그와 같이 진탕 먹고 살고는 싶으나 주변 없이 못 하는 그 울분에서 그런 이야기만 들어도 다소 위안이 되는 것이다. 응칠이는 이걸 잘 알고 그 누구를 논에다 꺼꾸루 박아 놓고 달아나다가 붙들리어 경치던 이야기를 부지런히 하며

"자네들은 안적 멀었네 멀었어—"

하고 흰소리[93]를 치면 그들은, 옳다는 뜻이겠지, 묵묵히 고개만 꺼떡꺼떡 하며 속없이 술을 사주고 담배를 사주고 하는 것이다.

그런데 이번 벼를 훔쳐 간 놈은 응칠이를 마구 넘보는 모양 같다.

이렇게 생각하면 응칠이는 더욱 괘씸하였다. 그는 물푸레몽둥이를 벗 삼아 논둑길을 질러서 산으로 올라간다.

이슥한 그믐은 칠야—

길은 어둡고 흐릿한 언저리만 눈앞에 아물거린다.

그 논까지 칠 마장[94]은 느긋하리라. 이 마을을 벗어나는 어귀에 고개 하나를 넘는다. 또 하나를 넘는다. 그러면 그담 고개와 고개 사이에 수

---

93 흰소리 : 터무니없이 자랑하거나 희떱게 지껄임, 또는 그 말
94 마장 : 십 리나 오 리 미만의 거리를 이를 때 '리(里)' 대신으로 쓰는 말

목이 울창한 산중턱을 비겨대고[95] 몇 마지기의 논이 놓였다. 응오의 논은 그 중의 하나이었다. 길에서 썩 들어앉은 곳이라 잘 뵈도 않는다. 동리에 그런 소문이 안 났을 때에는 천행으로 본 놈이 없을 것이나 반드시 성팔이의 성행임에는―.

응칠이는 공동묘지의 첫 고개를 넘었다. 그리고 다음 고개의 마루턱을 올라섰을 때 다리가 주춤하였다. 저 왼편 높은 산고랑에서 불이 반짝하다 꺼진다. 짐승불로는 너무 흐리고― 아―하, 이놈들이 또 왔군. 그는 가던 길을 옆으로 새었다. 더듬더듬 나뭇가지를 짚으며 큰 산으로 올라탄다. 바위는 미끌리어 내리며 발등을 찧는다. 딸기가시에 종아리는 따갑고 엉금엉금 기어서 바위를 끼고 감돈다.

산, 거반 꼭대기에 바위와 바위가 어깨를 겯고[96] 움쑥 들어간 굴이 있다. 풀들은 뻗치어 굴문을 막는다.

그 속에 돌아앉아서 다섯 놈이 머리들을 맞대고 수군거린다. 불빛이 샐까 염려다. 람포불을 얕이 달아놓고 몸들을 바싹바싹 여미어 가리운다.

"어서 후딱후딱 쳐, 갑갑해서 온―"

"이번엔 누가 빠지나?"

"이 사람이지 뭘 그래."

"다시 섞어, 어서 이 따위 수작이야."

하고 한 놈이 골을 내고 화투를 빼앗아 제 손으로 섞다가 깜짝 놀란다. 그리고 버썩 대드는 응칠이를 벙벙히 쳐다보며 얼뚤한다.

---

95 비겨대다 : 비스듬히 기대다
96 겯다 : 풀어지거나 빠지지 않게 서로 어긋나게 끼거나 걸치다

그들은 응칠이가 오는 것을 완고척히[97] 싫어하는 눈치였다. 이런 애송이 노름판인데 응칠이를 들였다가는 맥을 못쓸 것이다. 속으로는 되우 꺼렸다마는 그렇다고 응칠이의 비위를 건드림은 더욱 좋지 못하므로—

"아, 응칠인가, 어서 들어오게."

하고 선웃음을 치는 놈에

"난 올듯하게, 자넬 기다렸지."

하며 어수대는[98] 놈

"하여튼 한 케 떠보세."[99]

이놈들은 손을 잡아들이며 썩들 환영이었다.

응칠이는 그 속으로 들어서며 무서운 눈으로 좌중을 한번 훑어보았다.

그런데 재성이도 그 틈에 끼어 있는 것이 아닌가. 사날 전만 해도 응칠이더러 먹을 양식이 없으니 돈 좀 취하라던 놈이. 의심이 부쩍 일었다. 도적이란 흔히 이런 노름판에서 씨가 퍼진다. 고 옆으로 기호도 앉았다. 이놈은 며칠 전 제 계집을 팔았다. 그 돈으로 영동 가서 장사를 하겠다던 놈이 노름을 왔다. 제깐 주제에 딸 듯싶은가. 하나는 용구. 농사엔 힘 안 쓰고 노름에 몸이 달았다. 시키는 부역도 안 나온다고 동리에서 손두[100]를 맞은 놈이다. 그리고 남의 집 머슴 녀석. 뽐을 내이고 멋없이 점잔을 피우는 중늙은이 상투쟁이. 이 물건은 어서 날아왔는지 보도못하던

---

97 완고척히 : 고지식하고 노골적으로

98 어수대다 : 으쓱거리며 뽐내다

99 한 케 떠보다 : 화투를 함께 하다

100 손두 : 지난날, 도리를 저버린 사람을 마을에서 내쫓던 일

놈이다. 체 이것들이 뭘 한다구―

응칠이는 기호의 등을 꾹 찍어가지고 밖으로 나왔다.

외딴 곳으로 데리고 와서

"자네 돈 좀 없겠나?"

하고 돌아서다가

"웬걸 돈이 어디……."

눈치만 남고 어름어름하니

"아내와 갈렸다지, 그 돈 다 뭐 했나?"

"아 이 사람아 빚 갚았지―"

기호는 눈을 내려깔며 매우 거북한 모양이다.

오른편 엄지로 한 코를 밀고 흥 하고 내풀더니 이번 빚에 졸리어 죽을 뻔했네 하고 묻지 않은 발뺌까지 얹어서 설대로 등어리를 긁죽긁죽한다.

그러나 응칠이는 속으로 이놈 하였다.

응칠이는 실눈을 뜨고 기호를 유심히 쏘아주었더니

"꼭 사 원 남었네."

하고 선뜻 알리고,

"빚 갚고 뭣하고 흐지부지 녹았어―"

어색하게도 혼잣말로 우물쭈물 웃어 버린다.

응칠이는 퉁명스러이

"나 이 원만 최게."[101]

하고 손을 내대다 그래두 잘 듣지 않으매

---

101 최다 : 빌려주다

"따서 둘이 노늘테야, 누가 떼먹나—"
하고 소리가 한번 빽 아니 나올 수 없다.

이 말에야 기호도 비로소 안심한 듯, 저고리 섶을 쳐들고 흠척거리다 주뼛주뼛 꺼내놓는다. 딴은 응칠이의 솜씨이면 낙짜는 없을 것이다. 설혹 재간이 모잘라 잃는다면 우격이라도 도로 몰아갈 게니깐—

"나두 한 케 떠보세."[102]

응칠이는 우좌스리 굴로 기어든다. 그 콧등에는 자신 있는 그리고 흡족한 미소가 떠오른다. 사실이지 노름만치 그를 행복하게 하는 건 다시 없었다. 슬프다가도 화투나 투전장을 손에 들면 공연스레 어깨가 으쓱거리고 아무리 일이 바빠도 노름판은 옆에 못 두고 지난다. 그는 이놈 저놈의 눈치를 스을쩍 한번 훑고

"두 패루 너느지?"

응칠이는 재성이와 용구를 데리고 한옆으로 비켜 앉았다. 그리고 신바람이 나서 화투를 섞다가 손을 따악 짚으며

"튀전[103]이래지 이깐 화투는 하튼 뭘 할 텐가, 녹빼낀가, 껄텐가?"

"약단이나 그저 보지—"

사방은 매섭게 조용하였다. 바위 위에서 혹 바람에 모래 구르는 소리뿐이다. 어쩌다

"옛다 봐라."

하고 화투짝이 쩔꺽, 한다. 그리곤 다시 쥐죽은 듯 잠잠하다.

그들은 이욕에 몸이 달아서 이야기구 뭐구 할 여지가 없다. 행여 속지

---

102 우좌스리 : 잘난체하면서
103 튀전 : 투전. 노름의 한 종류

만무방

나 않는가, 하여 눈들이 빨개서 서로 독을 올린다. 어떤 놈이 뜯는 놈이고 어떤 놈이 뜯기는 놈인지 영문 모른다.

응칠이가 한 장을 내던지고 명월공산을 보기 좋게 떡 제쳐놓으니,

"이거 왜 수짜질[104]이야—"

용구가 골을 벌컥 내며 쳐다본다.

"뭐가?"

"뭐라니, 아, 이 공산 자네 밑에서 빼내지 않았나?"

"봤으면 고만이지 그렇게 노할 건 또 뭔가—"

응칠이는 어설피 입맛을 쩍쩍 다시다

"그럼 이번엔 파토지?"

하고 손의 화투를 땅에 내던지며 껄껄 웃어버린다.

이때 한 옆에서 별안간

"이 자식 죽인다—"

악을 쓰는 것이니 모두들 놀라며 시선을 몬다. 머슴이 마주앉은 상투의 뺨을 갈겼다. 말인즉 매주[105] 다섯 끗을 엎어쳤다, 고—

허나 정말은 돈을 잃은 것이 분한 것이다. 이 돈이 무슨 돈이냐 하면 일년 품을 판 피 묻은 사경이다. 이런 돈을 송두리 먹다니—

"이 자식, 너는 야마시꾼[106]이지. 돈 내라."

멱살을 훔켜잡고 다시 두 번을 때린다.

"허, 이눔이 왜 이래누, 어른을 몰라보구."

상투는 책상다리를 잡숫고 허리를 쓰윽 펴더니 점잖이 호령한다. 자

---

104 수짜질 : 수작질
105 매주 : 매조. 매화가 그려져 있는 화투짝
106 야마시꾼 : 사기꾼

식뻘 되는 놈에게 뺨을 맞는 건 말이 좀 덜 된다. 약이 올라서 곧 일을 칠 듯이 엉덩이를 번쩍 들었으나 그러나 그대로 주저앉고 말았다. 악에 바짝 받친 놈을 건드렸다가는 결국 이쪽이 손해다. 더럽단 듯이 허허, 웃고,

"버릇없는 놈 다 봤고!"

하고 꾸짖은 것은 잘됐으나 기어이 어이쿠, 하고 그 자리에 푹 엎으러진다. 이마가 터져서 피가 흘렀다. 어느 틈엔가 돌멩이가 날아와 이마의 가죽을 터친 것이다.

응칠이는 싱글거리며 굴을 나섰다. 공연스레 쑥스럽게 일이나 벌어지면 성가신 노릇이다. 그리고 돈 백이나 될 줄 알았더니 다 봐야 한 사십 원 될까 말까. 그걸 바라고 어느 놈이 앉았는가—

그가 딴 것은 본밑[107]을 알라[108] 구 원하고 팔십 전이다. 기호에게 오 원을 내주고

"자, 반이 넘네. 자네 계집 잃고 돈 잃고 호강이겠네."

농담으로 비웃어 던지고는 숲으로 설렁설렁 내려온다.

"여보게, 자네에게 청이 있네."

재성이 목이 말라서 바득바득 따라온다. 그 청이란 묻지 않아도 알 수 있었다. 저에게 돈을 다 빼앗기곤 구문[109]이겠지. 시치미를 딱 떼고 나 갈 길만 걷는다.

"여보게 응칠이, 아 내 말 좀 들어—"

그제서는 팔을 잡아낚으며 살려달라 한다. 돈을 좀 늘릴까, 하고 벼

---
107 본밑 : 본전
108 알라 : 아울러
109 구문 : 흥정을 붙여준 보수로 받는 돈

열 말을 팔아 해보았더니 다 잃었다고. 당장 먹을 게 없어 죽을 지경이니 노름 밑천이나 하게 몇 푼 달라는 것이다. 그러나 벼를 털었으면 그저 먹을 게지 어쭙지 않게 노름은—.

"그런 걸 왜 너보고 하랬어?"

하고 돌아서며 소리를 빽 지르다가 가만히 보니 눈에 눈물이 글썽하다. 잠자코 돈 이 원을 꺼내 주었다.

응칠이는 들에 앉아서 팔짱을 끼고 덜덜 떨고 있다.

사방은 뺑— 돌리어 나무에 둘러싸였다. 거무투툭한 그 형상이 헐없이[110] 무슨 도깨비 같다. 바람이 불 적마다 쏴— 하고 쏴— 하고 음충맞게 건들거린다. 어느 때에는 쨕, 쨕, 하고 목을 따는지 비명도 올린다.

그는 가끔 뒤를 돌아보았다. 별일은 없을 줄 아나 호욕[111] 뭐가 덤벼들지도 모른다. 소낭당[112]은 바로 등 뒤다. 족제빈지 뭔지, 요동통에 돌이 무너지며 바시락, 바시락, 한다. 그 소리가 묘—하게도 등줄기를 쪼옥 긋는다. 어두운 꿈속이다. 하늘에서 이슬은 나리어 옷깃을 축인다. 공포도 공포려니와 냉기로 하여 좀체로 견딜 수가 없었다.

산골은 산신까지도 주렸으렷다. 아들 나달라구 떡 갖다 바칠 이 없을 테니까. 이놈의 영감님 홧김에 덥석 달겨들면. 앞뒤를 다시 한번 휘돌아본 다음 설대[113]를 뽑는다. 그리고 오금팽이[114]로 불을 가리고는 한 대 뻑뻑 피워 물었다. 논은 여남은 칸 떨어져 고 아래 누웠다. 일심 정기를 다

---

110 헐없이 : 영락없이
111 호욕 : 혹시, 혹
112 소낭당 : 서낭당. 토지와 마을을 지켜주는 서낭신을 모신 집
113 설대 : '담배설대'의 준말
114 오금팽이 : 무릎을 구부렸을 때 오목한 안쪽 부분

하여 나무 틈으로 뚫어보고 앉았다. 그러나 땅에 대를 털려니깐 풀숲이 이상스러이 흔들린다. 뱀, 뱀이 아닌가. 구시월 뱀이라니 물리면 고만이다. 자리를 옮겨앉으며 손으로 입을 막고 하품을 터친다.

아마 두어 시간은 더 넘었으리라. 이놈이 필연코 올 텐데 안 오니 이 또 무슨 조활까. 이 짓이란 소문이 나기 전에 한번 더 와 보는 것이 원칙이다. 잠을 못 자서 눈이 뻑뻑한 것이 제물에 슬금슬금 감긴다. 이를 악물고 눈을 됩쓰면 이번에는 허리가 노글거린다.[115] 속은 쓰리고 골치는 때리고. 불꽃같은 노기가 불끈 일어서 몸을 옥죄인다. 이놈의 다리를 못 꺾어놔도 애비 없는 홀의 자식[116]이겠다.

닭들이 세 홰를 운다. 멀―리 산을 넘어오는 그 음향이 퍽은 서글프다. 큰 비를 몰아드는지 검은 구름이 잔뜩 끼인다. 하긴 지금도 빗방울이 뚝, 뚝, 떨어진다.

그때 논둑에서 흐끄무레한 헤까비[117] 같은 것이 얼씬거린다. 정신을 빤짝 차렸다. 영락없이 성팔이, 재성이, 그들 중의 한 놈이리라. 이 고생을 시키는 그놈! 이가 북북 갈리고 어깨가 다 식식거린다. 몽둥이를 잔뜩 우려쥐었다. 그리고 벌떡 일어나서 나무줄기를 끼고 조심조심 돌아내린다. 허나 도랑쯤 내려오다가 그는 멈씰하여 몸을 뒤로 물렸다. 늑대 두 놈이 짝을 짓고 이편 산에서 저편 산으로 설렁설렁 건너가는 길이었다. 빌어먹을 늑대, 이것까지 말썽이람. 이마의 식은땀을 씻으며 도로 제자리로 돌아온다. 어쩌면 이번 이놈도 재작년 강도짝이나 안 될는지. 급시로 불길

---

115 노글거리다 : 노그라지다.(지쳐서 맥이 빠지고 축 늘어지다. 흐물흐물해지다.)의 뜻인 듯
116 홀의 자식 : 호래자식. 호래아들[←홀의 아들]. 배운 데 없이 막되게 자라 교양이나 버릇이 없는 사람을 낮잡아 이르는 말
117 헤까비 : 허깨비. 헛것

한 예감이 뒤통수를 탁 치고 지나간다.

그는 옷깃을 여며 한 대를 더 붙였다. 돌연히 풍세는 심하여진다. 산골짜기로 몰아드는 억센 놈이 가끔 발광이다. 다시금 더르르 몸을 떨었다. 가을은 왜 이 지경인지. 여기에서 밤 새울 생각을 하니 기가 찼다.

얼마나 되었는지 몸을 좀 녹이고자 일어나서 서성서성할 때이었다. 논으로 다가오는 희미한 그림자를 분명히 두 눈으로 보았다. 그리고 보니 피로구, 한고[118]이구 다 딴소리다. 고개를 내대고 딱 버티고 서서 눈에 쌍심지를 올린다.

흰 그림자는 어느 틈엔가 어둠 속에 사라져 보이지 않는다. 그리고 다시 나올 줄을 모른다. 바람 소리만 왱, 왱, 칠 뿐이다. 다시 암흑 속이 된다. 확실히 벼를 훔치러 논 속으로 들어갔을 것이다. 역갱이[119] 같은 놈이 궂은 날씨를 기화삼아 맘껏 하겠지. 의리 없는 썩은 자식, 격장[120]에서 같이 굶는 터에— 오냐 대거리만 있어라. 이를 한번 부윽 갈아붙이고 차츰차츰 논께로 내려온다.

응칠이는 논께로 바특이 내려서서 소나무에 몸을 착 붙였다. 섣불리 서둘다간 낫의 횡액[121]을 입을지도 모른다. 다 훔쳐가지고 나올 때만 기다린다.

몽둥이는 잔뜩 힘을 올린다.

한 식경[122]쯤 지났을까, 도적은 다시 나타난다. 논둑에 머리만 내놓고

---

118 한고 : 극심한 추위로 인한 괴로움
119 역갱이 : 여갱이. 여우
120 격장 : 담 하나를 사이에 두고 이웃함
121 횡액 : 횡래지액의 준말. 뜻밖에 닥쳐오는 재액(災厄)
122 식경 : 밥을 먹는 짧은 시간 동안

사면을 두리번거리더니 그제서 기어 나온다. 얼굴에는 눈만 내놓고 수건인지 뭔지 형겊이 가렸다. 봇짐을 등에 짊어메고는 허리를 구붓이 뺑손[123]을 놓는다. 그러나 응칠이가 날쌔게 달려들며

"이 자식, 남의 벼를 훔쳐 가니—!"

하고 대포처럼 고함을 지르니 논둑으로 고대로 데굴데굴 굴러서 떨어진다. 얼결에 호되게 놀란 모양이었다.

응칠이는 덤벼들어 우선 허리께를 내려 조졌다. 어이쿠쿠, 쿠,— 하고 처참한 비명이다. 이 소리에 귀가 번쩍 띄어 그 고개를 들고 팔부터 벗겨 보았다. 그러나 너무나 어이가 없었음인지 시선을 치걷으며 그 자리에 우두망찰한다.[124]

그것은 무서운 침묵이었다. 살풍맞은[125] 바람만 공중에서 북새[126]를 논다.

한참을 신음하다 도적은 일어나더니

"성님까지 이렇게 못살게 굴기유?"

제법 눈을 부라리며 몸을 획 돌린다. 그리고 느끼며 울음이 복받친다. 봇짐도 내버린 채

"내 것 내가 먹는데 누가 뭐래?"

하고 되퉁스러이 내뱉고는 비틀비틀 논 저쪽으로 없어진다.

형은 너무 꿈속 같아서 멍하니 섰을 뿐이다. 그러나 얼마 지나서 한

---

123 뺑손 : 뺑소니.
124 우두망찰하다 : 정신이 얼떨떨하여 어찌할 바를 모르다
125 살풍맞다 : 당돌하다
126 북새 : 많은 사람들이 야단법석을 떠는 일

손으로 그 봇짐을 들어 본다. 가뿐하니 끽 말가웃[127]이나 될는지. 이까짓 걸 요렇게까지 해가려는 그 심정은 실로 알 수 없다. 벼를 논에다 도로 털어 버렸다. 그리고 아내의 치마이겠지. 검은 보자기를 척척 개서 들었다. 내 걸 내가 먹는다— 그야 이를 말이랴. 허나 내 걸 내가 훔쳐야 할 그 운명도 얄궂거니와 형을 배반하고 이 짓을 벌인 아우도 아우렷다. 에—이 고연 놈, 할 제 볼을 적시는 것은 눈물이다. 그는 주먹으로 눈을 쓱, 비비고 머리에 번쩍 떠오르는 것이 있으니 두레두레[128]한 황소의 눈깔. 시오 리를 남쪽 산 속으로 들어가면 어느 집 바깥 뜰에 밤마다 늘 매여 있는 투실투실한 그 황소. 아무렇게 따지든 칠십 원은 갈 데 없으리라. 그는 부리나케 아우의 뒤를 밟았다.

공동묘지까지 거반 왔을 때에야 가까스로 만났다. 아우의 등을 탁 치며

"얘, 좋은 수 있다. 네 원대로 돈을 해줄게 나하구 잠깐 다녀오자."

씩씩한 어조로 기쁘도록 달랬다. 그러나 아우는 입 하나 열려 하지 않고 그대로 실쭉하였다. 뿐만 아니라 어깨 위에 올려놓은 형의 손을 부질없단 듯이 몸으로 털어 버린다. 그리고 삐익 달아난다. 이걸 보니 하 엄청이 나고 기가 콱 막히었다.

"이놈아!"

하고 악에 받치어

"명색이 성이라며?"

대뜸 몽둥이는 들어가 그 볼기짝을 후려갈겼다. 아우는 모로 몸을 꺾

---

127 말가웃 : 한 말 반 정도
128 두레두레하다 : 두리두리하다. 둥그렇고 커서 보기 시원하다

더니 시나브로[129] 찌그러진다. 대미처 앞정강이를 때렸다. 등을 팼다. 일지 못할[130] 만치 매는 내리었다. 체면을 불구하고 땅에 엎드리어 엉엉 울도록 매는 내렸다.

홧김에 하긴 했으되 그 꼴을 보니 또한 마음이 편할 수 없다. 침을 퇴, 뱉어 던지곤 팔자 드센 놈이 그저 그러지 별수 있나. 쓰러진 아우를 일으키어 등에 업고 일어섰다. 언제나 철이 날는지 딱한 일이었다. 속 썩는 한숨을 후—하고 내뿜는다. 그리고 어청어청 고개를 묵묵히 내려온다.

(1935.7.17~30, 조선일보)

---

[129] 시나브로 : 모르는 사이에 조금씩. 야금야금
[130] 일지 못하다 : 일어나지 못하다

작품 해설

작품의 개관

「만무방」은 1935년 7월 17일부터 7월 30일까지 《조선일보》에 연재된 단편 소설이다.

빈궁한 당대의 농촌 현실을 응칠·응오 형제를 통해 고발하고 있는 작품으로 김유정의 작품 중 그의 치열한 현실 인식을 잘 보여 주고 있는 사회성이 강한 작품 중 하나이다.

응칠과 응오 형제는 궁핍한 농촌의 삶을 함께 살아가지만 그들의 행동양식은 정반대이다. 형 응칠은 원래 성실한 농사꾼이었지만 벼를 수확해봤자 남는 것은 빚뿐이라는 현실 인식을 가지고부터는 반사회적인 인물로 변해 이웃의 닭이나 도적질해 배를 채우고, 송이 파적이나 하면서 소일하고, 남의 돈을 빼앗아 노름판이나 기웃거리는 삶을 살아가는 만무방으로 전락한다.

반면 동생 응오는 한 가정의 가장으로 병든 아내까지 책임지며 열심히 살아가려는 성실한 농사꾼이다. 그렇지만 그에게도 현실은 냉혹하다. 일 년 내내 피땀 흘려 농사를 짓고 추수를 해도 보람이나 경제적인 여유가 생기는 것이 아니라 오직 등줄기의 식은땀만 남고, 빚쟁이들의 독촉만 기다리고 있을 뿐이다. 이런 현실을 타개하기 위해 그는 자신이 가꾼 벼를 스스로 도둑질하는 눈물겨운 상황을 만들고 만다. 결국 동생 응오마저도 정직하고 성실한 농사꾼에서 반사회적인 도둑이 되고 만 것이다. 이런 설정은 작가가 이들의 삶을 통해 1930년대 농촌 사회의 불합리성, 모순 등을 적극적으로 제시함으로 현실을 고발하려는 의도가 숨어있다. 결국 형제 모두의 현실을 타개하는 의지와 방법이 긍정적인 방향에서 모색되지 못하고 부정적인 방향에서 나오고 있다. 즉 절망적인 상황을, 한 사람은 도박·절도 등에 의해서, 다른 한 사람은 자신의 벼를 도둑질하는 것으로 저항하고 타개하려 하고 있다.

김유정은 이 작품에서도 자신이 즐겨 사용하는 수법인 반어적 수법*을 사용하고 있다. 여러 작품을 통해 볼 때 김유정에게 있어서 반어는 소설 기법적인 면에서의 반어를 넘어서 당대의 현실을 파악하는 방식으로 기능하고 있음을 알 수 있다. 즉 그에 있어서 반어적 수법은 나름대로 현실에 존재하는 구조적 모순을 인식하고 이런 왜곡된 사회 현실에 정면으로 대응하는 방식이라 볼 수 있다. 응칠의 대담하고 적극적인 반사회적인 행동에 대해 농민들이 선망하고 있다는 점이 그렇고, 응오가 자신의 논의 벼를 스스로 훔쳐야만 한다는 설정 또한 그러하다.

---

* 직설적으로 표현해서는 도저히 현실을 여실히 드러낼 수 없을 때 비틀린 상황을 역설적으로 표현함으로써 효과적으로 전달하려는 표현기법이 반어이다. 반어는 크게 언어적 반어와 상황적 반어로 나눌 수 있는데, 언어적 반어란 겉으로 드러난 말과 실질적 의도가 다르거나 정반대인 경우를 지칭하는 것이고, 상황적 반어는 인물이 체험한 사건이나 의도한 일이 자기가 생각하는 것과는 딴판인데도 전혀 모르고 행동하는 경우를 말한다. 보통 언어적 반어는 구문론적 혹은 의미론적 규범에서의 이탈을 이용함으로써 얻어지게 된다. 김유정의 소설에는 거의 모든 작품에 반어적 수법이 등장하는데 그는 이러한 반어를 통해 서술의 대상에 대해 일정한 거리를 유지하고 있으며 많은 경우 효과적으로 해학성 획득에 성공하고 있다. 대표작으로는 「만무방」과 「땡볕」을 꼽을 수 있을 것이다.

그렇지만 김유정은 당시의 부정적인 면을 제시하고 있으면서도 증오나 원망을 드러내기보다 적응과 화해의 태도를 보이려고 한다는 점에 다시 한 번 주목할 필요가 있다. 그는 비극적인 상황에서도 웃음을, 부정적 인물에 대해서도 우호적이거나 동정적인 태도를 보이고 있다. 이는 「만무방」에서 뿐 아니라 「금」에서의 덕순, 「형」에서의 형, 「따라지」「연기」「생의 반려」에서의 누님과 그 누님을 떠나지 못하는 동생 등을 통해서도 확인할 수 있다. 이들은 모두 모순된 삶에 대해 포용과 화해의 길을 택하고 있다는 공통점이 있다.

끝으로 이 작품은 독자에게 중요한 물음을 던진다. 이 작품에서 여실히 보여주듯이 비참하다 할 수밖에 없는 1930년대의 농촌 현실을 고려해볼 때 과연 응칠이를 이 작품의 제목에서 지목했듯이 만무방이라고 손가락질 할 수 있는가? 오히려 응칠은 염치없이 막돼먹은 만무방이 아니라 이러한 그의 탈선적 행위를 통해 일상적 농사꾼의 삶을 넘어설 수 있는 가능성을 열어 주고 있는 인물로 제시되고 있는 것은 아닌지 심각하게 고민하게 한다.

작품 읽기의 주안점

1. 주인공 응칠과 응오 형제의 삶을 비교 대조하면서 읽어보자.
2. 작가가 이 작품을 통해 독자에게 말하려고 하는 것이 무엇인지 생각하며 읽어보자.
3. 이 작품에서 보여주고 있는 반어적 수법은 무엇이며 그 수법의 효과는 무엇인지 생각하며 읽어보자.
4. 이 작품에 등장하는 만무방은 누구이며 그가 만무방이 된 원인이 무엇인지 생각하며 읽어보자.
5. 이 작품에도 김유정 특유의 해학이 등장하고 있는지 관찰하며 읽어보자.

작품을 읽고 생각해 봅시다.

01 작품 제목 「만무방」이 지칭하는 사람은 누구이며 작품의 제목을 만무방으로 한 이유는 무엇인지 생각해보자.

이 작품에서 일차적으로 만무방으로 지칭하고 있는 인물은 형 응칠이다. 그러나 모범적인 농사꾼 응오도 결국 자신의 논의 벼를 도둑질하는 만무방 아닌 만무방이 되어 버린다. 그런데 작품을 조금 깊이 들여다보면 등장하고 있는 당대의 농사꾼 대부분이 만무방이다. 밤마다 움막에 모여 노름을 하는 그들, 그리고 응칠의 일탈적이고 반사회적인 삶을 오히려 동경하는 그들도 모두 만무방인 것이다.

작가는 바로 이렇게 평범한 농사꾼 모두가 만무방이 될 수밖에 없는 현실을 비판하고 고발하기 위해 제목을 「만무방」이라 한 것으로 생각할 수 있으며 실제로 작품을 통해 제시하고자 한 것은 바로 이런 '만무방'을 잉태시킬 수밖에 없는 현실의 모순이다.

02 이 작품에서 형 응칠의 반사회적 행동이 부정적으로 다가오지 않는 이유는 무엇인지 생각해보자.

"캄캄하도록 털고 나서 지주에게 도지를 제하고 장리살을 제하고 색초를 제하고 보니 남을 것은 등줄기를 흐르는 식은 땀이 있을 따름"이라는 당시의 농사꾼들의 비참한 삶의 현실이 응칠의 반사회적인 행동보다 더 크고 심각하게 다가오기 때문이다. 또한 응칠의 이런 삶은 자신의 의지에서라기보다는 이런 현실에 의해 운명 지어졌다는 측면이 크기 때문이다.

03 작가가 응칠과 응오 형제를 통해 보여주고자 한 현실 인식은 무엇인지 생각해보자.

응칠은 빚 때문에 농사짓던 고향을 떠나 도박과 절도를 일삼아 떠돌게 되었고, 동생 응오는 성실하고 모범적인 농사꾼이면서도 혹독한 착취 때문에 추수를 미루다가 결국 자기 논의 벼를 훔치는 도둑이 된다. 이러한 이들의 삶은 인물의 내적인 요인 때문이 아니라 그들이 살고 있는 현실에서 기인하고 있다는 것이 작가의 현실 인식이다. 작가는 자신의 것을 스스로 훔쳐낼 수밖에 없는 상황적 반어를 통해 당시의 농촌 현실의 참혹성을 예리하게 포착하고 있다. 그리고 농민들이 이러한 현실을 타개할 수 있는 방법을 결국 반사회적인 도박, 절도 등 부정적 방향에서 모색할 수밖에 없다는 비극적 현실 인식을 보여주고 있다.

04 이 작품에서도 김유정 특유의 해학성이 드러나고 있다. 어떤 부분에 드러나고 있는지 지적하고 설명해보자.

주로 특유의 문체에서 해학성을 획득하고 있다. 객관적으로 볼 때 반사회적일 뿐 아니라 가정까지 해체된 비참한 처지의 응칠을 매팔자(좋은 팔자)에 비유하고 있을 뿐 아니라, 응칠이 야반도주하던 날을 응칠이가 팔자를 고치는 첫날로 설명하고 있는 것 등이 해학적이다. 송이버섯을 찾는 장면에서 보이는 "응칠이는 뒷짐을 딱 지고 어정어정 노닌다……코는 공중에서 벌렸다 오므렸다, 연신 이러며 훅 훅", "사냥개 모양으로 코로 쿡, 쿡, 내를 한다." 등의 표현은 판소리 사설에서 볼 수 있음직한 묘사로 웃음을 유발시킨다. 또한 노름 장면에서 보이는 "뽐을 내고 멋없이 점잔을 피우는 중늙은이 상투쟁이. 이 물건은 어서 날아왔는지 보도 못하던 놈이다. 체, 이것들이 뭘 한다구.", 벼 도둑을 기다리는 장면에서 "이 놈의 다리를 못 꺾어 놔도 아비 없는 호래자식이겠다." 등의 비속어 사용을 통해서도 해학성을 획득하고 있다.

05 이 작품에서도 '노름'이 나온다. 김유정의 작품에서 노름은 매춘, 금광 등과 더불어 자주 등장하는 소재이다. '노름'을 어떠한 생각으로 작품에 제시하고 있는지 생각해보자.

   시대 상황을 고려하건대 당시 농촌의 농사꾼들에게 노름은 단순히 가벼운 마음으로 시간을 보내는 여가의 의미가 아니다. 극한적인 가난과 고통의 상황 속에서 자포자기의 마음으로 노름이라도 하지 않고는 도저히 살아 갈 길을 찾지 못하여 노름판을 기웃거리는 것이다. 그렇기에 노름은 당시 농촌 사회의 중요한 생활의 일부가 되었는지 모른다.

소낙비

 음산한 검은 구름이 하늘에 뭉게뭉게 모여드는 것이 금시라도 비 한 줄기 할 듯하면서도 여전히 짓궂은 햇발은 겹겹 산 속에 묻힌 외진 마을을 통째로 자실[1] 듯이 달구고 있었다. 이따금 생각나는 듯 살매들린[2] 바람은 논밭 간의 나무들을 뒤흔들며 미쳐 날뛰었다. 뫼 밖으로 농군들을 멀리 품앗이로 내보낸 안말의 공기는 쓸쓸하였다. 다만 맷맷한[3] 미루나무 숲에서 거칠어가는 농촌을 읊는 듯 매미의 애끓는 노래 —

 매 — 움! 매 — 움!

 춘호는 자기집 — 올봄에 오 원을 주고 사서 든 묵삭은[4] 오막살이집 — 방문턱에 걸터앉아서 바른주먹으로 턱을 고이고는 봉당에서 저녁으로 때울 감자를 씻고 있는 아내를 묵묵히 노려보고 있었다. 그는 사날 밤이나

---

1 자시다 : 음식을 잡숫다. '먹다'의 높임말
2 살매들리다 : 독하고 무서운 귀신이 들러붙다
3 맷맷하다 : 생김새가 미끈하며 곧고 길다
4 묵삭다 : 오래되어 썩은 것 같다

눈을 안 붙이고 성화를 하는 바람에 농사에 고리삭⁵은 그의 얼굴은 더욱 해쓱하였다.

　아내에게 다시 한 번 졸라보았다. 그러나 위협하는 어조로
　"이봐 그래, 어떻게 돈 이 원만 안 해줄 터여?"
　아내는 역시 대답이 없었다. 갓 잡아온 새댁 모양으로 씻는 감자나 씻을 뿐 잠자코 있었다.

　되나 안 되나 좌우간 이렇다 말이 없으니 춘호는 울화가 퍼져서 죽을 지경이었다. 그는 타곳에서 떠들어온 몸이라 자기를 믿고 장리⁶를 주는 사람도 없고 또는 그 잘양한⁷ 집을 팔려 해도 단 이삼 원의 작자도 내달지 않으므로 앞뒤가 꼭 막혔다. 마는 그래도 아내는 나이 젊고 얼굴 똑똑하겠다 돈 이 원쯤이야 어떻게라도 될 수 있겠기에 묻는 것인데 들은 체도 안 하니 썩 괘씸한 듯싶었다.

　그는 배를 튀기며 다시 한 번
　"돈 좀 안 해줄 터여?"
하고 소리를 빽 질렀다.

　그러나 대꾸는 역시 없었다. 춘호는 노기충천하여 불현듯 문지방을 떠다밀며 벌떡 일어섰다. 눈을 홉뜨고 벽에 기댄 지게막대를 손에 잡자 아내의 옆으로 바람같이 달겨들었다.
　"이년아 기집 좋다는 게 뭐여? 남편의 근심도 덜어주어야지 끼고 자자는 기집이여?"
　지게막대는 아내의 연한 허리를 모질게 후렸다. 까부러지는 비명은 모

5　고리삭다 : 젊은 나이에 비해 늙어 보이다
6　장리 : 빌린 돈이나 곡식을 갚을 때 원래 양의 절반 이상으로 내야 하는 이자
7　잘양하다 : 알량하다. 보잘 것 없다

지락스리[8] 찌그러진 울타리 틈을 삐져나간다. 잽처[9] 지게막대는 앉은 채 고까라진 아내의 발뒤축을 얼러 볼기를 내려갈겼다.

"이년아, 내가 언제부터 너에게 조르는 게여?"

범같이 호통을 치고 남편이 지게막대를 공중으로 다시 올리며 모즈름[10]을 쓸 때 아내는

"에그머니!"

하고 외마디를 질렀다. 연하여 몸을 뒤치자 거반 엎어질 듯이 싸리문 밖으로 내달렸다. 얼굴에 눈물이 흐른 채 황그리는[11] 걸음으로 문앞의 언덕을 내려 개울을 건너고 맞은쪽에 뚫린 콩밭길로 들어섰다.

"너 네가 날 피하면 어딜 갈 테여?"

발길을 막는 듯한 의미 있는 호령에 달아나던 아내는 다리가 멈칫하였다. 그는 고개를 돌려 싸리문 안에 아직도 지게막대를 들고 섰는 남편을 바라보았다. 어른에게 죄진 어린애같이 입만 종깃종깃하다가 남편이 뛰어나올까 겁이 나서 겨우 입을 열었다.

"쇠돌 엄마 집에 좀 다녀올게유—"

주볏주볏 변명을 하고는 가던 길을 다시 힁하게[12] 내걸었다. 아내라고 요새 이 돈 이 원이 급시로 필요함을 모르는 바도 아니었다. 마는 그의 자격으로나 노동으로나 돈 이 원이란 감히 땅뗌도 못해볼[13] 형편이었다. 벌이라야 하잘것없는 것— 아침에 일어나기가 무섭게 남에게 뒤질까 영

8 　모지락스리 : 모질게
9 　잽처 : 재차. 또다시
10 　모즈름 : 모질음
11 　황그리다 : 처절하게 낭패를 당하다
12 　힁하다 : 지체 없이 빠르다
13 　땅뗌도 못하다 : 시도할 생각도 못하다. '땅뗌'은 무거운 물건을 땅에서 뜨게 하는 일

산이 올라[14] 산으로 빼는 것이다. 조고만 종댕이[15]를 허리에 달고 거한 산중에 드문드문 박여 있는 도라지 더덕을 찾아가는 것이었다. 깊은 산 속으로 우중충한 돌틈바귀로. 잔약한 몸으로 맨발에 짚신짝을 끌며 강파른 산등을 타고 돌려면 젖먹던 힘까지 녹아내리는 듯 진땀은 머리로 발끝까지 쭉 흘러내린다.

아랫도리를 단 외겹으로 두른 낡은 치맛자락은 다리로 허리로 척척 엉기어 걸음을 방해하였다. 땀에 붙은 종아리는 거친 숲에 긁혀 메어 그 쓰라림이 말이 아니다. 게다 무더운 흙내는 숨이 탁탁 막히도록 가슴을 질른다.[16] 그러나 삶에 발버둥치는 순직한 그의 머리는 아무 불평도 일지 않았다.

가믈[17]에 콩 나기로 어쩌다 도라지 순이라도 어지러운 숲 속에 하나, 둘, 뾰죽이 뻗어 오른 것을 보면 그는 그래도 기쁨에 넘치는 미소를 띠었다.

때로는 바위도 기어올랐다. 정히 못 기어오를 그런 험한 곳이면 칡덩굴에 매여달리기도 하는 것이었다. 땟국에 전 무명 적삼은 벗어서 허리춤에다 꾹 찌르고는 호랑이숲이라 이름난 강원도 산골에 매여달려 기를 쓰고 허비적거린다. 골바람은 지날 적마다 알몸을 두른 치맛자락을 공중으로 날린다. 그제마다 검붉은 볼기짝을 사양 없이 내보이는 칡덩굴의 그를 본다면 배를 웅켜쥐어도 다 못 볼 것이다. 마는 다행히 그윽한 산골이라 그 꼴을 비웃는 놈은 뻐꾸기뿐이었다.

---

14 영산이 오르다 : 이상한 신명이 나다
15 종댕이 : 종다래끼
16 질르다 : 지르다. 강하게 자극하다
17 가믈 : 가뭄

이리하여 해동갑[18]으로 헤갈[19]을 하고 나면 캐어 모은 도라지 더덕을 얼러 사발 가웃 혹은 두어 사발 남짓하게 되는 것이다. 그러면 동리로 내려와 주막거리에 가서 그걸 내주고 보리쌀과 사발 바꿈을 하였다. 그러나 요즘엔 그나마도 철이 겨웠다고 소출[20]이 없다. 그 대신 남의 보리방아를 왼종일 찧어주고 보리밥 그릇이나 얻어다가는 집으로 돌아와 농토를 못 얻어 뻔뻔히 노는 남편과 같이 나누는 것이 그날 하루하루의 생활이었다.

그러고 보니 돈 이 원은커녕 당장 목을 딴대도 피도 나올지가 의문이었다.

만약 돈 이 원을 돌린다면 아는 집에서 보리라도 뀌어 파는 수밖에는 다른 도리가 없다. 그리고 온 동리의 아낙네들이 치맛바람에 팔자 고쳤다고 쑥덕거리며 은근히 시새우는 쇠돌 엄마가 아니고는 노는 벌이를 가진 사람이 없다. 그런데 도적이 제발 저리다고 그는 자기 꼴 주제에 제불에 눌려서 호사로운 쇠돌 엄마에게는 죽어도 가고 싶지 않았다. 쇠돌 엄마도 처음에야 자기와 같이 천한 농부의 계집이련만 어쩌다 하늘이 도와 동리의 부자 양반 이주사와 은근히 배가 맞은 뒤로는 얼굴도 모양내고 옷치장도 하고 밥걱정도 안 하고 하여 아주 금방석에 뒹구는 팔자가 되었다. 그리고 쇠돌 아버지도 이게 웬 땡이냔 듯이 아내를 내어놓은 채 눈을 슬쩍 감아버리고 이주사에게서 나는 옷이나 입고 주는 쌀이나 먹고 연년이 신통치 못한 자기 농사에는 한 손을 떼고는 희짜를 뽑는[21] 것이

---

18 해동갑 : 해가 질 때까지의 동안. 어떤 일을 해 질 무렵까지 계속함을 이르는 말
19 헤갈 : 정신없이 헤매다
20 소출 : 논밭에서 나는 곡식의 양
21 희짜뽑다 : 가진 것 없이 분수에 넘치는 행동을 하다

아닌가!

　사실 말인즉 춘호 처가 쇠돌 엄마에게 죽어도 아니 갈려는 그 속 까닭은 정작 여기 있었다.

　바로 지난 늦은봄 달이 뚫어지게 밝던 어느 밤이었다. 춘호가 보름 게추[22]를 보러 산모퉁이로 나간 것이 이슥하여도 돌아오지 않으므로 집에서 기다리던 아내가 인젠 자고 오려나, 생각하고는 막 드러누워 잠이 들려니까 웬 난데없는 황소 같은 놈이 튀어들었다. 허둥지둥 춘호 처를 마구 깔다가 놀라서 "으악" 소리를 치는 바람에 그냥 달아난 일이 있었다. 어수룩한 시골 일이라 별반 풍설도 아니 나고 쓱싹되었으나 며칠이 지난 뒤에야 그것이 동리의 부자 이주사의 소행임을 비로소 눈치채었다.

　그런 까닭으로 해서 춘호 처는 쇠돌 엄마와 직접 관계는 없단대도 그를 대하면 공연스레 얼굴이 뜨뜻하여지고 무슨 죄나 진 듯이 어색하였다.

　그리고 더욱이 쇠돌 엄마가

　"새댁, 나는 속곳이 세 개구, 버선이 네 벌이구 행."

하며, 아주 좋다고 핸들대는 그 꼴을 보면 혹시 자기에게 함정을 두고서 비아냥거리는거나 아닌가, 하는 옥생각[23]으로 무안해서 고개도 못 들었다. 한편으로는 자기도 좀만 잘했다면 지금쯤은 쇠돌 엄마처럼 호강을 할 수 있었을 그런 갸륵한 기회를 깝살려[24] 버린 자기 행동에 대한 후회와 애탄으로 말미암아 마음을 괴롭히는 그 쓰라림도 적지 않았다.

　그러나 아무러한 욕을 보더라도 나날이 심해 가는 남편의 무지한 매

22　보름 게추 : 매달 보름마다 한 번씩 계원들이 갖는 모임
23　옥생각 : 옹졸한 생각
24　깝살리다 : 찾아온 사람을 억지로 돌려보내다

보다는 그래도 좀 헐할 게다.
 오늘은 한맘 먹고 쇠돌 엄마를 찾아가려는 것이었다.

 춘호 처는 이번 걸음이 허발[25]이나 안 칠까 일념으로 심화를 하며 수양버들이 쭉 늘어박인 논두렁길로 들어섰다. 그는 시골 아낙네로는 용모가 매우 반반하였다. 좀 야윈 듯한 몸매는 호리호리한 것이 소위 동리의 문자로 외입깨나 하염직한 얼굴이었으되 추려한 의복이며 퀴퀴한 냄새는 거지를 볼지른다.[26] 그는 왼손 바른손으로 겨끔내기[27]로 치맛귀를 여며가며 속살이 삐질까 조심조심 걸었다.
 감사나운[28] 구름송이가 하늘 신폭[29]을 휘덮고는 차츰차츰 지면으로 처져 내리더니 그예 산봉우리에 엉기어 살풍경이 되고 만다. 먼 데서 개 짖는 소리가 앞뒷산을 한적하게 울린나. 빗방울은 하나 둘 떨어지기 시작하더니 차차 굵어지며 무데기로 퍼부어내린다.
 춘호 처는 길가에 늘어진 밤나무 밑으로 뛰어들어가 비를 거니며[30] 쇠돌 엄마 집을 멀리 바라보았다. 북쪽 산기슭에 높직한 울타리로 뺑 돌려 두르고 앉는 오묵하고 맵시 있는 집이 그 집이었다. 그런데 싸리문이 꼭 닫힌 걸 보면 아마 쇠돌 엄마가 농군 청에 저녁 제누리[31]를 나르러 가서 아직 돌아오지를 않은 모양이었다.

---

25 허발(을) 치다 : 목적을 이루지 못하고 헛걸음하다
26 볼지르다 : 능가하다
27 겨끔내기 : 번갈아 계속하기
28 감사납다 : 성질이 사납다
29 신폭 : 한 끝에서 다른 한 끝까지의 거리
30 거니다 : 피하다
31 제누리 : 곁두리. 일꾼들이 간식으로 먹는 음식

그는 쇠돌 엄마 오기를 지켜보며 오두커니 서서 기다리고 있었다.

나뭇잎에서 빗방울은 뚝, 뚝, 떨어지며 그의 뺨을 흘러 젖가슴으로 스며든다. 바람은 지날 적마다 냉기와 함께 굵은 빗발을 몸에 들이친다.

비에 쪼로록 젖은 치마가 몸에 찰싹 휘감기어 허리로 궁둥이로 다리로 살의 윤곽이 그대로 비쳐 올랐다.

무던히 기다렸으나 쇠돌 엄마는 오지 않았다. 하도 진력이 나서 하품을 하여가며 정신없이 서 있노라니 왼편 언덕에서 사람 오는 발자취 소리가 들린다. 그는 고개를 돌려 보았다. 그러나 날쌔게 나무 틈으로 몸을 숨겼다.

동이배[32]를 가진 이주사가 지우산[33]을 받쳐 쓰고는 쇠돌네 집을 향하여 엉덩이를 깝죽거리며 내려가는 길이었다. 비록 키는 작달막하나 숱 좋은 수염이든지 온 동리를 털어야 단 하나뿐인 탕건이든지, 썩 풍채 좋은 오십 전후의 양반이다. 그는 싸리문 앞으로 가더니 자기 집처럼 거침없이 문을 떼다밀고는 속으로 버젓이 들어가버린다.

이것을 보니 춘호 처는 다시금 속이 편치 않았다. 자기는 개돼지같이 무시로 매만 맞고 돌아치는 천덕꾸러기다. 안팎으로 겹귀염을 받으며 간들대는 쇠돌 엄마와 사람된 치수가 두드러지게 다름을 그는 알 수 있었다. 쇠돌 엄마의 호강을 너무나 부럽게 우러러보는 반동으로 자기도 잘만 했다면 하는 턱없는 희망과 후회가 전보다 몇 갑절 쓰린 맛으로 그의 가슴을 집어뜯었다. 쇠돌네 집을 하염없이 건너다보다가 어느덧 저도 모르게 긴 한숨이 굴러 내린다.

---

32 동이배 : 물동이처럼 불룩 나온 배
33 지우산 : 가늘게 쪼갠 대나무로 만든 살에 기름 먹인 한지를 붙여 만든 종이우산

언덕에서 쏠려 내리는 사태물이 발등까지 개흙으로 덮으며 소리쳐 흐른다. 빗물에 푹 젖은 몸동아리는 점점 떨리기 시작한다.

그는 가벼웁게 몸서리를 쳤다. 그리고 당황한 시선으로 사방을 경계하여 보았다. 아무도 보이지는 않았다. 다시 시선을 돌리어 그 집을 쏘아보며 속으로 궁리하여 보았다. 안에는 확실히 이주사뿐일 게다. 고대까지 걸였던 싸리문이라든지 또는 울타리에 널은 빨래를 여태 안 걷어들이는 것을 보면 어떤 맹세를 두고라도 분명히 이주사 외의 다른 사람은 하나도 없을 것이다.

그는 마음놓고 비를 맞아가며 그 집으로 달겨들었다. 봉당으로 선뜻 뛰어오르며

"쇠돌 엄마 기슈?"

하고 인기를 내보았다.

물론 당자의 대답은 없었다. 그 대신 그 음성이 나자 안방에서 이주사가 번개같이 머리를 내밀었다. 자기 딴은 꿈밖이란 듯 눈을 두리번두리번하더니 옷 위로 볼가진 춘호 처의 젖가슴 아랫배 넓적다리로 발등까지 슬쩍 음충히[34] 훑어보고는 거나한 낯으로 빙그레한다. 그리고 자기도 봉당으로 주춤주춤 나오며

"쇠돌 어멈 말인가? 왜 지금 막 나갔지. 곧 온댔으니 안방에 좀 들어가 기다렸으면……"

하고 매우 일이 딱한 듯이 어름어름한다.

"이 비에 어딜 갔세유?"

"지금 요 밖에 좀 나갔지, 그러나 곧 올걸……"

---

34 음충하다 : 음흉하다

"있는 줄 알고 왔는디……"

춘호 처는 이렇게 혼잣말로 낙심하며 섭섭한 낯으로 머뭇머뭇하다가 그냥 돌아갈 듯이 봉당 아래로 내려섰다. 이주사를 쳐다보며 물차는 제비같이 산드러지게[35]

"그럼 요담 오겠세유. 안녕히 계십시유."

하고 작별의 인사를 올린다.

"지금 곧 온댔는데 좀 기달리지……"

"담에 또 오지유."

"아닐세, 좀 기달리게. 여보게, 여보게 이봐!"

춘호 처가 간다는 바람에 이주사는 체면도 모르고 기가 올랐다. 허둥거리며 재간껏 만류하였으나 암만해도 안 될 듯싶다. 춘호 처가 여기엘 찾아온 것도 큰 기적이려니와 뇌성벽력에 구석진 곳이겠다 이렇게 솔깃한 기회는 두 번 다시 못 볼 것이다. 그는 눈이 뒤집히어 입에 물었던 장죽을 쑥 뽑아 방 안으로 치뜨리고는 계집의 허리를 뒤로 다짜고짜 끌어안아서 봉당 위로 끌어올렸다.

계집은 몹시 놀라며

"왜 이러서유, 이거 노세유."

하고 몸을 뿌리칠려고 앙탈을 한다.

"아니 잠깐만."

이주사는 그래도 놓지 않으며 헝겁스러운[36] 눈짓으로 계집을 달랜다. 흘러내리려는 고이춤을 왼손으로 연송 치우치며 바른팔로는 계집을 잔뜩 움켜잡고는 엄두를 못 내어 짤짤매다가 간신히 방 안으로 끙끙 몰아

---

35 산드러지다 : 간드러지다
36 헝겁스럽다 : 허겁스럽다. 아무지지 못하고 겁이 많다

넣었다. 안으로 문고리는 재바르게 채였다.

　밖에서는 모진 빗방울이 배춧잎에 부닥치는 소리, 바람에 나무 떠는 소리가 요란하다. 가끔 양철통을 내려 굴리는 듯 거푸진 천둥소리가 방고래[37]를 울리며 날은 점점 침침하였다.

　얼마쯤 지난 뒤였다. 이만하면 길이 들었으려니, 안심하고 이주사는 날숨을 후— 하고 돌른다. 실없이 고마운 비 때문에 발악도 못 치고 앙살도 못 피고 무릎 앞에 고분고분 늘어져 있는 계집을 대견히 바라보며 빙긋이 얼러보았다. 계집은 온몸에 진땀이 쭉 흐르는 것이 꽤 더운 모양이다. 벽에 걸린 쇠돌 어멈의 적삼을 꺼내어 계집의 몸을 말쑥하게 훌닦기[38] 시작한다. 발끝서부터 얼굴까지—

　"너 열아홉이라지?"

하고 이주사는 취한 얼굴로 얼간히 물어보았디.

　"니에—"

하고 메떨어진[39] 대답. 계집은 이주사 손에 눌리어 일어나도 못하고 죽은 듯이 가만히 누워 있다.

　이주사는 계집의 몸뚱이를 다 씻기고 나서 한숨을 내뿜으며 담배 한 대를 떡 피워물었다.

　"그래 요새도 서방에게 주리경을 치느냐?"[40]

하고 묻다가 아무 대답도 없으매

　"원 그래서야 어떻게 산단 말이냐. 하루 이틀 아니고, 사람의 일이란

37　방고래 : 방의 구들장 밑으로 나 있는, 불길과 연기가 통하여 나가는 길
38　훌닦다 : 대강 훔쳐 닦다
39　메떨어지다 : 말이나 행동이 촌스럽다
40　주리경을 치다 : 본래는 주리 트는 형벌을 당한다는 뜻으로, 모진 매를 맞거나 꾸지람을 당하다

알 수 있는 거냐? 그러다 혹시 맞아죽으면 정장[41] 하나 해볼 곳 없는 거야. 허니 네 명이 아까우면 덮어놓고 민적을 가르는[42] 게 낫겠지-"
하고 계집의 신변을 위하여 염려를 마지않다가 번뜻 한 가지 궁금한 것이 있었다.

"너 참, 아이 낳았다 죽었다더구나?"

"니에—"

"어디 난 듯이나 싶으냐?"

계집은 얼굴이 홍당무가 되어지며 아무 말 못하고 고개를 외면하였다.

이주사도 그까짓것 더 묻지 않았다. 그런데 웬 녀석의 냄새인지 무생채 썩는 듯한 시크무레한 악취가 무시로 코청을 찌르니 눈살을 크게 째푸리지 않을 수 없다. 처음에야 그런 줄은 도통 몰랐더니 알고 보니까 비위가 좋이 역하였다. 그는 빨고 있던 담배통으로 계집의 배꼽께를 똑똑히 가리키며

"얘 이 살의 때꼽 좀 봐라. 그래 물이 흔한데 이것 좀 못 씻는단 말이냐?"

하고 모처럼의 기분을 상한 것이 앵하단듯이[43] 꺼림한 기색으로 혀를 채었다. 하지만 계집이 참다참다 이내 무안에 못 이겨 일어나 치마를 입으려 하니 그는 역정을 벌컥 내었다. 옷을 뺏어서 구석으로 동댕이를 치고는 다시 그 자리에 끌어 앉혔다. 그리고 자기 딸이나 책하듯이 아주 대범하게 꾸짖었다.

---

41 정장 : 소송장을 내어 억울함을 관청에 호소함
42 민적을 가르다 : 이혼하다
43 앵하다 : 짜증이 나다

"왜 그리 계집이 달망대니?[44] 좀 든직지가[45] 못하구……"

춘호 처가 그 집을 나선 것은 들어간 지 약 한 시간 만이었다. 비는 여전히 쭉쭉 내린다. 그는 진땀을 있는 대로 흠뻑 쏟고 나왔다. 그러나 의외로 아니 천행으로 오늘 일은 성공이었다. 그는 몸을 솟치며 생긋하였다. 그런 모욕과 수치는 난생 처음 당하는 봉변으로 지랄 중에도 몹쓸 지랄이었으나 성공은 성공이었다. 복을 받을려면 반드시 고생이 따르는 법이니 이까짓거야 골백번 당한대도 남편에게 매나 안 맞고 의좋게 살 수만 있다면 그는 사양치 않을 것이다. 이주사를 하늘같이 은인같이 여겼다. 남편에게 부쳐먹을 농토를 줄께니 자기의 첩이 되라는 그 말도 죄송하였으나 더욱이 돈 이 원을 줄 게니 내일 이맘때 쇠돌네 집으로 넌즈시 만나자는 그 말은 무엇보다도 고마웠고 벅찬 짐이나 푼 듯 마음이 홀가분하였다. 다만 애키는[46] 것은 자기의 행실이 만약 남편에게 발삭되는 나절에는 대매[47]에 맞아 죽을 것이다. 그는 일변 기뻐하며 일변 애를 태우며 자기 집을 향하여 세차게 쏟아지는 빗속을 가분가분 내려달렸다.

춘호는 아직도 분이 못 풀려 뿌루퉁하니 홀로 앉았다. 그는 자기의 고향인 인제를 등진 지 벌써 삼 년이 되었다. 해를 이어 흉작에 농작물은 말 못 되고 따라 빚쟁이들의 위협과 악마구니[48]는 날로 심하였다. 마침내 하릴없이 집, 세간살이를 그대로 내버리고 알몸으로 밤도주를 하였던 것

---

44 달망대다 : 몸을 가만히 두지 못하고 계속 움직이다
45 든직다 : 듬직하다
46 애키다 : 마음이 켕기다
47 대매 : 단매. 한 번 때리는 매
48 악마구니 : '악다구니'(기를 써서 다투며 욕설을 함)인 듯

이다. 살기 좋은 곳을 찾는다고 나어린 아내의 손목을 이끌고 이 산 저 산을 넘어 표랑하였다. 그러나 우정 찾아들은 것이 고작 이 마을이나 살속[49]은 역시 일반이다. 어느 산골엘 가 호미를 잡아보아도 정은 조그만치도 안 붙었고 거기에는 오직 쌀쌀한 불안과 굶주림이 품을 벌려 그를 맞을 뿐이었다. 터무니없다 하여 농토를 안 준다. 일구녕[50]이 없으매 품을 못 판다. 밥이 없다. 결국엔 그는 피폐하여가는 농민 사이를 감도는 엉뚱한 투기심에 몸이 달떴다. 요사이 며칠 동안을 두고 요 너머 뒷산 속에서 밤마다 큰 노름판이 벌어지는 기미를 알았다. 그는 자기도 한몫 볼려고 끼룩거렸으나[51] 좀체로 밑천을 만들 수가 없었다.

이 원! 수나 좋아야 이 이 원이 조화만 잘한다면 금시발복[52]이 못 된다고 누가 단언할 수 있으랴! 삼사십 원 따서 동리의 빚이나 대충 가리고 옷 한 벌 지어 입고는 진저리나는 이 산골을 떠날려는 것이 그의 배포였다. 서울로 올라가 아내는 안잠[53]을 재우고 자기는 노동을 하고 둘이서 다구지게[54] 벌면 안락한 생활을 할 수가 있을 텐데 이런 산구석에서 굶어 죽을 맛이야 없었다. 그래서 젊은 아내에게 돈 좀 해오라니까 요리매낀 조리매낀 매만 피하고 곁들어주지 않으니 그 소행이 여간 괘씸한 것이 아니다.

아내가 물에 빠진 생쥐꼴을 하고 집으로 달겨들자 미처 입도 벌리기 전에 남편은 이를 악물고 주먹뺨을 냅다 붙였다.

---

49 살속 : 세상 살아가는 형편. 세상살이를 경험하면서 느끼는 재미
50 일구녕 : 일자리
51 끼룩거리다 : 기웃거리다
52 금시발복(今時發福) : 어떤 일을 한 뒤에 이내 복이 돌아와 부귀를 이루게 되다
53 안잠 : 여자가 남의 집에서 숙식 제공을 받으며 그 집안일을 도와주는 것
54 다구지다 : 다부지다. 굳세고 야무지다

"너 이년, 매만 살살 피하고 어디 가 자빠졌다 왔니?"

볼치[55] 한대를 얻어맞고 아내는 오기가 질리어 벙벙하였다. 그래도 삭성[56]이 못 풀려 남편이 다시 매를 손에 잡을려 하니 아내는 질겁을 하여 살려달라고 두 손으로 빌며 개신개신[57] 입을 열었다.

"낼 돼유— 낼, 돈, 낼 돼유—"

하며 돈이 변통됨을 삼가 아뢰는 그의 음성은 절반이 울음이었다.

남편은 반신반의하여 눈을 찌긋하다가

"낼?"

하고 목청을 돋웠다.

"네 낼 된다유—"

"꼭 되어?"

"네 낼 된다유—"

남편은 시골물정에 능통하니만치 난데없는 돈 이 원이 어데서 어떻게 되는 것까지는 추궁해 물으려 하지 않았다. 그는 저윽이 안심한 얼굴로 방문턱에 걸터앉으며 담뱃대에 불을 그었다. 그제야 아내도 비로소 마음을 놓고 감자를 삶으러 부엌으로 들어갈려 하니 남편이 곁으로 걸어오며 측은한 듯이 말렸다.

"병나, 방에 들어가 어여 옷이나 말리여, 감자는 내 삶을게—"

먹물같이 짙은 밤이 내렸다. 비는 더욱 소리를 치며 앙상한 그들의 방벽을 앞뒤로 울린다. 천정에서 비는 새지 않으나 집 지은 지가 오래되어

---

55 볼치 : 볼. 뺨
56 삭성 : 직성
57 개신개신 : 기운이 없어 힘없이 행동하는 모양

고래가 물러앉다시피[58] 된 방이라 도배를 못한 방바닥에는 물이 스며들어 귀죽축하다.[59] 거기다 거적 두 잎만 덩그렇게 깔아놓은 것이 그들의 침소였다. 석유불은 없어 캄캄한 바로 지옥이다. 벼룩은 사방에서 마냥 스물거린다.

그러나 등걸잠[60]에 익달한 그들은 천연스럽게 나란히 누워 주리차게 퍼붓는 밤비 소리를 귀담아 듣고 있었다. 가난으로 인하여 부부간의 애틋한 정을 모르고 나날이 매질로 불평과 원한 중에서 복대기던[61] 그들도 이 밤에는 불시로 화목하였다. 단지 남의 품에 들은 돈 이 원을 꿈꾸어 보고도—

"서울 언제 갈라유"

남편의 왼팔을 베고 누웠던 아내가 남편을 향하여 응석 비슷이 물어보았다. 그는 남편에게 서울의 화려한 거리며 후한 인심에 대하여 여러 번 들은 바 있어 일상 안타까운 마음으로 몽상은 하여 보았으나 실지 구경은 못 하였다. 얼른 이 고생을 벗어나 살기 좋은 서울로 가고 싶은 생각이 간절하였다.

"곧 가게 되겠지. 빚만 좀 없어도 가뜬하련만."

"빚은 낭종 갚더라도 얼핀 갑세다유—"

"염려 없어. 이 달 안으로 꼭 가게 될 거니까."

남편은 썩 쾌히 승낙하였다. 딴은 그는 동리에서 일컬어주는 질군[62]으

---

58 고래가 물러앉다시피 : 건물이 무너져 바닥으로 내려앉다시피
59 귀죽축하다 : 귀축축하다. 구질구질하고 축축하다
60 등걸잠 : 이부자리 없이 입은 옷 그대로 아무데서나 자는 잠
61 복대기다 : 일이나 사람이 갑자기 몰아쳐서 정신을 못 차리게 되다
62 질군 : 길꾼. 노름 따위에 길이 익어 능숙한 사람

로 투전장의 가보[63]쯤은 시루에서 콩나물 뽑듯 하는 능수이었다. 내일 밤 이 원을 가지고 벼락같이 노름판에 달겨가서 있는 돈이란 깡그리 모집어 올 생각을 하니 그는 은근히 기뻤다. 그리고 교묘한 자기의 손재간을 홀로 뽐내었다.

"이번이 서울 처음이지?"

하며 그는 서울바람 좀 한번 쐬었다고 큰 체를 하며 팔로 아내의 머리를 흔들어 물어 보았다. 성미가 워낙 겁겁한지라[64] 지금부터 서울 갈 준비를 착착 하고 싶었다. 그가 제일 걱정되는 것은 둠구석[65]에서 내내 자라먹은 아내를 데리고 가면 서울 사람에게 놀림도 받을 게고 거리끼는 일이 많을 듯싶었다. 그래서 서울 가면 꼭 지켜야 할 필수 조건을 아내에게 일일이 설명치 않을 수도 없었다.

첫째 사투리에 대한 주의부터 시삭되었다. 농민이 서울 사람에게 꼬라리[66]라는 별명으로 감잡히는[67] 그 이유는 무엇보다도 사투리에 있을지니 사투리는 쓰지 말지며 '합세'를 '하십니까'로 '하게유'를 '하오'로 고치되 말 끝을 들지 말지라. 또 거리에서 어릿어릿하는 것은 내가 시골뜨기요 하는 얼뜬 짓이니 갈 길은 재게가고 볼 눈은 또릿또릿이 볼지라— 하는 것들이었다. 아내는 그 끔찍한 설교를 귀담아 들으며 모기소리로 네, 네 하였다. 남편은 두어 시간 가량을 샐 틈 없이 꼼꼼하게 주의를 다져놓고는 서울의 풍습이며 생활 방침 등을 자기의 의견대로 그럴싸하게 이야기하

---

63   가보 : 화투에서 아홉 끗을 이르는 말
64   겁겁하다 : 급하고 참을성이 없다
65   둠구석 : 두메산골 구석
66   꼬라리 : 시골고라리. 어리석고 고집 센 시골사람을 놀리는 말
67   감잡히다 : 약점을 잡히다

여오다가 말끝이 어느덧 화장술에까지 이르게 되었다. 시골 여자가 서울에 가서 안잠을 잘 자주면 몇 해 후에는 집까지 얻어 갖는 수가 있는데 거기에는 얼굴이 어여뻐야 한다는 소문을 일찍 들은 바가 있어 하는 소리였다.

"그래서 날마다 기름도 바르고 분도 바르고 버선도 신고 해서 쥔 마음에 썩 들어야……"

한참 신바람이 올라 주워섬기다가 옆에서 새근새근, 소리가 들리므로 고개를 돌려보니 아내는 이미 고라져 잠이 깊었다.

"이런 망할 거, 남 말하는데 자빠져 잔담—"

남편은 혼자 중얼거리며 바른팔을 들어 이마 위로 흐트러진 아내의 머리칼을 뒤로 씨담어 넘긴다. 세상에 귀한 것은 자기의 아내! 이 아내가 만약 없었던들 자기는 홀로 어떻게 살 수 있었으려는가! 명색이 남편이며 이날까지 옷 한 벌 변변히 못 해 입히고 고생만 짓시킨 그 죄가 너무나 큰 듯 가슴이 뻐근하였다. 그는 왁살스러운 팔로다 아내의 허리를 꾹 껴안아 자기의 앞으로 바특이[68] 끌어당겼다.

밤새도록 줄기차게 내리던 빗소리가 아침에 이르러서야 겨우 그치고 점심때에는 생기로운 볕까지 들었다. 쿨렁쿨렁 눈물 나는 소리는 요란히 들린다. 시내에서 고기 잡는 아이들의 고함이며 농부들의 희희낙락한 미나리[69]도 기운차게 들린다.

비는 춘호의 근심도 씻어간 듯 오늘은 그에게도 즐거운 빛이 보였다.

"저녁 제누리때 되었을걸. 얼른 빗고 가봐—"

---

68   바특이 : 바싹
69   미나리 : 메나리. 농부들이 논에서 일하며 부르는 농요의 하나

그는 갈증이 나서 아내를 대구 재촉하였다.

"아직 멀었어유—"

"뭔 게 뭐야, 늦었어—"

"뭘!"

아내는 남편의 말대로 벌써부터 머리를 빗고 앉았으나 온제 달포나 아니 가리어 엉클은 머리라 시간이 꽤 걸렸다. 그는 호랑이 같은 남편과 오래간만에 정다운 정을 바꾸어 보니 근래에 볼 수 없는 희색이 얼굴에 떠돌았다. 어느 때에는 맥쩍게 생글생글 웃어도 보았다.

아내가 꼼지락거리는 것이 보기에 퍽이나 갑갑하였다. 남편은 아내 손에서 얼개빗을 쑥 뽑아들고는 시원스레 쭉쭉 내려 빗긴다. 다 빗긴 뒤 옆에 놓인 밥사발의 물을 손바닥에 연실 칠해가며 머리에다 번지르하게 발라놓았다. 그래놓고 위서부터 머리갈을 재워가며 맵시 있게 쪽을 딱 쓸러주더니 오늘 아침에 한사코 공을 들여 삶아 놓았던 집석이[70]를 아내의 발에 신기고 주먹으로 자근자근 골을 내주었다.[71]

"인제 가봐—"

하다가

"바루 곧 와, 응?"

하고 남편은 그 이 원을 고이 받고자 손색없도록 실패없도록 아내를 모양내어 보냈다.

(1935.1.29~2.4, 조선일보)

---

70 집석이 : 짚세기. 짚신
71 골을 내다 : 짚세기의 모양을 맵시 있게 보이도록 발에 맞추어 모양을 잡아주다

작품 해설

작품의 개관

「소낙비」는 1935년 1월《조선일보》신춘문예에 당선된 단편소설로 원제목은 「따라지 목숨」이었다. 원제목에서 짐작할 수 있듯이 이 작품은 생존을 위해 발버둥치는 1930년대 유랑 농민(따라지)의 서글픈 삶을 사실적으로 그리고 있다.

이 작품은 해를 이은 흉작과 빚쟁이들의 위협을 피해 고향에서 도망하여 타지인 산골 농촌에 들어와 어렵게 사는 춘호와 그 아내에 관한 이야기이다. 춘호는 타지인이기 때문에 이 마을에서 농토나 일감을 얻을 수가 없다. 그렇기 때문에 노름판에서 한몫을 잡아 서울로 가려는 엉뚱한 투기심을 갖게 되었고, 결국 노름 밑천을 구하기 위해 아내의 매춘을 은근히 부추긴다. 아내가 젊고 얼굴이 예쁘니까 돈 이 원 정도는 쉽게 얻을 수 있다고 판단한 춘호는 자기 부탁에 호응하지 않는 아내를 구타하여 매춘하도록 암묵적으로 강요한다.

매를 견디다 못한 아내는 쇠돌 엄마에게 가서 돈을 마련하려고 하였으나 쇠돌 엄마는 없었고 평소부터 자신을 노리던 이주사만 있었다. 결국 이주사에게 매춘을 함으로 남편의 노름 밑천 이 원을 장만하게 된다. 그녀는 자신의 매춘 행위를 모욕과 수치로 생각하지만 남편에게 매 맞지 않고 의좋게 살 수만 있다면 얼마든지 사양하지 않겠다고 생각을 한다.

이 작품에도 김유정의 여타 소설에 자주 등장하는 매춘 모티브가 자연스럽게 등장하고 있다. 이는 인간에게 의식주와 같은 생존의 문제가 도덕이나 윤리

성의 문제보다 앞선 것이라는 김유정의 인식에서 기인한 것으로 보인다. 겁탈하려는 이주사를 소리 질러 쫓아낼 정도로 처음에는 기본적인 도덕적 의식을 지니고 있던 춘호의 아내가 자발적으로 매춘의 길로 접어든 이유는 바로 기본적 생존의 위협에 있었다. 이런 측면을 고려하게 된다면 작품에 등장하는 인물들에게 도덕적 타락의 책임을 결국 물을 수 없게 된다.

그렇다면 실제로 당대의 상황이 생존의 위협을 받을 만큼 열악했는가 살펴보자. 일제는 식민 통치 초기부터 우리나라를 그들의 식량 공급지로 묶어두기 위해서 '토지조사사업'과 '산미증식계획'을 단행했고, 1920년대 초부터는 소위 '농촌진흥운동'을 벌여 전쟁에 차질이 없도록 하였다. 뿐만 아니라 지주제를 강화하여 지주를 보호하는 대신 자작농은 소작농으로 전락시키고, 소작농들은 유랑민으로 내몰았다. 유랑민들은 결국 비참한 삶을 살아갈 수밖에 없는 도시의 노동자나 토민 혹은 거지로 전락하고 만다. 1920년대와 30년대의 문학작품 중에 이런 사람들을 주인공으로, 혹은 빈곤을 소재로 한 작품들이 주류를 이루고 있는 점을 보아도 당시에 빈곤의 문제가 얼마나 심각했는지 알 수 있다.

한편 「봄봄」처럼 광범위하고 노골적이지는 않지만 이 작품에서도 해학이 발견된다. 가령 아직 노름에서 돈을 딴 것도 아닌데 미리 서울에 올라온 것처럼 실현되지 않은 미래의 일을 실현된 것으로 상상하고 있는 춘호의 모습이 그렇고, 아내의 매춘 후에 오히려 부부간에 더욱 화합하게 되는 상황 설정이 그러하다.

끝으로 이 작품의 제목이 왜 '소낙비'일까 생각해보자. 소낙비는 이 작품의 제목이면서 동시에 주요 소재이기도 하다. 소낙비는 춘호의 아내가 행한 매춘에 대한 죄책감을 면하게 해주는 도구로 작용하고 있다.

매춘을 통해 팔자를 고친 쇠돌 엄마를 부러워하면서도 한편으로는 자신은 부도덕한 매춘을 통해 팔자를 고치지 않았다는 도덕적인 우월감을 가지고 있던 춘호 아내가 쇠돌 엄마와 같이 이주사에게 몸을 허락하게 되는, 즉 매춘행위를 하게 되는 결정적 계기가 바로 소낙비인 것이다. 결국 매춘이 가능하게 됨으로 춘호의 아내는 남편의 폭력에서 벗어날 수 있었고 행복한 서울 생활의 가능성도 열렸다는 인식을 하게 된다. 따라서 이 소낙비는 그녀에게 실로 고마운 비인 것이다.

작품 읽기의 주안점

1. 이 작품에서 매춘의 의미는 무엇이고, 매춘의 책임은 누구에게 있는지 생각하면서 읽어보자.
2. 등장 인물들의 특성을 자세히 살펴보면서 그들의 행동과 당대의 사회현실과의 연관성을 생각해보면서 읽어보자.
3. 작품에 제시되어 있는 배경이나 소재들은 무엇을 상징하고 있는지 생각해보면서 읽어보자.
4. 이 작품의 원제목은 「따라지 목숨」이었다. 작자가 왜 이 같은 제목을 붙였는지 생각해보고, 아울러 제목을 「소낙비」로 한 이유도 생각해보면서 읽어보자.
5. 이 작품에서 해학적인 부분이 있는지 찾아보고 어떤 장치를 통해 해학미를 형성하고 있는지 찾으면서 읽어보자.

작품을 읽고 생각해 봅시다.

01 이 작품에서 춘호 부부가 살고 있는 집의 묘사가 어떤 기능을 하고 있는지 생각해보자.

춘호 부부의 집은 외부와 차별되지 않은, 불도 없는 암흑과 같은 공간으로 묘사되고 있다. 이는 당시 빚으로 고향을 떠나 떠돌 수밖에 없었던 이농민들의 참혹한 삶을 사실적으로 보여주는 동시에 그들의 삶에 대한 상징으로도 볼 수 있다. 즉 당시 농민들에게 집은 안식과 평안의 공간이 아니라 암흑의 지옥으로 전도된 상황이었으며 동시에 그들의 인생 자체가 캄캄한 암흑이라는 상징으로 볼 수 있는 것이다.

02 주인공 춘호의 아내는 어떤 인물인지 설명해보자.

이 작품의 주인공 춘호의 아내는 어려운 생활 속에서도 불평하지 않고 남편에게 복종하며 조용히 내조하는 수동적 여성형의 인물이다. 타지 사람이기에 농토를 얻지 못해 놀고 있는 남편을 위해서 연약한 몸이지만 험한 산 속에서 나물을 캐기도 하고, 삯방아로 남편을 섬긴다. 한마디로 착하고 순박하며 순종적인 여인이다. 또한 자신을 겁탈하려고 달려드는 이주사를 소리 질러 쫓아내는 도덕적 관념도 있던 여인이다.

그런데 이런 그녀에게 남편은 노름 밑천으로 쓰일 돈 이 원을 구해오라고 매질을 하고 결국 이런 남편의 폭력에 못 이겨 자신의 윤리의식을 뒤로 하고 이주사에게 매춘을 하게 된다. 그녀를 둘러싼 일련의 환경이 그녀를 변하게 하였고 결국 그녀는 몸을 팔게 된 것을 지랄이나 봉변으로 생각하기는 하지만, 이주사 덕분에 남편의 노름 밑천을 마련하게 되었다고 생각하며 이주사를 은

인으로 인식하기에 이른다.

03 이 작품에서 춘호는 아내의 매춘을 명시적으로 강요하지 않는다. 그러나 독자는 춘호 아내의 매춘이 춘호의 강요에 의한 것으로 인식하게 된다. 그 근거는 무엇인지 생각해보자.

춘호 자신도 구할 수 없는 돈 이 원을 아내가 구해오는 일은 현실적으로 불가능하다. 그럼에도 불구하고 춘호는, 아내가 구해올 수 있다고 믿는다. 그 근거는 아내의 나이가 젊고 얼굴이 똑똑하다는 것이다. 상식으로는 이해가 되지 않는 설정이지만 작품의 전체 맥락에서는 이해가 된다. 즉 젊다는 것, 얼굴이 똑똑하다는 것은 매춘을 염두에 두었을 때 의미있는 것이다. 춘호는 처음 돈 이야기를 꺼냈을 때부터 매춘을 염두에 두고 있었던 것이다. 그리고 자신의 뜻을 못 알아차리고 있는 아내가 답답하고 얄미워 매질을 한 것이다. 춘호의 이러한 폭력은 곧 매춘의 암묵적 강요라 할 수 있다.

더구나 남편 춘호는 아내가 이주사에게 이 원을 받기로 한 날, 돈을 실패 없이 고이 받게 하기 위해 아내의 머리를 곱게 빗겨 몸단장을 시킨다. 이런 장면을 통해 춘호가 아내의 매춘을 얼마나 기대했었는가를 짐작할 수 있고, 이런 기대가 구타보다도 더 강력한 강요로 아내의 매춘이 이루어지도록 작용한 것이라고 생각할 수 있다.

04 김유정 작품에서 매춘 행위의 도덕성이 문제되지 않는다면 그 이유는 무엇인지 생각해보자.

김유정의 일련의 소설을 대하는 독자들은 작품 속에 등장하는 매춘이나 거

121

짓 결혼 등에서 혐오감을 느끼거나 인간 도덕의 타락을 비판하기보다는 그러한 행위를 할 수밖에 없는 인물들에게 이해와 동정을 보내게 된다. 그 이유는 이들의 부도덕한 행위가 극한적 궁핍에서 기인된 것이며, 이런 극한상황 속에서 끈질기게 살아보겠다는 반사적 행위라는 점에 동의하기 때문이다.

 이 작품에서도 춘호는 빚쟁이들을 피해 이 마을에 들어왔으나 타지 사람이라는 이유로 땅도 일자리도 얻지 못한다. 그렇기에 절대 빈곤의 상황을 벗어나지 못한다. 이런 춘호 부부에게 삶의 대안은 일확천금의 헛된 욕망일 수밖에 없고, 이 욕망의 밑천을 마련하기 위한 방법이 현실적으로 매춘밖에는 없었던 것이다. 이들에게 최소한의 인간다운 삶을 살기 위한 빈곤의 탈출보다 더 높은 가치는 없기에 매춘을 강요한 남편도, 매춘을 실행한 아내도 도덕적인 죄책감을 느끼지 못하는 것이다. 이런 구조 속에서 일련의 행동을 지켜보고 있는 독자도 이들의 부도덕성에 비판의 눈길을 던지지 못하게 되는 것이다.

금 따는 콩밭

땅속 저 밑은 늘 음침하다.

고달픈 간드렛불.[1] 맥없이 푸리끼하다. 밤과 달라서 낮엔 되우[2] 흐릿하였다.

겉으로 황토장벽으로 앞뒤좌우가 콕 막힌 좁직한 구뎅이. 흡사히 무덤 속같이 귀중중하다.[3] 싸늘한 침묵. 쿠더브레한[4] 흙내와 징그러운 냉기만이 그 속에 자욱하다.

고깽이[5]는 뻔찔[6] 흙을 이르집는다.[7] 암팡스러히[8] 나려쪼며

퍽 퍽 퍽—

---

1 간드렛불 : 간데라불. 작업할 때 쓰는 등불
2 되우 : 매우, 몹시, 되게, 된통
3 귀중중하다 : 매우 더럽고 지저분하다
4 쿠더브레하다 : 축축한 냄새가 나다
5 고깽이 : 곡괭이
6 뻔찔 : 자주
7 이르집다 : 여러 겹으로 된 물건을 뜯다
8 암팡스럽다 : 야무지다

이렇게 메떨어진[9] 소리뿐. 그러나 간간 우수수하고 벽이 헐린다.
　영식이는 일손을 놓고 소맷자락을 끌어당기어 얼굴의 땀을 훑는다. 이놈의 줄이 언제나 잡힐는지 기가 찼다. 흙 한 줌을 집어 코밑에 바짝 드려대고 손가락으로 샅샅이 뒤져본다. 완연히 버력[10]은 좀 변한 듯싶다. 그러나 봉통버력이 아주 다 풀린 것도 아니었다. 말똥버력[11]이라야 금이 나온다는데 왜 이리 안 나오는지.
　고깽이를 다시 집어 든다. 땅에 무릎을 꿇고 궁뎅이를 번쩍 든 채 식식거린다. 고깽이는 무작정 내려찍는다.
　바닥에서 물이 스미어 무르팍이 흔건히 젖었다. 굿엎은[12] 천판[13]에서 흙방울은 나리며 목덜미로 굴러든다. 어떤 때에는 웃벽의 한쪽이 떨어지며 등을 탕 때리고 부서진다.
　그러니 그는 눈도 히니 깜짝하지 않는디. 금을 캔디고 콩밭 하니를 다 잡쳤다. 약이 올라서 죽을둥 살둥, 눈이 뒤집힌 이 판이다. 손바닥에 침을 탁 뱉고 고깽이자루를 한번 고쳐 잡더니 쉴 줄 모른다.
　등 뒤에서는 흙 긁는 소리가 드윽드윽 난다. 아직도 버력을 다 못 친 모양. 이 자식이 일을 하나 시죵 하나. 남은 속이 바직 타는데 웬 뱃심이 이리도 좋아.
　영식이는 살기 띠인 시선으로 고개를 돌렸다. 암말 없이 수재를 노려본다. 그제야 꾸물꾸물 바지게에 흙을 담고 등에 메고 사다리를 올라

9　메떨어지다 : 모양이나 말, 행동 따위가 세련되지 못하여 어울리지 않고 촌스럽다
10　버력 : 광물 따위를 캘 때 나오는, 광물의 성분이 섞이지 않은 잡석(雜石)
11　말똥버력 : 양파 모양으로 벗겨져 부스러지기 쉬운 버력
12　굿엎다 : 공간이 무너지지 않게 벽과 천장에 기둥을 세우다
13　천판 : 천장

간다.

굿이 풀리는지 벽이 우찔하였다. 흙이 부서져 나린다. 전날이라면 이곳에서 아내 한 번 못 보고 생죽엄이나 안할까 털끝까지 쭈뼛할 게다. 그러나 인젠 그렇게 되고도 싶다. 수재란 놈하고 흙더미에 묻히어 한껍에 죽는다면 그게 오히려 날 게다.

이렇게까지 몹시 몹시 미웠다.

이놈 풍찌[14]는 바람에 애꿎은 콩밭 하나만 결판을 냈다. 뿐만 아니라 모두가 낭패다. 세 벌 논도 못 맸다. 논둑의 풀은 성큼 자란 채 어지러이 늘려져있다. 이 기미를 알고 지주는 대로하였다. 내년부터는 농사질 생각 말라고 발을 굴렀다. 땅은 암만을 파도 지수[15]가 없다. 이만해도 다섯 길은 훨썩 넘었으리라. 좀 더 지펴야 옳을지 혹은 북으로 밀어야 옳을지 우두머니 망설거린다. 금점[16]일에는 푸뚬이[17]다. 입때껏 수재의 지휘를 받아 일을 하여왔고 앞으로도 역 그러해야 금을 딸 것이다. 그러나 그런 칙칙한 짓은 안 한다.

"이리 와 이것 좀 파게"

그는 어쓴[18] 위풍을 보이며 이렇게 분부하였다. 그리고 저는 일어나 손을 털며 뒤로 물러선다.

수재는 군말 없이 고분하였다. 시키는 대로 땅에 무릎을 꿇고 벽채로 군버력[19]을 긁어 낸 다음 다시 파기 시작한다.

---

14 풍찌다 : 허풍을 치다
15 지수 : 낌새
16 금점 : 금광
17 푸뚬이 : 풋내기
18 어쓰다 : 어설프다
19 군버력 : 광석이나 석탄을 캘 때 나오는, 광물이 섞이지 않은 작은 잡돌

영식이는 치다 나머지 버력을 짊어진다. 커단 걸때를 뒤뚝거리며 사다리로 기어오른다. 굿문을 나와 버력더미에 흙을 마악 내칠랴 할 제

"왜 또 파 이것들이 미쳤나그래—"

산에서 나려오는 마름과 맞닥뜨렸다. 정신이 떠름하여 그대로 벙벙이 섰다. 오늘은 또 무슨 포악을 들을랴는가.

"말라닌깐 왜 또 파는게야" 하고 영식이의 바지게 뒤를 지팽이로 꽉 찌르더니 "갈아 먹으라는 밭이지 흙쓰고 들어 가라는거야 이 미친것들아 콩밭에서 웬 금이 나온다고 이 지랄들이야 그래" 하고 목에 핏대를 올린다. 밭을 버리면 간수 잘못한 자기 탓이다. 날마다 와서 그 북새를 피고 금하야도 담날 보면 또 여전히 파는 것이다.

"오늘로 이 구뎅이를 도로 묻어놔야지 낼로 당장 징역 갈 줄 알게"

너무 감정에 격하여 말도 잘 안 나오고 떠듬떠듬 걸린다. 수먹은 곧 날아들듯이 허구리께서 불불 떤다.

"오늘만 좀 해보고 고만두겠서유"

영식이는 낯이 붉어지며 가까스루 한마디 하였다. 그리고 무턱대고 빌었다.

마름은 들은 척도 안 하고 가버린다.

그 뒷모양을 영식이는 멀거니 배웅하였다. 그러나 콩밭 낯짝을 들여다보니 무던히 애통터진다. 멀쩡한 밭에가 구멍이 사면 풍 풍 뚫렸다.

예제없이 버력은 무데기 무데기 쌓였다. 마치 사태만난 공동묘지와도 같이 귀살적고[20] 되우 을씨냥스럽다. 그다지 잘 되었던 콩포기는 거반 버력더미에 다아 깔려버리고 군데군데 어쩌다 남은 놈들만이 고개를 나풀

---

20 귀살적다 : 귀살쩍다. 일이나 물건 따위가 마구 얼크러져 정신이 뒤숭숭하거나 산란하다

거린다. 그 꼴을 보는 것은 자식 죽는 걸 보는 게 낫지 차마 못할 경상이었다.

농토는 모조리 떨어질 것이다. 그러나 대관절 올 밭도지[21] 벼 두 섬 반은 뭘로 해내야 좋을지. 게다 밭을 망쳤으니 자칫하면 징역을 갈는지도 모른다.

영식이가 구덱이 안으로 들어왔을 때 동무는 땅에 주저앉어 쉬고 있었다. 태연무심히 담배만 뻑뻑 피는 것이다.

"언제나 줄을 잡는 거야"

"인제 차차 나오겠지"

"인제 나온다" 하고 코웃음을 치고 엇먹더니 조곰 지나매

"이색기"

흙덩이를 집어들고 골통을 나려친다.

수재는 어쿠 하고 그대로 푹 엎으린다. 그러다 뻘떡 일어선다. 눈에 띄는 대로 고깽이를 잡자 대뜸 달겨들었다. 그러나 강약이 부동. 왁살스러운 팔뚝에 퉁겨져 벽에 가서 쿵 하고 떨어졌다. 그 순간에 제가 빼앗긴 고깽이가 정백이[22]를 겨누고 날아드는 걸 보았다. 고개를 홱 돌린다. 고깽이는 흙벽을 퍽 찍고 다시 나간다.

×

수재 이름만 들어도 영식이는 이가 갈렸다. 분명히 홀딱 속은 것이다.

영식이는 본디 금점에 이력이 없었다. 그리고 흥미도 없었다. 다만 밭고랑에 웅크리고 앉아서 땀을 흘려가며 꾸벅꾸벅 일만 하였다. 올엔 콩

---

21 밭도지 : 밭의 소작료로 받는 곡식 따위의 현물
22 정백이 : 정수리

도 뜻밖에 잘 열리고 맘이 좀 놓았다.

하루는 홀로 김을 매고 있노라니까

"여보게 덥지않은가 좀 쉬였다하게"

고개를 들어보니 수재다. 농사는 안 짓고 금점으로만 돌아다니더니 무슨 바람에 또 왔는지 싱글벙글한다. 좋은 수나 걸렸나 하고

"돈 좀 많이 벌었나 나 좀 챼주게"[23]

"벌구말구 맘껏 먹고 맘껏 쓰고했네"

술에 거나한 얼굴로 싯껏[24] 주적거린다. 그리고 밭머리에 쭈그리고 앉어 한참 객설을 부리드니

"자네 돈벌이 좀 안 할려나 이 밭에 금이 묻혔네 금이······"

"뭐" 하니까

바로 이 산 넘어 큰골에 광산이 있다. 광부를 삼백여 명이나 부리는 노다지판인데 매일 소출되는 금이 칠십 냥을 넘는다. 돈으로 치면 칠천 원. 그 줄맥이 큰산 허리를 뚫고 이 콩밭으로 뻗어 나왔다는 것이다. 둘이서 파면 불과 열흘 안에 줄을 잡을 게고 적어도 하루 서 돈씩은 따리라. 우선 삼십 원만 해두 얼마냐. 소를 산대두 반 필이 아니냐고.

그러나 영식이는 귀담어 듣지 않았다. 금점이란 칼물고 뜀뛰기다. 잘 되면 이어니와 못되면 신세만 조판다. 이렇게 전일부터 들은 소리가 있어서이다.

그 담날도 와서 꾀송거리다[25] 갔다.

세째번에는 집으로 찾어왔는데 막걸리 한 병을 손에 떡 들고 영을 피

---

23 챼주다 : 빌려주다
24 싯껏 : 신에 겨워서
25 꾀송거리다 : 계속 꾀다

운다.[26] 몸이 달아서 또 온 것이었다. 봉당에 걸타앉어서 저녁상을 물끄러미 바라보더니 조당수[27]는 몸을 훑인다는 둥 일꾼은 든든이 먹어야 한다는 둥 남들은 논을 사느니 밭을 사느니 떠드는데 요렇게 지내다 그만 둘테냐는 둥 일쩌웁게[28] 지절거린다.

"아즈머니 이것 좀 먹게 해주시게유"

그리고 비로소 영식이 아내에게 술병을 내놓는다. 그들은 밥상을 끼고 앉어서 즐거웁게 술을 마셨다. 몇잔이 들어가고 보니 영식이의 생각도 저윽이 돌아섰다. 딴은 일 년 고생하고 끽 콩 몇섬 얻어먹느니보다는 금을 캐는 것이 슬기로운 짓이다. 하루에 잘만 캔다면 한 해 줄곳 공들인 그 수확보다 훨썩 이익이다. 올 봄 보낼 제 비료값 품삯 빚해 빚진 칠 원 까닭에 나날이 졸리는 이 판이다. 이렇게 지지하게 살고 말 바에는 차라리 가루지나 세루지나[29] 사내자식이 한번 해볼 것이다.

"낼부터 우리 파보세 돈만 있으면이야 그까진 콩은"

수재가 안달스리 재우쳐 보채일 제 선뜻 응낙하였다.

"그래보세 빌어먹을거 안됨 고만이지"

그러나 꽁무니에서 죽을 마시고 있던 아내가 허구리를 쿡쿡 찔렀게 망정이지 그렇지 않었드면 좀 주저할 뻔도 하였다.

아내는 아내대로의 심이 빨랐다.

시체는 금점이 판을 잡았다. 스뿔르게[30] 농사만 짓고 있다간 결국 비

---

26 영을 피우다 : 기운을 내거나 기를 피다
27 조당수 : 좁쌀로 묽게 쑨 당수
28 일쩌웁다 : 불편하고 귀찮다
29 가루지나 세루지나 : 이렇든지 저렇든지
30 스뿔르다 : 섣부르다

렁뱅이밖에는 더 못된다. 얼마 안 있으면 산이고 논이고 밭이고 할 것 없이 다 금쟁이 손에 구멍이 뚫리고 뒤집히고 뒤죽박죽이 될 것이다. 그때는 뭘 파먹고 사나. 자 보아라. 머슴들은 짜위나 한 듯이 일하다 말고 혹닥하면 금점으로들 내빼지 않는가. 일꾼이 없어서 올엔 농사를 질 수 없느니 마느니 하고 동리에서는 떠들썩하다. 그리고 번동 포농이조차 호미를 내여던지고 강변으로 개울로 사금을 캐러 달아난다. 그러다 며칠 뒤에는 다비신[31]에다 옥당목[32]을 떨치고 히짜를 뽑는[33] 것이 아닌가.

아내는 콩밭에서 금이 날 줄은 아주 꿈밖이었다. 놀래고도 또 기뻤다. 올에는 노냥 침만 삼키던 그놈 코다리(명태)를 짜증 먹어 보겠구나 만 하여도 속이 메질듯이 짜릿하였다. 뒷집 양근댁은 금점 덕택에 남편이 사다준 흰 고무신을 신고 나릿나릿 걷는 것이 무척 부러웠다. 저도 얼른 금이나 평평 쏟아지면 흰 고무신도 신고 얼굴에 분도 바르고 하리라.

"그렇게 해보지 뭐 저 냥반 하잔대로만 하면 어련이 잘될라구—"

얼뚤하야 앉었는 남편을 이렇게 추겼던 것이다.

×

동이 트기 무섭게 콩밭으로 모였다.

수재는 진언이나 하는 듯이 이리대고 중얼거리고 저리대고 중얼거리고 하였다. 그리고 덤벙거리며 이리 왔다가 저리 왔다가 하였다. 제 딴은 땅속에 누운 줄맥을 어림하야 보는 맥이었다.

한참을 밭을 헤매다가 산쪽으로 붙은 한구석에 딱 스며 손가락을 펴

---

31 다비신 : 신발의 한 종류
32 옥당목 : 질이 낮은 무명의 한 종류
33 히짜를 뽑다 : 잘난 척하고 으스대다

들고 설명한다. 큰 줄이란 번시 산운산[34]을 끼고 도는 법이다. 이 줄이 노다지임에는 필시 이켠으로 버듬이[35] 누웠으리라. 그러니 여기서부터 파 들어 가자는 것이었다.

영식이는 그 말이 무슨 소린지 새기지는 못했다. 마는 금점에는 난다는 수재이니 그 말대로 하기만 하면 영낙없이 금퇴[36]야 나겠지 하고 그것만 꼭 믿었다. 군말 없이 지시해 받은 곳에다 삽을 푹 꽂고 파헤치기 시작하였다.

금도 금이면 앨써 키워온 콩도 콩이었다. 거진 다 자란 허울멀쑥한 놈들이 삽 끝에 으스러지고 흙에 묻히고 하는 것이다. 그걸 보는 것은 썩 속이 아팠다. 애틋한 생각이 물밀 때 가끔 삽을 놓고 허리를 구부려서 콩잎의 흙을 털어주기도 하였다.

"아 이사람아 맥적게 그건 봐 뭘해 금을 캐자니깐"

"아니야 허리가 좀 아퍼서—"

핀잔을 얻어먹고는 좀 열적었다.[37] 하기는 금만 잘 터져나오면 이까진 콩밭쯤이야. 이 밭을 풀어 논도 만들 수 있을 것이다. 눈을 감아버리고 삽의 흙을 아무렇게나 콩잎 위로 홱 홱 내어던진다.

×

"구구루[38] 땅이나 파먹지 이게 무슨 지랄들이야!"

동리 노인은 뻔찔 찾어와서 귀거친 소리를 하고 하였다.

---

34 산운산 : 상원산. 광맥의 근원지가 되는 산
35 버듬이 : 밖으로 약간 뻗은 듯이
36 금퇴 : 금이 들어 있는 광석
37 열적다 : 열없다. 겸연쩍고 부끄럽다
38 구구루 : 국으로. 분수에 맞게 지금 그대로

밭에 구멍을 셋이나 뚫었다. 그리고 대구[39] 뚫는 길이었다. 금인가 난 장을 맞을 건가 그것 때문에 농군은 버렸다. 이게 필연코 세상이 망할려는 징조이리라. 그 소중한 밭에다 구멍을 뚫고 이 지랄이니 그놈이 온전할 겐가.

노인은 제물화[40]에 지팽이를 들어 삿대질을 아니할 수 없었다.

"벼락 맞으니 벼락맞어—"

"염여 말아유 누가 알래지유"

영식이는 그럴 적마다 데퉁스리 쏘았다. 골김에 흙을 되는 대로 내꾼지고는 침을 탁 뱉고 구뎅이로 들어간다. 그러나 마음 한구석에는 언제나 끈—하였다. 줄을 찾는다고 콩밭을 통이 뒤집어놓았다. 그리고 줄이 언제나 나올지 아직 까맣다. 논도 못매고 물도 못보고 벼가 어이 되었는지 그것조자 모른다. 밤에는 잠이 안 와 벌뚱허니 애를 태웠다.

수재는 낙담하는 기색도 없이 늘 하냥[41]이었다. 땅에 웅숭그리고[42] 시적시적[43] 노량으로[44] 땅만 판다.

"줄이 꼭 나오겠나" 하고 목이 말라서 물으면

"이번에 안나오거든 내목을 비게"

서슴지 않고 장담을 하고는 꿋꿋하였다.

이걸 보면 영식이도 마음이 좀 뇌는 듯싶었다. 전들 금이 없다면 무슨 멋으로 이 고생을 하랴. 반드시 금은 나올 것이다. 그제서는 이왕 손해

---

39 대구 : 계속 거듭하여
40 제물화에 : 스스로 화가 나서
41 하냥 : 한결같이
42 웅숭그리다 : 궁상맞게 몸을 움츠리다
43 시적시적 : 힘을 빼고 아주 천천히 행동하는 모양
44 노량으로 : 느릿느릿

는 하릴없거니와 고만 두리라던 절망이 스르르 사라지고 다시금 주먹이 쥐여지는 것이었다.

×

깜깜하게 밤은 어두웠다. 어데선가 뭇개가 요란히 짖어대인다.

남편은 진흙 투성이를 하고 산에서 나려왔다. 풀이 죽어서 몸을 잘 가꾸지도 못하고 아랫묵에 축 늘어진다.

이 꼴을 보니 아내는 맥이 다시 풀린다. 오늘도 또 글렀구나. 금이 터지며는 집을 한 채 사간다고 자랑을 하고 왔더니 이내 헛일이었다. 인제 좌지가 나서 낯을 들고 나아갈 염의조차 없어졌다.

남편에게 저녁을 갖다주고 딱하게 바라본다.

"인젠 꾸온 양식도 다 먹었는데ㅡ"

"새벽에 산제를 좀 지낼턴데 한번만 더 꿰와"

남의 말에는 대답 없고 유하게 흘개 늦은[45] 소리뿐 그리고 드러누운 채 눈을 지그시 감아버린다.

"죽거리두 없는데 산제는 무슨ㅡ"

"듣기싫여 요망맞은 년 같으니"

이 호통에 아내는 고만 멈씰하였다. 요즘 와서는 무턱대고 공연스리 골만 내는 남편이 역 딱하였다. 환장을 하는지 밤잠도 아니 자고 소리만 뻑뻑 지르며 덤벼들랴고 든다. 심지어 어린것이 좀 울어도 이자식 갖다 내꾼지라고 북새를 피는 것이다.

저녁을 아니 먹으므로 그냥 치워버렸다. 남편의 령을 거역키 어려워 양

---

45 흘개 늦다 : 흘게 늦다. ① 흘게가 조금 풀리어 단단하지 못하다, ② 하는 짓이 야무지지 아니하다. 여기서는 ②의 뜻

근댁안테로 또 다시 안 갈 수 없다. 그간 양식은 줄곧 꾸어다 먹고 갚도 못하였는데 또 무슨 면목으로 입을 버릴지 난처한 노릇이었다.

그는 생각다 끝에 있는 염치를 보째 쏟아던지고 다시 한 번 찾아가는 것이다. 마는 딱 맞닥드리어 입을 열고

"낼 산제를 지낸다는데 쌀이 있어야지유—" 하자니 역 낯이 화끈하고 모닥불이 날아든다.

그러나 그들은 어지간히 착한 사람이었다.

"암 그렇지요 산신이 벗나면 죽도 그릅니다" 하고 말을 받으며 그 남편은 빙그레 웃는다. 온악이 금점에 장구[46] 딿아난[47] 몸인 만치 이런 일에는 적잖이 속이 티었다. 손수 쌀 닷 되를 떠다주며

"산제란 안지냄 몰라두 이왕 지낼내면 아주 정성껏해야 됩니다. 산신이란 노하길 잘 하니까유" 하고 그 비방까지 깨쳐 보낸나.

쌀을 받아들고 나오며 영식이 처는 고마움보다 먼저 미안에 질리어 얼굴이 다시 빨갰다. 그리고 그들 부부 살아가는 살림이 참으로 참으로 몹시 부러웠다. 양근댁 남편은 날마다 금점으로 감돌며 버럭데미를 뒤지고 토록[48]을 주서온다. 그걸 온종일 장판돌에다 갈며는 수가 좋으면 이삼 원 옥아도 칠팔십 전 꼴은 매일 심[49]이 되는 것이었다. 그러면 쌀을 산다 피륙[50]을 끊는다 떡을 한다 장리[51]를 놓는다—그런데 우리는 왜 늘 요 꼴인지. 생각만 하여도 가슴이 메이는 듯 맥맥한 한숨이 연발을 하는 것이

---

46 장구 : 오랫동안
47 딿아나다 : 닳고 닳다
48 토록 : 다른 잡석과 함께 광맥 밖의 겉에 드러나 있는 광석
49 심 : 셈. 주고받는 돈
50 피륙 : 아직 끊지 않은 천
51 장리 : 미리 곡식이나 돈을 꾸어서 가을에 한 해 추수한 곡식으로 갚는 일

었다.

아내는 집에 돌아와 떡쌀을 담구었다. 낼은 뭘로 죽을 쑤어먹을는지. 웃묵에 웅크리고 앉아서 맞은쪽에 자빠져있는 남편을 곁눈으로 살짝 할겨본다. 남들은 돌아다니며 잘두 금을 주서오련만 저 망나니 제 밭 하나를 다 버려두 금 한 톨 못 주서오나. 에, 에, 변변치도 못한 사나이. 저도 모르게 얕은 한숨이 겨퍼 두 번을 터진다.

밤이 이슥하야 그들 양주[52]는 떡을 하러 나왔다. 남편은 절구에 쿵쿵 빻았다. 그러나 체가 없다. 동내로 돌아다니며 빌려 오느라고 아내는 다리에 불풍이 났다.

"왜이리 앉었수 불좀 지피지"

떡을 찌다가 얼이 빠져서 멍허니 앉었는 남편이 밉쌀스럽다. 남은 이래저래 애를 죄는데 저건 무슨 생각을 하고 저리 있는 건지. 낫으로 삭정이를 탁탁 죠겨서 던져주며 아내는 은근히 훅닥이었다.

닭이 두 홰를 치고 나서야 떡은 되었다.

아내는 시루를 이고 남편은 겨드랑에 자리때기를 꼈다. 그리고 캄캄한 산길을 올라간다.

비탈길을 얼마 올라가서야 콩밭은 놓였다. 전면을 우뚝한 검은 산에 둘리어 막힌 곳이었다. 가생이로 느티대추나무들은 머리를 풀었다.

밭머리 조꼼 못 미쳐 남편은 걸음을 멈추자 뒤의 아내를 돌아본다.

"인내 그러구 여기 가만히 섰서—"

시루를 받아 한 팔로 껴안고 그는 혼자서 콩밭으로 올라섰다. 앞에 쌓인 것이 모두가 흙더미 그 흙더미를 마악 돌아설랴 할 제 아마 돌을

---

52 양주 : 兩主. 바깥주인과 안주인이라는 뜻. 부부

찼나 보다. 몸이 쓰러질랴고 우찔근하니 아내는 기겁을 하야 뛰어오르며 그를 부축하였다.

"부정타라구 왜 올라와 요망맞은 년"

남편은 몸을 고루잡자 소리를 뻑 지르며 아내를 얼뺨[53]을 부친다. 가뜩이나 죽으라 죽으라 하는데 불길하게도 계집년이. 그는 마뜩지[54] 않게 두덜거리며 밭으로 들어간다.

밭 한가운데다 자리를 피고 그 위에 시루를 놓았다. 그리고 시루 앞에다 공손하고 정성스리 재배를 커다랗게 한다.

"우리를 살려줍시사 산신께서 거들어주지 않으면 저희는 죽을밖에 꼼짝수 없읍니다유"

그는 손을 모디고 이렇게 축원하였다.

아내는 이 꼴을 바라보며 녹이 뾰록같이 올랐다. 금점을 합네 하고 금 한 톨 못 캐는 것이 버릇만 점점 글러간다. 그전에는 없더니 요새로 건뜻하면 탕탕 때리는 못된 버릇이 생긴 것이다. 금을 캐랬지 뺨을 치랬나. 제발 덕분에 고놈의 금 좀 나오지 말었으면. 그는 뺨 맞은 앙심으로 맘껏 방자하였다.

하긴 아내의 말 고대루 되었다. 열흘이 썩 넘어도 산신은 깜깜 무소식이었다. 남편은 밤낮으로 눈을 까뒤집고 구뎅이에 묻혀 있었다. 어쩌다 집엘 나려오는 때이면 얼굴이 헐떡하고 어깨가 축 늘어지고 거반 병객이었다. 그리고서 잠자코 커단 몸집을 방고래에다 쿵 하고 내던지고 하는 것이다.

"제이미 붙을 죽어나 버렸으면—"

---

53 얼뺨 : 얼떨결에 치는 뺨
54 마뜩다 : 마뜩하다. 마음에 들다

혹은 이렇게 탄식하기도 하였다.

×

아내는 바가지에 점심을 이고서 집을 나섰다. 젖먹이는 등을 두다리며 좋다고 끽끽거린다.

인젠 흰 고무신이고 코다리고 생각조차 물렸다. 그리고 금 하는 소리만 들어도 입에 신물이 날 만큼 되었다. 그건 고사하고 꿔다 먹은 양식에 졸리지나 말았으면 그만도 좋으리마는.

가을은 논으로 밭으로 누―렇게 나리었다. 농군들은 기꺼운 낯을 하고 서루 만나면 흥겨운 농담. 그러나 남편은 앵한[55] 밭만 망치고 논조차 건살 못하얐으니 이 가을에는 뭘 걷어들이고 뭘 즐겨할는지. 그는 동리 사람의 이목이 부끄러워 산길로 돌았다.

솔숲을 나서서 멀리 밭에를 바라보니 둘이 다 나와있다. 오늘도 또 싸운 모양. 하나는 이쪽 흙데미에 앉았고 하나는 저쪽에 앉았고 서루들 외면하야 담배만 뻑뻑 피운다.

"점심들 잡숫게유"

남편 앞에 바가지를 나려놓으며 가만히 맥을 보았다.

남편은 적삼이 찢어지고 얼굴에 생채기를 내었다. 그리고 두 팔을 걷고 먼 산을 향하야 묵묵히 앉았다.

수재는 흙에 박혔다 나왔는지 얼굴은커녕 귓속들이 흙투성이다. 코밑에는 피딱지가 말라붙었고 아직도 조곰씩 피가 흘러나린다. 영식이 처를 보더니 열적은 모양. 고개를 돌리어 모로 떨어치며 입맛만 쩍쩍 다신다.

---

[55] 앵하다 : 애매하다

금을 캐라닌까 밤낮 피만 내다 말라는가. 빚에 졸리어 남은 속을 볶는데 무슨 호강에 이지랄들인구. 아내는 못 마땅하야 눈가에 살을 모았다.

"산제 지난다구 꿔온것은 은제나 갚는다지유—"

뚱하고 있는 남편을 향하야 말끝을 꼬부린다. 그러나 남편은 눈썹 하나 까딱 하지 않는다. 이번에는 어조를 좀 돋우며

"갚지도 못할걸 왜 꿔오라했지유" 하고 얼주[56] 호령이었다.

이 말은 남편의 채 가라앉지도 못한 분통을 다시 건드린다. 그는 벌떡 일어서며 황밤주먹[57]을 쥐어 창낭할 만치 아내의 골통을 후렸다.

"계집년이 방정맞게—"

다른것은 모르나 주먹에는 아찔이었다. 멋없이 덤비다간 골통이 부서진다. 암상[58]을 참고 바르르하다가 이윽고 아내는 등에 업은 언내를 끌러들었다. 남편에게로 그대로 밀어던지니 아이는 까르륵하고 숨 보는 소리를 친다.

그리고 아내는 돌아서서 혼잣말로

"콩밭에서 금을 딴다는 숭맥도 있담" 하고 빗대놓고 비양거린다.

"이년아 뭐" 남편은 대뜸 달겨들며 그 볼치에다 다시 올찬 황밤을 주었다. 적으나면[59] 계집이니 위로도 하야 주련만 요건 분만 폭폭 질러노려나. 예이 빌어먹을 거 이판새판이다.

"너허구 안산다 오늘루 가거라"

아내를 와락 떠다밀어 논둑에 제켜놓고 그 허구리를 발길로 퍽 질렀

---

56 얼주 : 얼추

57 황밤주먹 : '황밤'은 말리어 껍질과 보늬를 벗긴 밤. 황밤주먹은 힘 주어 꽉 쥔 주먹

58 암상 : 남을 미워하고 샘을 잘 내는 잔망스러운 심술

59 적으나면 : 웬만하면

다. 아내는 입을 헉 하고 벌린다.

"네가 허라구 옆구리를 쿡쿡 찌를 제는 은제냐 요 집안망할년"

그리고 다시 퍽 질렀다. 연하야 또 퍽.

이 꼴들을 보니 수재는 조바심이 일었다. 저러다가 그 분풀이가 다시 제게로 슬그머니 옮아올 것을 지르채었다.[60] 인제 걸리면 죽는다. 그는 비슬비슬하다 어느 틈엔가 구뎅이 속으로 시나브로 없어져버린다.

볕은 다스로운 가을 향취를 풍긴다. 주인을 잃고 콩은 무거운 열매를 둥굴둥굴 흙에 굴린다. 맞은쪽 산 밑에서 벼들을 비이며 기뻐하는 농군의 노래.

"터졌네, 터져"

수재는 눈이 휘둥그렇게 굿문을 튀어나오며 소리를 친다. 손에는 흙 한 줌이 잔뜩 쥐었다.

"뭐" 하다가

"금줄 잡았어 금줄" "으ㅇ" 하고 외마디를 뒤남기자 영식이는 수재 앞으로 살같이 달려들었다. 헝겁지겁 그 흙을 받아들고 샅샅이 헤쳐보니 딴은 재래에 보지 못하던 붉으죽죽한 황토이었다. 그는 눈에 눈물이 핑 돌며

"이게 원줄인가"

"그럼 이것이 곱색줄[61]이라네. 한 포에 댓돈씩은 넉넉 잡히되"

영식이는 기쁨보다 먼저 기가 탁 막혔다. 웃어야 옳을지 울어야 옳을지. 다만 입을 반쯤 벌린 채 수재의 얼굴만 멍하니 바라본다.

"이리와 봐 이게 금이래"

---

60 지르채다 : 눈치 채다
61 곱색줄 : 붉은 빛이 나는 광맥의 한 종류

이윽고 남편은 아내를 부른다. 그리고 내 뭐랬어 그러게 해보라구 그랬지 하고 설면설면 덤벼오는 아내가 항결 어여뻤다. 그는 엄지가락으로 아내의 눈물을 지워주고 그러고 나서 껑충거리며 구뎅이로 들어간다.

"그 흙속에 금이 있지요"

영식이 처가 너무 기뻐서 코다리에 고래등 같은 집까지 연상할 제 수재는 시원스러히

"네, 한 포대에 오십원씩 나와유—" 하고 대답하고 오늘밤에는 꼭 정연코 꼭 달아나리라 생각하였다. 거짓말이란 오래 못 간다. 뽕이 나서[62] 뼉다구도 못 추리기 전에 훨훨 벗어나는 게 상책이겠다.

(1935.3, 개벽)

---

62 뽕이 나다 : 들통이 나다

작품 해설

작품의 개관

　1935년 『개벽』지에 발표된 작품이다. 김유정의 고향은 강원도 춘성군 실레 마을인데 이곳에서 오 리 정도 떨어진 곳에서 사금이 나오고 있었다고 한다. 그래서 금을 찾는 사람들이 몰려들었고 개울 바닥은 온통 벌집을 쑤셔놓은 듯 파헤쳐져서 성한 곳이 없을 정도였다고 한다. 김유정은 바로 이곳에서 헛된 꿈을 찾아다니는 많은 사람들을 관찰할 수 있었을 것이다.

　1932년에는 자기 자신도 충청도 예산지역의 금광을 전전하며 광업소 현장감독으로 일한 적이 있었는데 여기서 만난 광부들의 삶도 그의 작품에 근간이 되었을 것이다.

　이 작품의 주인공은 영식이다. 그는 원래 금광일에는 관심이 없고 알지도 못하는 그냥 평범한 농사꾼이었다. 그런데 어느 날 자신의 콩밭 밑에 금맥이 있다는 친구 수재의 말에 속아 다 된 콩을 뽑아 버리고 콩밭을 뒤집어엎는다. 그러나 금은 나오지 않고, 콩밭만 다 망쳐버린다. 그 뿐 아니라 금을 찾다가 논도 돌보지 못해 쌀 수확도 못 하게 되고 그로 인해 빚만 늘게 된다.

　이렇듯 사태가 더 이상 수습할 수 없을 만큼 심각해지자 영식은 조바심으로 점점 포악해지고 결국 아내에게 손찌검까지 하고 수재에게도 주먹을 휘두른다. 수재는 더 이상 안 되겠다 싶어 영식에게 불그죽죽한 흙 한 덩이를 보이며 금줄을 잡았다고 속인다. 영식이 부부는 마냥 즐거워하고 수재는 몰래 도망갈 궁리를 하는 것으로 소설을 끝맺는다.

이 작품에서 김유정은 가난에서 탈피하고자 일확천금의 헛된 꿈에 들떠 자신의 콩밭을 모두 망쳐버리는 영식을 통해 금광업으로 인해 농촌이 피폐해져 가는 과정을 해학적으로 그려내고 있다.
　여기서 우리는 주인공 영식을 어떤 시각으로 바라보아야 할 것인지 고민해 보아야 한다. 그는 평범한 농민이었고 금점에 대해서도 "칼물고 뜀뛰기"라는 부정적 생각을 가지고 있던 인물이었다. 그러던 그가 왜 일확천금을 꿈꾸며 자신의 콩밭을 파헤치게 된 것일까? 그 자신의 결함 때문에 결국 어리석은 바보형의 인물로 전락하게 된 것일까?
　이 작품은 단호하게 아니라는 답을 던져준다. 영식의 이런 어리석은 행동은 바로 당시의 모순된 현실 때문이다. 농사꾼은 심은 대로 거둔다는 하늘의 뜻을 진리로 받들고 사는 사람들이다. 그렇기 때문에 무리한 욕심을 부리지 않고 늘 성실하고 정직하게 살아간다. 그러나 일제 강점하의 현실은 이런 농사꾼의 믿음과는 정반대로 이들을 몰아간다. 아무리 성실하게 일을 해도 살림이 나아지기는커녕 점점 악화되고 빚만 지게 되는 현실. 그렇기에 농사꾼들은 자신의 신념을 상실하고 농사꾼으로서 성실한 삶 대신에 헛된 금광에 손을 대게 된다. 즉 빈곤의 악순환을 겪으면서 이 악순환의 고리를 끊는 몸부림으로 이 같은 헛된 망상을 좇게 된 것이다.
　사실 이들이 일확천금을 하여 대단한 것을 기대하는 것은 아니다. 영식 처의 소망에 드러나듯 그저 코다리를 먹고 흰 고무신을 신는 정도이다. 이는 의식주를 해결하고 조금 여유가 있는 정도이다. 다시 말해 최소한의 인간다운 삶의 모습을 갖고자 한 것이다.
　이렇듯 이 작품의 주제는 결코 가벼운 것이 아니지만 김유정은 이 작품에서도 특유의 유머와 아이러니 기법, 그리고 특유의 문체로 작품의 분위기를 해학적으로 제시하고 있다. 매우 정상적이며 성실한 영식이 수재의 꼬임에 넘어

가서 자신의 밭을 파헤치는 장면이라든지, 금이 나오기는 글렀음을 알게 되었는데 계속해서 땅을 파헤치는 장면, 그리고 불그죽죽한 흙을 금맥이라 속으며 기뻐하는 마지막 장면에서 김유정의 반어적 수법을 다시 한 번 발견하게 된다. 김유정은 이러한 수법을 통해 현실을 비틀고 독자에게는 웃음을 준다. 이와 더불어 농촌 생활의 실상을 생생하게 전해주는 토속어 사용, 3인칭 소설에서 잘 사용하지 않는 지문에서의 독백체 사용, 의태어·의성어 및 인물들의 감정을 효과적으로 표현하고 있는 형용사의 적극적 사용 등을 통해 김유정은 독특한 문체적 특징을 형성하며 독자에게 또 한 번의 웃음을 선사한다.

이 작품을 비롯하여 김유정의 「금」「노다지」 등의 작품은 금광을 소재로 하고 있는데 이들 작품의 이해를 위해서는 당시의 시대상을 살펴볼 필요가 있다.

1930년대는 전세계적으로 금 수요가 공급을 훨씬 초과하여 금값이 폭등했고 이는 필연적으로 골드러시(Gold Rush)를 불러왔다. 상황은 특히 1934년을 전후하여 최고조에 이른다.

이런 국제 정세 속에서 경제적 위기에 봉착하게 된 일본은 대내적으로 자국의 경제보호를 위해서 무엇보다도 금이 필요했고 대외적으로도 군비확충과 유사시를 대비하여 유일한 국제통화인 금의 확보가 절실했던 것이다. 따라서 일본은 더 많은 사람들이 금 찾기에 나설 수 있도록 금 발견자를 우대했고 그들이 발견한 금의 소유권을 보장해주었다.

그리고 금광을 발견하여 일확천금한 사람들의 소문은 신문지상 등을 통해 급속히 전파되었다. 이런 분위기에서 극한적인 빈곤을 겪고 있던 당시 대다수 사람들은 너도나도 금광 찾기에 나섰으며 그렇게 해서 발견된 금은 대부분 일본 은행 금 비축고로 들어갔다.

이런 맥락에서 보면 결국 1930년대 우리나라의 골드러시는 일제의 금 수탈

정책을 구현하기 위해 일본이 조작한 측면이 있다고 할 수 있다.

작품 읽기의 주안점

1. 이 작품에서 보여주고자 한 당대의 현실은 무엇인지 생각하면서 읽어보자.
2. 이 작품에 등장하는 금점의 의미는 무엇인지 생각하면서 읽어보자.
3. 영식과 수재, 그리고 영식의 처는 작품에서 어떤 역할을 하고 있는지 생각하면서 읽어보자.
4. 이 작품에서 발견할 수 있는 해학성은 무엇이며, 아울러 문체상의 특징은 무엇인지 관찰하며 읽어보자.

작품을 읽고 생각해 봅시다.

01 이 작품에서 수재가 담당하고 있는 역할이 무엇인지 작품의 주제의식을 고려하여 생각해보자.

작품을 표면적으로 들여다보면, 수재는 근농인 영식을 꼬여 밭을 망치게 하고 기어코 그를 파멸하게 하는 사기꾼으로 보이지만 주제의식을 고려하여 살펴보면 다른 차원의 역할도 발견할 수 있다. 즉 수재는 이미 이 상황에서 농사를 짓는 일은 더 이상 득이 없다는 것을 각성하고 농사를 작파한 인물로 영식의 단계를 넘어선 인물이다. 따라서 수재는 영식이 자신의 처지와 사회의 불합리성을 깨닫게 하는 존재로 기능한다.

또한 이 작품이 반어적 상황을 통해 당시 농촌 사회의 구조를 부각시켰다는 점을 고려할 때 수재는 이런 반어적 상황 속으로 영식을 인도하는 역할을 하고 있다는 점에서 대단히 중요한 인물이다. 성실한 농군인 영식이 수재의 말에 속아 자신의 콩밭에서 금을 캐겠다고 나섬으로써 동네사람들의 비웃음을 산다. 즉 평범한 농부가 일확천금에 대한 환상으로 들떠서 괭이 대신 간데라 불을 들고 광부로 변신한 반어적 상황을 통해 당시 농촌사회의 반어적 구조를 부각시키고 있는 것이다.

02 이 작품의 주요 소재인 '금'의 양면성은 무엇인지 생각해보자.

금은 부의 표상인 동시에 파멸로 향하는 길이다. 즉 금은 주인공이 현실에서 탈출할 수 있는 유일한 길이기도 하지만 동시에 더 어려운 현실로 빠져 결국 파멸하게 하는 것이기도 하다. 주인공은 불행하게도 콩밭만 망치고 돌이킬 수 없는 파멸에 이르게 되지만 자기 자신은 그 욕망이 헛된 것임을 알지 못함으로 작품의 해학성을 형성한다.

03 이 작품에 등장하는 영식의 아내에 대해 분석해보자.

첫째, 영식의 아내는 수재와 더불어 영식을 반어적 상황으로 유인한 또 하나의 요인으로 기능한다. 영식의 아내는 남편 영식처럼 평범하고 소박한 농촌 아낙으로 자신의 콩밭에 금맥이 있다는 말을 듣고 단지 극심한 가난에서 탈피하기 위해 남편을 부추겨 금을 캐도록 하는 역할을 한다. 결국 망설이던 영식은 아내의 부추김으로 마음을 결정하게 된다.

둘째, 영식의 아내는 작품의 해학성을 더해주는 기능을 한다. 기대하던 금이 나오지 않자 영식은 아내에게 화풀이를 해대고, 아이가 조금만 울어도 갖다 버리라고 난리를 피운다. 더욱이 산제를 드리기 위해 산에 오르다 쓰러질 뻔한 자신을 부축하였다는 이유로 뺨을 때리자 아내는 산신에게 축원하는 남편을 바라보며 '금을 캐랬지 뺨을 치랬나, 제발 덕분에 고놈의 금 좀 나오지 말았으면'하는 생각을 하기도 하고 남편과 싸우다가 수재가 거짓으로 금줄을 잡았다고 소리치자 갑자기 남편과 함께 기뻐하는 모습을 보이는 등 이 작품을 더욱 해학적으로 만든다.

04 이 작품에서 금점의 역할은 무엇인지 생각해보자.

김유정 소설에서 현실을 탈출하는 방법으로 흔히 등장하는 것 중의 하나가 금점이다. 당시에 많은 농민들이 소작을 얻기도 어려웠고 또 소작을 얻었다 해도 막대한 소작료 등에 빈곤을 벗어나기 어려웠기 때문에 너도나도 금점으로 몰려가게 된 것이다.

그러나 그렇게 해서 성공한 사람은 극히 일부에 지나지 않았다. 이 작품에서도 고작 양근댁네 하나 정도인데 그들도 큰 성공이라기보다는 그저 굶지 않고 생활에 다소간의 여유가 있는 정도로밖에는 그려져 있지 않다. 그러나 영식과 그의 아내는 그 정도만이라도 황송하게 생각하여 오직 금을 찾기에 혈안이 되어 있다.

결국 이 작품이 현실에서 벗어나지 못하고 파멸로 끝맺고 있는 이유는 실제로 금점에서 성공한 농민들이 거의 없었던 현실을 있는 그대로 보여주고 있는 것이며 극한적 현실을 탈출하려는 인물들을 통해 그들의 좌절 양상을 보여 주고자 한 것으로 볼 수 있다.

05 이 작품을 통해 짐작할 수 있는 당시 농촌의 실상에 대해 생각해보자.

일제의 정책적인 토지와 식량 수탈로 농민들은 대부분 소작농으로 전락하거나, 과도한 소작료 등으로 인한 빚을 감당할 수 없어 떠돌이가 되는 사람이 많았다. 희망이 보이지 않는 상황에서 농민들은 일확천금을 꿈꾸거나 자포자기한 마음으로 일탈된 생활로 하루하루를 보내기도 한다. 결국 성실하게 정직한 방법으로 자신들이 처한 현실을 극복할 방법이 없었던 농민들의 현실을 사실적으로 반영하고 있는 것이다.

'금金을 따기 위해 콩밭에 뚫은 구덩이 속은 황토 장벽으로 좌우가 콱 막히고 무덤 속 같이 쿠더부레한 흙내와 냉기만이 가득찬 장소'라고 한 서술은 바로 당시 우리 농민들이 처한 현실의 표상 즉 1930년대, 극한적인 빈곤 속에서 최소한의 인간다운 생활도 영위할 수 없는 절망적인 상태를 상징적으로 표현한 것이라 볼 수 있다.

좌우로 협공을 당하는 조선 농촌은 그 자작 소농가가 연복년으로 몰락하여 현금은 전 조선농가 호수가 2,709,636 호에 대하여 소작 농가가 2,100,622 호라는 숫자는 곧 팔할의 다수를 시하였으니(보였으니), 이 다수한 소작인은 과연 여하한 생활을 하는가를 일별할진대(볼진대) 곧 이할에 불과한 지주배를 위하여 〈중략〉 대체로 보면 수확한 곡물의 반분 이상의 소작료는 상례가 되고, 그 밖에도 지세地稅, 비료대肥料代, 사음료舍音料, 두량과다斗量多, 수리세水利稅, 출포료出浦料 등을 일일이 정산하면 소작인의 소득은 공空이 될 것이다.

- 1922년 8월 2일 동아일보 사설, '소작인은 단결하라'에서

산골나그네

 밤이 깊어도 술꾼은 역시 들지 않는다. 메주 뜨는 냄새와 같이 쾨쾨한 냄새로 방 안은 괴괴하다. 윗간에서는 쥐들이 찍찍거린다. 홀어미는 쪽 떨어진 화로를 끼고 앉아서 쓸쓸한 대로 곰곰 생각에 젖는다. 가뜩이나 침침한 반짝등불이 북쪽 지게문에 뚫린 구멍으로 새드는 바람에 반뜩이며 빛을 잃는다. 헌 버선짝으로 구멍을 틀어막는다. 그러고 등잔 밑으로 반짇그릇을 끌어당기며 시름없이 바늘을 집어든다.
 산골의 가을은 왜 이리 고적할까? 앞뒤 울타리에서 부수수 하고 떨잎은 진다. 바로 그것이 귀밑에서 들리는 듯 나직나직 속삭인다. 더욱 몹쓸 건 물소리 골을 휘돌아 맑은 샘은 흘러나리고 야릇하게도 음률을 읊는다.
 퐁! 퐁! 퐁! 쪼록 퐁!
 바깥에서 신발 소리가 자작자작 들린다. 귀가 번쩍 띄어 그는 방문을 가볍게 열어 젖힌다. 머리를 내밀며

"덕돌이냐?" 하고 반겼으나 잠잠하다. 앞뜰 건너편 수퐁[1] 위를 감돌아 싸늘한 바람이 낙엽을 훌뿌리며 얼굴에 부닥친다.

용마루가 쌩쌩 운다. 모진 바람 소리에 놀래여 멀리서 밤 개가 요란히 짖는다.

"쥔어른 계서유?"

몸을 돌리어 바느질거리를 다시 집어들려 할 제 이번에는 짜정 인기가 난다. 황겁하게

"누기유?" 하고 일어서며 문을 열어보았다.

"왜 그리유?"

처음 보는 아낙네가 마루 끝에 와 섰다. 달빛에 비끼어 검붉은 얼굴이 해쓱하다. 추운 모양이다. 그는 한 손으로 머리에 둘렀던 왜수건을 벗어들고는 다른 손으로 흩어진 머리칼을 쓰담아 올리며 수줍은 듯이 주뼛주뼛한다.

"저……하룻밤만 드새고 가게 해 주세유—"

남정네도 아닌데 이 밤중에 웬일인가. 맨발에 짚신짝으로. 그야 아무렇든—

"어서 들어와 불쬐게유."

나그네는 주춤주춤 방 안으로 들어와서 화로 곁에 도사려 앉는다. 낡은 치맛자락 위로 뼈질려는 속살을 아무리자 허리를 지그시 튼다. 그러고는 묵묵하다. 주인은 물끄러미 보고 있다가 밥을 좀 주랴느냐고 물어보아도 잠자코 있다. 그러나 먹던 대궁[2]을 주워모아 짠지쪽하고 갖다주니 감지덕지 받는다. 그리고 물 한 모금 마심 없이 잠깐 동안에 밥그릇의

---

1 수퐁 : '수풀'의 방언
2 대궁 : 밥그릇에 먹다 남은 밥

밑바닥을 긁는다.

　밥숟갈을 놓기가 무섭게 주인은 이야기를 붙이기 시작하였다. 미주알고주알 물어 보니 이야기는 지수가 없다. 자기로도 너무 지쳐 물은 듯싶을 만치 대구[3] 추근거렸다. 나그네는 싫단 기색도 좋단 기색도 별로 없이 시나브로 대꾸하였다. 남편 없고 몸 붙일 곳 없다는 것을 간단히 말하고 난 뒤 "이리저리 얻어먹어단게유." 하고 턱을 가슴에 묻는다.

　첫닭이 홰를 칠 때 그제야 마을 갔던 덕돌이가 돌아온다. 문을 열고 감사나운[4] 머리를 데밀려다 낯설은 아낙네를 보고 눈이 휘둥그렇게 주춤한다. 열린 문으로 억센 바람이 몰아들며 방 안이 캄캄하다. 주인은 문 앞으로 걸어와 서며 덕돌이의 등을 뚜덕거린다. 젊은 여자 자는 방에서 떠꺼머리총각을 재우는 건 상서롭지 못한 일이었다.

　"얘 덕돌아. 오늘은 마을 가 자고 아침에 온."

×

　가을할 때가 지었으니 돈냥이나 좋이 퍼질 때도 되었다. 그 돈들이 어디로 몰리는지 이 술집에서는 좀체 돈맛을 못 본다. 술을 판대야 한 초롱에 오륙십 전 떨어진다. 그 한 초롱을 잘 판대도 사날씩이나 걸리는 걸 요새 같아선 그 잘량한 술꾼까지 씨가 말랐다. 어쩌다 전일에 퍼놓았던 외상값도 갖다줄 줄을 모른다. 홀어미는 열벙거지가 나서 이른 아침부터 돈을 받으러 돌아다녔다. 그러나 다리품을 들인 보람도 없었다. 낼 사람이 즐겨야 할 텐데 우물쭈물하며 한단 소리가 좀 두고 보자는 것이 고작

3　대구 : 자꾸
4　감사납다 : (모양이나 생각이) 억세고 사납다

이었다. 그렇다고 안 갈 수도 없는 노릇이다. 나날이 양식은 딸리고 지점 집에서 집행을 하느니 뭘 하느니 독촉이 어지간치 않음에야……

"저도 인젠 떠나겠세유."

그가 조반 후 나들이옷을 바꾸어 입고 나서니 나그네도 따라 일어선다. 그의 손을 잔상히 붙잡으며 주인은

"고달플 테니 며칠 더 쉬어 가게유." 하였으나

"가야지유. 너무 오래 신세를……"

"그런 염려는 말구."라고 누르며 집 지켜주는 셈 치고 방에 누웠으라 하고는 집을 나섰다.

백두 고개를 넘어서 안말로 들어가 해동갑[5]으로 헤매었다. 헤실수[6]로 간 곳도 있기야 하지만 맑았다. 해가 지고 어두울 녁에야 그는 흘부들해서 돌아왔다. 좁쌀 닷 되밖에는 못 받았다. 다른 사람들은 돈 낼 생각커녕 이러면 다시 술 안 먹겠다고 도리어 얼러 보냈던 것이다. 그러나 이만도 다행이다. 아주 못 받으니보다는. 끼니때가 지났다. 그는 좁쌀을 씻고 나그네는 솥에 불을 지피어 부랴사랴 밥을 짓고 일변 상을 보았다.

밥들을 먹고 나서 앉았으려니깐 갑자기 술꾼이 몰려든다. 이거 웬일인가. 처음에는 하나가 오더니 다음에는 세 사람 또 두 사람. 모다 젊은 축들이다. 그러나 각각들 먹일 방이 없으므로 주인은 좀 망설이다가 그 연유를 말하였으나 뭐 한 동리 사람인데 어떠냐 한테서 먹게 해달라 하는 바람에 얼씨구나 하였다. 이제야 운이 트나 보다. 양푼에 막걸리를 딸쿠어 나그네에게 주며 솥에 넣고 좀 속히 데워달라 하였다. 자기는 치마꼬

---

5   해동갑 : 해가 질 때까지의 동안. 어떤 일을 해질 무렵까지 계속함을 이르는 말.

6   헤실수 : 헛수고

리를 휘둘러가며 잽싸게 안주를 장만한다. 짠지 동치미 고추장. 특별한 안주로 삶은 밤도 놓았다. 사촌동생이 맛보라고 며칠 전에 갖다준 것을 아껴둔 것이었다.

　방 안은 떠들썩하다. 벽을 두드리며 아리랑 찾는 놈에 건으로[7] 너털웃음 치는 놈 혹은 수군숙덕하는 놈……가지각색이다. 주인이 술상을 받쳐 들고 들어가니 짜위나 한 듯이 일제히 자리를 바로 잡는다. 그중에 얼굴 넓적한 하이칼라 머리가 야리가 나서 상을 받으며 주인 귀에다 입을 비겨대인다.

　"아주머니 젊은 갈보 사왔다지유? 좀 보여주게유."

　영문 모를 소문도 다 도는고!

　"갈보라니 웬 갈보?" 하고 어리뻥뻥하다 생각을 하니 턱없는 소리는 아니다. 눈치 있게 부엌으로 나려가서 보강지[8] 앞에 웅크리고 앉았는 나그네의 머리를 은근히 끌어 안았다. 자 저패들이 새댁을 갈보로 횡보고[9] 찾아온 맵시다. 물론 새댁 편으론 망측스러운 일이겠지만 달포나 손님의 그림자가 드물던 우리 집으로 보면 재수의 빗발이다. 술국을 잡는다고 어디가 떨어지는 게 아니요 욕이 아니니 나를 보아 오늘만 술 좀 팔아주기 바란다―. 이런 의미를 곰상궂게 간곡히 말하였다. 나그네의 낯은 별반 변함이 없다. 늘 한 양으로 예사로이 승낙하였다.

　술이 온몸에 돌고 나서야 되술이 잔풀이[10]가 된다. 한잔에 오 전 그저 마시긴 아깝다. 얼간한 상투백이가 계집의 손목을 탁 잡아 앞으로 끌어

7　건으로 : 건성으로
8　보강지 : '아궁이'의 방언
9　횡보다 : 똑바로 보지 못하고 잘못 보다
10　잔풀이 : 낱잔으로 셈하는 일

당기며

"권주가 좀 해. 이건 뀌어온 보릿자룬가."

"권주가? 뭐야유?"

"권주가? 아 갈보가 권주가도 모르나. 으하하하." 하고는 무안에 취하여 폭 숙인 계집 뺨에다 꺼칠꺼칠한 턱을 문질러본다. 소리를 암만 시켜도 아랫입술을 깨물고는 고개만 기울일 뿐. 소리는 못하나 보다. 그러나 노래 못하는 꽃도 좋다. 계집은 영 나리는 대로 이 무릎 저 무릎으로 옮아 앉으며 턱밑에다 술잔을 받쳐 올린다.

술들이 담뿍 취하였다. 두 사람은 고라져서 코를 곤다. 계집이 칼라머리 무릎 위에 앉아 담배를 피워 올릴 때 코웃음을 흥 치더니 그 무지스러운 손이 계집의 아래 뱃가죽을 사양 없이 움켜잡았다. 별안간 "아야" 하고 퍼들껑하더니 계집의 몸뚱아리가 공중으로 도로 뛰어오르다 떨어진다.

"이 자식아, 너만 돈 내고 먹었니?"

한 사람 사이 두고 앉았던 상투가 콧살을 찌푸린다. 그리고 맨발 벗은 계집의 두 발을 양 손에 붙잡고 가랑이를 쩍 벌려 무릎 위로 지르르 끌어올린다. 계집은 앙탕을 한다. 눈시울에 눈물이 엉기더니 불현듯이 쪼룩 쏟아진다.

방 안에서 왱마가리 소리가 끓어오른다.

"저 잡놈 보게 으하하······"

술은 연실 데워서 들여가면서도 주인은 불안하여 마음을 졸였다. 겨우 마음을 놓은 것은 훨씬 밝아서이다.

참새들은 소란히 지저귄다. 지직[11] 바닥이 부스럼 자국보다 질배없다.

---

11 지직 : 돗자리

술, 짠지쪽 가래침 담뱃재— 뭣해 너저분하다. 우선 한길치에 자리를 잡고 계배[12]를 대보았다. 마수걸이[13]가 팔십오 전 외상이 이 원 각수[14]다. 현금 팔십오 전 두 손에 들고 앉아 세고 또 세어보고……

뜰에서는 나그네의 혀로 끌어올리는 인사.

"안녕히 가십시게유."

"입이나 좀 맞추고 뽀! 뽀! 뽀!"

"나두."

찌르쿵! 찌르쿵! 찔거러쿵!

×

"방아머리가 무겁지유?……고만 까블을까."

"들 익었세유. 더 찌아지유."

"그런데 얘는 어쩐 일이야……"

덕돌이를 읍엘 보냈는데 날이 저물어도 여태 오지 않는다. 흩어진 좁쌀을 확에 쓸어 넣으며 홀어미는 퍽이나 애를 태운다. 요새 날씨가 차지니까 늑대 호랑이가 차차 마을로 찾아내린다. 밤길에 고개 같은 데서 만나면 끽소리도 못하고 욕을 당한다.

나그네가 방아를 괴어놓고 내려와서 키로 확의 좁쌀을 담아 올린다. 주인은 그 머리를 씨담고[15] 자기의 행주치마를 벗어서 그 위에 씌워준다. 계집의 나이 열아홉이면 활짝 필 때이건만 버케[16]된 머리칼이며 야윈 얼굴

---

12 계배 : 술값을 치를 때에 먹은 술의 순배(巡杯)나 잔의 수효를 세어서 계산함
13 마수걸이 : 맨 처음으로 물건을 파는 일. 또는 거기서 얻은 소득. 마수
14 각수 : 돈을 '원' 단위로 셀 때, '원' 단위 아래에 남는 몇 전이나 몇 십 전을 이르는 말
15 씨담다 : 쓰다듬다
16 버케 : '버캐'의 잘못. '버캐'는 액체 속에 들었던 소금기가 엉겨 생긴 찌끼. 엉겨서 굳어진 감정

이며 벌써부터 외양이 시들어간다. 아마 고생을 짓한 탓이리라.

날씬한 허리를 재발이[17] 놀려가며 일이 끊일 새 없이 다기지게[18] 덤벼드는 그를 볼 때 주인은 지극히 사랑스러웠다. 그리고 일변 측은도 하였다. 뭣하면 딸과 같이 자기 곁에서 길래[19] 살아주었으면 상팔자일 듯싶었다. 그럴 수만 있다면 그 소 한 바리와 바꾼대도 이것만은 안 내놓으리라고 생각도 하였다.

아들만 데리고 홀어미의 생활은 무던히 호젓하였다. 그런 데다 동리에서는 속 모르는 소리까지 한다. 떠꺼머리 총각을 그냥 늙힐 테냐고. 그러나 형세가 부침으로 감히 엄두도 못 내다가 겨우 올봄에서야부터 서둘게 되었다. 의외로 일은 손쉽게 되었다. 이리저리 언론이 돌더니 남산에 사는 어느 집 둘째딸과 혼약하였다. 일부러 홀어미는 사십 리 길이나 걸어서 색시의 손등을 문질러보고는

"참 애기 잘도 생겼세!"

좋아서 사돈에게 칭찬을 뇌고 뇌곤 하였다.

그런데 없는 살림에 빚을 내어가며 혼수를 다 꼬여매놓은 뒤였다. 혼인날을 불과 이틀 격해놓고 일이 고만 빗났다. 처음에야 그런 말이 없더니 난데없는 선채금 삼십 원을 가져오란다. 남의 돈 삼 원과 집의 돈 오 원으로 거추꾼[20]에게 품삯 노비 주고 혼수하고 단지 이 원—잔치에 쓸 것밖에 안 남고 보니 삼십 원이란 입내도 못 낼 소리다. 그 밤, 그는 이리

따위를 비유적으로 이르는 말. 여기서는 머릿결이 거칠고 윤기를 잃은 상태를 의미함
17 재발이 : 재빨리
18 다기지다 : 마음이 굳고 야무지다. 다기있다·다기차다.
19 길래 : 오래도록 길게
20 거추꾼 : 일을 보살펴 주선하거나 거들어 주는 사람

뒤척 저리 뒤척 넋 잃은 팔을 던져가며 통밤을 새웠던 것이다.

"어머님! 진지 잡수세유."

새댁에게 이런 소리를 듣는다면 끔찍이 귀여우리다. 이것이 단 하나의 그의 소원이었다.

"다리 아프지유? 너무 일만 시켜서……"

주인은 저녁 좁쌀을 쓸어 넣다가 방아다리에 깝신대는 나그네를 걸삼스럽게 쳐다본다. 방아가 무거워서 껍적이며 잘 오르지 않는다. 가냘픈 몸이라 상혈이 되어 두 볼이 새빨갛게 색색거린다. 치마도 치마려니와 명주 저고리는 어찌 삭았는지 어깨께가 손바닥만 하게 척 나갔다. 그러나 덕돌이가 왜포[21] 다섯 자를 바꿔 오거든 첫대 사발화통[22]된 속곳부터 해 입히고 차차 할 수밖엔 없다.

"긑이 찝시다유."

주인도 남저지[23] 방아다리에 올라섰다. 그러고 찌꼉 위에 놓인 나그네의 손을 눈치 안 채게 슬며시 쥐어보았다. 더도 덜도 말고 그저 요만한 며느리만 얻어도 좋으련만! 나그네와 눈이 고만 마주치자 그는 열적어서 시선을 돌렸다.

"퍽도 쓸쓸하지유?" 하며 손으로 울 밖을 가리킨다. 첫밤 같은 석양판이다. 색동저고리를 떨쳐 입고 산들은 거방진[24] 방아소리를 은은히 전한다. 찔그러쿵! 찌러쿵!

그는 나그네를 금덩이같이 위하였다. 없는 대로 자기의 옷가지도 서로

21　왜포 : 광목. 무명실로 서양목처럼 너비가 넓게 짠 베
22　사발허통 : 사발허통(四八虛通). 주위가 막힌 곳이 없이 터져 있어 허전함
23　남저지 : '나머지'의 방언(강원, 경상, 전남)
24　거방지다 : ① 몸집이 크다. ② 하는 짓이 점잖고 무게가 있다. ③ 매우 푸지다.

서로 별러 입었다. 그러고 잘 때에는 딸과 진배없이 이불 속에서 품에 꼭 품고 재우곤 하였다. 하지만 자기의 은근한 속심은 차마 입에 드러내어 말은 못 건넸다. 잘 들어주면 이어니와 뭣하게 안다면 피차의 낯이 뜨뜻한 일이었다.

그러자 맘먹지 않았던 우연한 일로 인하여 마침내 기회를 얻게 되었다. — 나그네가 온 지 나흘 되던 날이었다. 거문관[25]이 산기슭에 있는 영길네가 벼방아를 좀 와서 찧어 달라고 한다. 나그네는 줄밤을 새움으로 낮에나 푸근히 자라고 두고 그는 홀로 집을 나섰다.

머리에 겨를 뽀얗게 쓰고 맥이 풀려서 집에 돌아온 것은 이럭저럭 으스레하였다. 늙흔한[26] 다리를 끌고 뜰 앞으로 향하다가 그는 주춤하였다. 나그네 홀로 자는 방에 덕돌이가 들어갈 리 만무한데 정녕코 그놈일 게가. 마루 끝에 자그마한 나그네의 집석이[27]가 놓인 그 옆으로 질목[28]채 벗은 왕달집석이가 왈살스럽게 놓였다. 그리고 방에서는 수근수근 낮은 말 말소리가 흘러져나온다. 그는 무심코 닫은 방문께로 귀를 기울였다.

"그럼 와 그러는 게유? 우리 집이 굶을까 봐 그리시유?"

"……"

"어머이도 사람은 좋아유……올에 잘만 하면 내년에는 소 한 바리 사놀 게구 농사만 해두 한 해에 쌀 넉 섬 조 엿 섬 그만하면 고만이지유……내가 싫은 게유?"

"……"

---

25 거문관이 : 지명(地名)
26 늙흔한 : 축 늘어진
27 집석이 : 짚세기(짚신)
28 질목 : 길목(=길목버선 : 먼 길 갈 때 신는 허름한 버선)

"사내가 죽었으니 아무튼 얻을 게지유?" 옷 타지는 소리. 부스럭거린다.

"아이! 아이! 아이 참! 이거 노세유"

쥐 죽은 듯이 감감하다. 허공에 아릇거리는 낙엽을 이윽히 바라보며 그는 빙그레한다. 신발 소리를 죽이고 뜰 밖으로 다시 돌쳐섰다.

저녁상을 물린 후 그는 시치미를 딱 떼고 나그네의 기색을 살펴보다가 입을 열었다.

"젊은 아낙네가 홋몸으로 돌아다닌대두 고상일 게유. 또 어차피 사내는……"

여기서부터 사리에 맞도록 이 말 저 말을 주섬주섬 꺼내오다가 나의 며느리가 되어 줌이 어떻겠느냐고 꽉 토파[29]를 지었다. 치마를 홉싸고 앉아 갸웃이 듣고 있던 나그네는 지마끈을 깨물며 이마를 널어뜨린다. 그러고는 두 볼이 빨개진다. 젊은 계집이 나 시집가겠소 하고 누가 나서랴. 이만하면 합의한 거나 틀림없을 것이다.

혼수는 전에 해둔 것이 있으니 한시름 잊었다. 그대로 이앙이나 고쳐서 입히면 고만이다. 돈 이 원은 은비녀 은가락지 사다가 각별히 색시에게 선물 내리고……

일은 밀수록 낭패가 많다. 급시로 날을 받아서 대례를 치렀다. 한편에서는 국수를 누른다. 잔치 보러 온 아낙네들은 국수 그릇을 얼른 받아서 후룩후룩 들여마시며 시악씨 잘났다고 추었다.

주인은 즐거움에 너무 겨워서 추배를 흔근히 들었다. 여간 경사가 아니다. 뭇사람을 뻬집고 안팎으로 드나들며 분부하기에 손이 돌지 않는다.

---

29 토파 : 마음에 품고 있던 사실을 다 털어 내어 말함.

"애 메누라! 국수 한 그릇 더 가져온―"

어찌 말이 좀 어색하구먼― 다시 한 번

"메누라 얘야! 얼른 가져와―"

삼십을 바라보자 동굿[30]을 찔러보니 제물에 멋이 질려 비드름하다. 덕돌이는 첫날을 치르고 부쩍부쩍 기운이 난다. 남이 두 단을 털 제면 그의 볏단은 석 단째 풀쳐 나간다. 연방 손바닥에 침을 뱉아 붙이며 어깨를 으쓱거린다.

"끅! 끅! 끅! 찍어라 굴려라 끅! 끅!"

동무의 품앗이 일이다. 검으무투룩한 젊은 농군 댓이 볏단을 번차례로 집어든다. 열에 뜬 사람같이 식식거리며 세차게 벼알을 절구통 배에서 주룩주룩 흘러내린다.

"애! 장가들고 한턱 안 내니?"

"일색이드라 딴딴히 먹자. 닭이냐? 술이냐? 국수냐?"

"웬 국수는? 너는 국수만 아느냐?"

저희끼리 찧고 까분다. 그들은 일을 놓으며 옷깃으로 땀을 씻는다. 골바람이 벼깔치를 부옇게 풍긴다. 옆 산에서 푸드덕 하고 꿩이 날으며 머리 위를 지나간다. 갈퀴질을 하던 얼굴 넓적이가 갈퀴를 놓고 씽긋하더니 달겨든다. 장난꾼이다. 여러 사람의 힘을 빌리어 덕돌이 입에다 헌 짚신짝을 물린다. 버들껑거린다. 다시 양 귀를 두 손에 잔뜩 훔켜잡고 끌고 와서는 털어놓은 벼무더기 위에 머리를 틀어박으며 동서남북으로 큰 절을 시킨다.

"야아! 야아! 아!"

---

30 동굿 : '동곳'(상투를 튼 뒤에 그것이 다시 풀어지지 않도록 꽂는 물건)의 방언.

"아니다, 아니야. 장갈 갔으면 산신령에게 이러하다 말이 있어야지 괜시리 산신령이 노하면 눈깔망나니(호랑이) 나려보낸다."

뭇 웃음이 터져 오른다. 새신랑의 옷이 이게 뭐냐. 볼기짝에 구멍이 다 뚫리고…… 빈정대는 사람도 있다. 그러나 덕돌이는 상투의 먼데기[31]를 털고 나서 곰방대를 피워 물고는 싱그레 웃어 치운다. 좋은 옷은 집에 두었다. 인조견 조끼 저고리 새하얀 옥당목 겹바지. 그러나 아끼는 것이다. 일할 때엔 헌 옷을 입고 집에 돌아와 쉴 참에나 입는다. 잘 때에도 모조리 벗어서 더럽지 않게 착착 개어 머리맡에 위해놓고 자곤 한다. 의복이 남루하면 인상이 추하다. 멋처럼 얻은 귀여운 아내니 행여나 마음이 돌아앉을까 미리미리 사려두지 않을 수도 없는 노릇이다. 그야말로 이십구 년 만에 누런 잇조각에다 어제서야 소곰을 발라본 것도 이 까닭이었다.

덕돌이가 볏단을 다시 집어올릴 제 그 이웃에 사는 돌쇠가 옆으로 와서 품을 앗는다.

"얘 덕돌아! 너 내일 우리 조마댕이 좀 해줄래?"

"뭐 어째?" 하고 소리를 뻑 지르고는 그는 눈귀가 실룩하였다.

"누구보고 해라야? 응? 이자식 까놀라!"

어제까지는 턱없이 지냈단대도 오늘의 상투를 못 보는가—

바로 그날이었다. 윗간에서 혼자 새우잠을 자고 있던 홀어미는 놀래여 눈이 번쩍 띄었다. 만뢰[32] 잠잠한 밤중이다.

"어머이! 그거 달아났세유. 내 옷두 없고……"

"응?" 하고 반마디 소리를 치며 얼떨김에 그는 캄캄한 방안을 더듬어

---

31 먼데기 : '먼지'의 방언
32 만뢰 : 자연계에서 나는 온갖 소리

아랫간으로 넘어섰다. 황망히 등잔에 불을 당기며

"그래 어디로 갔단 말이냐?"

영산이 나서 묻는다. 아들은 벌거벗은 채 이불로 앞을 가리고 앉아서 징징거린다. 옆자리에는 빈 베개뿐 사람은 간 곳이 없다. 들어본즉 온종일 일한 게 피곤하여 아들은 자리에 들자 고만 세상을 잊었다. 하기야 그때 아내도 옷을 벗고 한자리에 누워서 맞붙어 잤던 것이다. 그는 보통때와 조곰도 다름없이 새침하니 드러누워서 천장만 쳐다보았다. 그런데 자다가 별안간 오줌이 마렵기에 요강을 좀 집어달래려고 보니 뜻밖에 품안이 허룩하다. 불러보아도 대답이 없다. 그제서는 어림짐작으로 우선 머리맡에 위해놓았던 옷을 더듬어보았다. 딴은 없다—.

필연 잠든 틈을 타서 살며시 옷을 입고 자기의 옷이며 버선까지 들고 내뺐음이 분명하리라.

"도적년!"

모자는 광술불[33]을 켜들고 나섰다. 부엌과 잿간을 뒤졌다. 그러고 뜰 앞 숲 풀 속도 낱낱이 찾아봤으나 흔적도 없다.

"그래도 방 안을 다시 한 번 찾아보자."

홀어미는 구태여 며느리를 도적년으로까지는 생각하고 싶지 않았다. 거반 울상이 되어 허벙저벙 방 안으로 들어왔다. 마음을 가라앉혀 들쳐보니 아니면 다르랴, 며느리 베개 밑에서 은비녀가 나온다. 달아날 계집 같으면 이 비싼 은비녀를 그냥 두고 갈 리 없다. 두말없이 무슨 병폐가 생겼다.

홀어미는 아들을 데리고 덜미를 집히는 듯 문밖으로 찾아 나섰다.

---

33 광술불 : 관솔불(관솔에 붙인 불. 솔불 · 송거(松炬) · 송명(松明) · 송화(松火)

마을에서 산길로 빠져나는 어귀에 우거진 숲 사이로 비스듬히 언덕길이 놓였다. 바로 그 밑에 석벽을 끼고 깊고 푸른 웅덩이가 묻히고 넓은 그 물이 겹겹산을 에돌아 약 십 리를 흘러나리면 신연강 중턱을 뚫는다. 시새[34]에 반쯤 파묻히어 번들대는 큰 바위는 내를 싸고 양쪽으로 질번하다. 꼬부랑길은 그 틈바구니로 뻗었다. 좀체 걷지 못할 재갈길이다. 내를 몇 번 건네고 흠상궂은 산들을 비켜서 한 오 마장 넘어야 겨우 길다운 길을 만난다. 그리고 거기서 좀더 간 곳에 냇가에 외지게 일허진 오막살이 한 간을 볼 수 있다. 물방앗간이다. 그러나 이제는 밥을 찾아 흘러가는 뜬몸들의 하룻밤 숙소로 변하였다.
　벽이 확 나가고 네 기둥뿐인 그 속에 힘을 잃은 물방아는 을씨냥궂게 모로 누웠다. 거지도 고 옆에 홑이불 위에 거적을 덧쓰고 누웠다. 거푸진 신음이다. 으! 으! 으흥! 서까래 사이로 달빛은 쌀쌀히 흘러든다. 가끔 마른 잎을 뿌리며—
　"여보 자우? 일어나게유 얼핀."
　계집의 음성이 나자 그는 꾸물거리며 일어앉는다. 그리고 너털대는 홑적삼을 깃을 여며잡고는 덜덜 떤다.
　"인제 고만 떠날 테이야? 쿨룩……"
　말라빠진 얼굴로 계집을 바라보며 그는 이렇게 물었다.
　십 분 가량 지냈다. 거지는 호사하였다. 달빛에 번쩍거리는 겹옷을 입고서 지팡이를 끌며 물방앗간을 등졌다. 골골하는 그를 부축하여 계집은 뒤에 따른다. 술집 며느리다.

34　시새 : =세사(細沙). 가늘고 고운 모래

"옷이 너무 커— 좀 적었으면······."

"잔말 말고 어여 갑시다 펄쩍······."

계집은 불이 나게 그를 재촉한다. 그리고 연해 돌아다보길 잊지 않았다.

그들은 강길로 향한다. 개울을 건너 불거져나린 산모롱이를 막 꼽뜨릴랴[35] 할 제다. 멀리 뒤에서 사람 욱이는 소리가 끊일 듯 날 듯 간신히 들려온다. 바람에 먹히어 말저는[36] 모르겠으나 재없이[37] 덕돌이의 목성임은 넉히 짐작할 수 있다.

"아 얼른 좀 오게유."

똥끝이 마르는 듯이 계집은 사내의 손목을 겁겁히 잡아끈다. 병들은 몸이라 끌리는 대로 뒤툭거리며 거지도 으슥한 산 저편으로 같이 사라진다. 수은빛 같은 물방울을 품으며 물결은 산벽에 부닥뜨린다. 어데선지 지정치 못할 늑대 소리는 이 산 저 산서 와글와글 굴러나린다.

(1933. 3, 第1線)

---

35 꼽뜨리다 : 꼽들다(가까이 접어들다)
36 말저는 : 전부는
37 재없이 : 근거는 없지만 틀림없이

작품 해설

작품의 개관

「산골나그네」는 『제일선』지에 발표되었다. 김유정은 1935년 단편 「소낙비」가 조선일보 신춘문예에, 「노다지」가 조선중앙일보 신춘문예에 당선되면서 공식적인 문단 활동을 시작하게 되는데, 「산골나그네」는 1933년 3월에 발표되었으니 공식적인 활동 이전의 작품으로 보아야 한다. 그러나 1932년 6월에 탈고한 것으로 명기되어 있는 「심청」이 있기 때문에 그의 처녀작으로 볼 수는 없다.

이 작품은 김유정의 여타 작품과 같이 실화를 바탕으로 한 것으로 알려져 있는데 김유정의 조카인 김영수의 「김유정의 생애」를 통해 확인할 수 있다.*

이 작품은 나그네 여인이 병든 걸인 남편의 겨울옷 한 벌을 마련하기 위해 산골 주막집 아들 덕돌과 거짓 혼인까지 치르는 이야기이다.

집도 가족도 없다는 거짓말로 주막집에 들어온 나그네 여인은 젊은 여자가 있다는 소문을 듣고 몰려온 술꾼들에게 수모를 겪기도 한다. 그러나 이런 수

---

* 김유정의 조카 김영수는 「김유정의 생애」에서 이렇게 증언하고 있다.(김영수, 김유정의 생애, 김유정전집, 현대문학사, 1986, 321쪽)

그의 집에 소작인이며 선대부터 내려오며 주종관계에 있는 돌쇠네 집이었습니다. 그곳을 지나는 길에 그가 들러서 봉당에 걸터앉아 담배를 피우면 소리없이 내닫는 돌쇠어멈의 낮은 목소리는 은근한 것이었습니다.

"데련님 많이 더워유..."

그들이 주고 받은 말은 그대로 '산골 나그네'에 나타났습니다. 돌쇠네 모자가 당한 그대로입니다. 집과 인물, 사건이 모두 실화로서 가감없이 표현된 것입니다.

모 속에서도 성실하게 일하여 덕돌 어머니의 사랑을 받게 되고 결국 덕돌과 결혼해 그 집 며느리가 된다. 덕돌이 우직하고 소박한 사람이므로 그녀에게 잘해줄 것으로 기대할 수 있는 상황이다. 즉 나그네 여인에게는 이제 안락하고 행복한 생활이 보장된 셈이다. 그렇지만 나그네 여인은 밤늦게 덕돌이가 아끼던 새 옷을 들고 물방앗간에 숨어 지내던 병든 걸인 남편에게 돌아가 그 옷으로 갈아입힌 후 함께 야반도주한다.

나그네 여인은 자신에게 보장된 안락하고 행복한 삶도 뒤로 한 채 병든 걸인 남편을 찾아가는 참으로 헌신적이고 희생적인 여인이라고 할 수 있다. 또한 술꾼들의 희롱에 눈물을 흘리고 옷을 훔쳐 달아나면서도 은비녀는 베개 밑에 두고 가는 모습을 통해 그녀의 순박함과 양심적인 면을 엿볼 수 있다.

그렇다면 작가 김유정은 병든 남편을 위해 잠시 양심적 생활을 유보하면서까지 자신의 가정을 지키려한 나그네 여인을 통해 무엇을 말하려고 한 것일까? 그가 이 작품을 통해 말하려고 한 것은 바로 윤리와 도덕을 넘어선 가족애 혹은 인간애인 것으로 보인다. 이 작품은 최소한의 도덕과 윤리를 지킬 수 없는 비참한 사람들의 생존 양식의 일면을 보여주고 있다.

주인공 나그네 여인은 대단히 희생적이고 헌신적이다. 그녀의 남편이 죽지 않는 한 절대적인 궁핍과 비참한 환경은 개선되지 않을 것임에 틀림없다. 그러나 그녀는 남편을 버리지 않는다. 더욱이 훔친 옷으로 갈아입힌 후 함께 도망하는 것으로 보아 그녀가 행한 일련의 사건들이 모두 거지 남편을 봉양할 목적이었음을 짐작할 수 있다. 결국 나그네 여인은 본래 윤리적이고 양심적이었으나 병든 남편을 위해 잠시 도덕적 삶을 유보하고 비도덕적인 행동 양식을 선택한 것으로 볼 수 있다. 이러한 나그네 여인의 모습 속에서 마지막까지 남편을 지키려는 희생적인 사랑, 부부애는 독자에게 처절하리만치 강한 인상으로 다가온다.

반면 나그네 여인의 남편은 어떤가? 홑옷을 입고 추위에 떠는 처지이며 아내의 희생을 통해 살아가는 상황이다. 그럼에도 그는 아내가 가져다 준 겹옷의 품이 맞지 않는다고 불평을 하는 인물이다. 이 장면을 통해 우리는 몇 가지 생각을 할 수 있다.

첫째, 이들 부부의 과거 생활이 지금처럼 그렇게 극한적으로 빈곤하진 않았을 것이라는 점이다. 이 작품의 배경이 되는 1920년대에서 1930년대는 세계 공황으로 전세계적인 경제 침체와 아울러 실업자가 급증하던 시대였고 우리나라도 예외는 아니어서 수많은 사람들이 걸인으로 몰락하던 시기였다. 이 부부도 이런 시대적 상황에서 몰락한 사람들의 전형으로 보인다.

둘째, 상황 판단 못하고 철없는 남편의 불평, 그리고 가장으로서 무기력하고 제구실을 못하는 면을 통해 작가는 부부간의 도치된 기능을 보여주고 있으며 이를 통해 당시 왜곡된 사회의 모습을 우회적으로 제시하고 있다고 볼 수 있다.

작품 읽기의 주안점

1. 작중의 나그네 여인은 어떤 인물인지 생각하면서 읽어보자.
2. 작중에서 나그네 여인이 선택한 행동은 과연 정당했던 것인지 생각하면서 읽어보자.
3. 이 작품에서 반전이 주는 효과는 무엇인지 생각하면서 읽어보자.

4	나그네 여인을 둘러싼 인물들을 면밀히 살펴보고 어떤 인물들인지 분석하면서 읽어보자.
5	이 작품을 통해 작가가 궁극적으로 말하고자 하는 것이 무엇인지 생각하면서 읽어보자.

작품을 읽고 생각해 봅시다

01 이 작품의 나그네 여인을 부도덕한 인물로 비판하기에는 어려운 면이 있다. 어떤 면에서 그런지 생각해보자.

나그네 여인은 병든 남편이 있지만, 덕돌 어머니에게 가족도 없고 집도 없는 것으로 속이고 결국 덕돌과 혼례를 치른다. 그리고 덕돌의 옷을 훔쳐서 병든 남편에게 입히고 야반도주해 버린다. 나그네 여인이 덕돌이 모자를 속인 것은 물론 부도덕한 행위이다. 그러나 평안하고 안락한 생활 보장을 뒤로하고 절대 빈곤의 삶을 계속 이어갈 수밖에 없는 병든 남편에게 돌아가는 것이라든지, 은비녀를 베개 밑에 두고 떠나는 모습에서 그녀의 윤리 의식을 엿볼 수 있다.

즉 그녀는 본래 도덕적이고 양심적인 여성이었지만 병든 거지 남편을 부양해야 하는 환경 속에 내던져졌을 때 이를 타개하는 방법으로 잠시나마 비도덕적이고 비양심적인 행동을 결심하게 된 것이다. 그녀로서는 다른 대안을 찾기 어려운, 불가피한 면이 있음을 고려할 때 이 글을 읽는 독자들이 나그네 여인을 근본적으로 부도덕한 사람으로 비판하기에는 어려운 면이 있는 것이다.

02 이 작품에 등장하는 덕돌 어머니와 덕돌은 어떤 인물인지 생각해 보자.

산골의 주모 덕돌 어머니는 주막에 찾아와 하룻밤 자고 가게 해달라는 나그네 여인에게 밥도 차려주고, 뒤늦게 들어온 아들에게 여인과 한 방에 잘 수 없으니 마을에 가서 자고 내일 오라고 할 뿐만 아니라, 고생으로 시든 나그네 여인의 모습을 측은하게 여기며 자기 옷도 빌려주고 딸처럼 이불 속에서 품고 재우는 등, 정이 많고 남을 배려할 줄 아는 인물이다.

덕돌이는 볼기짝에 구멍이 난 옷을 입고 나가서 남들이 빈정대도 싱그레 웃을 수 있을 만큼 장가 든 것에 만족하며 행복해하는 인물이다. 새로 얻은 아내에게 나쁜 인상을 줄까하여 장가들 때 얻은 새 옷도 미리미리 챙겨두는 순박한 청년이기도 하다.

그러나 이들 모자 역시 나그네 여인의 처지보다는 다소 나으나 덕돌의 옷차림이나, 지난날 선채금이 없어 파혼 당한 것 등을 고려할 때 어렵게 살아가는 농촌의 인물임을 알 수 있다.

03 이 작품에 나타난 반전에 대해 이야기해보자.

나그네 여인은 스스로 과부라 칭하고 산골 주막집을 찾는다. 열아홉 나이지만 얼굴은 고생으로 찌들었다. 그녀는 부지런하고 성실하게 일에 매달리는 모습으로 덕돌 어머니의 사랑을 받게 되고 덕돌과 결혼까지 하게 된다. 덕돌이와의 결혼과 함께 안락하고 풍족한 삶으로 전환될 수 있는 기회를 잡는다. 그러나 그녀는 좋아진 환경에 만족하지 않고 덕돌이 애지중지하던 새 옷가지를 들고 물방앗간에 숨겨둔 병든 남편을 찾아 돌아가 새 옷으로 갈아입힌 후 함께 야반도주를 한다. 결혼을 통해 희망차고 행복한 삶을 살아보려는 덕돌의 기대는 완전히 반전되어 버린다.

04 김유정의 작품에는 그의 생애와 연관된 복합적인 심리가 작용하는 경우가 적지 않다. 이 소설에서 그 예를 찾는다면 어떤 것이 있을까.

김유정은 일곱 살에 어머니를, 아홉 살에 아버지를 여의고, 방탕한 형 밑에서 자라게 된다. 그렇기 때문에 그가 느끼는 가족의 가치는 다른 사람들의 생각보다 훨씬 높았을 것이다. 이런 성장과정의 영향으로 김유정 소설에서의 부부관계는 어떤 상황에서도 파괴되지 않는다. 즉 어떤 어려움과 시련이 와도, 어떤 비도덕적이고 비양심적인 행동을 해서라도 부부관계 만큼은 지켜낸다. 이 작품에서도 나그네 여인은 절대 빈곤과 질병에서 허덕이는 남편을 봉양하기 위해 거짓 결혼을 하는 비양심적인 행동까지 서슴지 않고, 안락한 삶의 기회를 뒤로하고 남편에게로 돌아가는 것으로 부부관계를 끝까지 지켜낸다.

산골

산

　머리 위에서 굽어보던 햇님이 서쪽으로 기울어 나무에 긴 꼬리가 달렸건만
　나물 뜯을 생각은 않고
　이뿐이는 늙은 잣나무 허리에 등을 비껴대고 먼 하늘만 이렇게 하염없이 바라보고 섰다.
　하늘은 맑게 개이고 이쪽저쪽으로 뭉굴뭉굴[1] 피어오른 흰 꽃송이는 곱게도 움직인다. 저것도 구름인지 학들은 쌍쌍이 짝을 짓고 그 새로 날아들며 끼리끼리 어르는 소리가 이 수풍[2]까지 멀리 흘러내린다.
　갖가지 나무들은 사방에 잎이 욱었고 땡볕에 그 잎을 펴들고 너훌너훌 바람과 아울러 산골의 향기를 자랑한다.
　그 공중에는 날으는 꾀꼬리가 어여쁘고— 노란 날개를 팔딱이고 이 가지 저 가지로 옮아앉으며 흥에 겨운 행복을 노래부른다.

1　뭉굴뭉굴 : 뭉글뭉글. 잇따라 자꾸 생겨나는 모양
2　수풍 : 숲

―고―이! 고이고―이!

요렇게 아양스리 노래도 부르고―

―담배 먹구 꼴 비어!

맞은쪽 저 바위밑은 필시 호랑님의 드나드는 굴이리라. 음침한 그 위에는 가시덤불 다래넝쿨이 어지러이 엉클리어 지붕이 되어 있고 이것도 돌이랄지 연록색 털북송이는 올망졸망 놓였고 그리고 오늘두 어김없이 뻐꾸기는 날아와 그 잔등에 다리를 머무르며―

―뻐꾹! 뻐꾹! 뻑뻑꾹!

어느덧 이뿐이는 눈시울에 구슬방울이 맺히기 시작한다. 그리고 나물바구니가 툭, 하고 땅에 떨어지자 두 손에 펴들은 치마폭으로 그새 얼굴을 폭 가리고는

이뿐이는 흐륵흐륵 마냥 느끼며 울고 섰다.

이제야 후회 나노니 도련님 공부하러 서울로 떠나실 때 저두 간다구 왜 좀더 붙들고 늘어지지 못했던가 생각하면 할수록 가슴만 미여질 노릇이다. 그러나 마님의 눈을 기어³ 자그만 보따리를 옆에 끼고 산 속으로 이십 리나 넘어 따라갔던 이뿐이가 아니었던가. 과연 이뿐이는 산등을 질러갔고 으슥한 고갯마루에서 기다리고 섰다가 넘어 오시는 도련님의 손목을 꼭 붙잡고 "난 안 데려가지유!" 하고 애원 못한 것도 아니니 공연스레 눈물부터 앞을 가렸고 도련님이 놀라며

"너 왜 오니? 여름에 꼭 온다니까 어여 들어가라."

하고 역정을 내심에는 고만 두려웠으나 그래도 날 데려가라구 그 몸에 매여달리니 도련님은 얼마를 벙벙히 그냥 섰다가

---

3   기다 : '기이다'의 준말. 사실을 숨기고 바른 대로 말하지 아니하다

"울지 마라, 이뿐아. 그럼 내 서울 가 자리나 잡거든 널 데려가마." 하고 등을 두드리며 달래일 제 만일 이 말에 이뿐이가 솔깃하여 꼭 곧이듣지만 않았던들 도련님의 그 손을 안타까이 놓지는 않았던걸―

"정말 꼭 데려가지유?"

"그럼 한 달 후에면 꼭 데려가마."

"난 그럼 기다릴 테야유!"

그리고 아침 햇발에 비끼는 도련님의 옷자락이 산등으로 꼬불꼬불 저 멀리 사라지고 아주 보이지 않을 때까지 이뿐이는 남이 볼까 하여 피어 흩어진 개나리 속에 몸을 숨기고 치마끈을 입에 물고는 눈물로 배웅하였던 것이 아니런가. 이렇게도 철썩같이 다짐은 두고 가시더니 그 한 달이란 대체 얼마나 되는 겐지 몇 한 달이 거듭 지나고 돌도 넘었으련만 도련님은 이렇다 소식 하나 전할 줄조차 모르신다. 실도로 터놓고 말하자면 늙은 이 잣나무 아래에서 도련님과 맨 처음 눈이 맞을 제 이뿐이가 먼저 그러자고 한 것도 아니런만― 이뿐 어머니가 마님댁 씨종[4]이고 보면 그 딸 이뿐이는 잘 따져야 씨의 씨종이니 하잘것없는 계집애이거늘 이뿐이는 제 몸이 이럼을 알고 시내에서 홀로 빨래를 할 제이면 도련님이 가끔 덤벼들어 이게 장난이겠지, 품에 꼭 껴안고 뺨을 깨물어뜯는 그 꼴이 숭글숭글[5]하고 밉지는 않았으나 그러나 이뿐이는 감히 그런 생각을 먹어본 적이 없었다. 그날도 마님이 구미가 제치셨다[6]고 얘 이뿐아 나물 좀 뜯어온, 하실 때 이뿐이는 퍽이나 반가웠고 아침밥도 몇 술로 겉날리고[7]

---

4   씨종 : 집안 대대로 종노릇을 하는 사람

5   숭글숭글 : 얼굴 생김새나 성질이 귀엽고 원만한 모양

6   제치다 : 젖히다. 입맛을 잃다

7   겉날리다 : 일을 되는대로 대충 하다

바구니를 동무 삼아 집을 나섰으니 나이 아직 열여섯이라 마님에게 귀염을 받는 것이 다만 좋았고 칠칠한 나물을 뜯어드리고자 한사코 이 험한 산 속으로 기어올랐다. 풀잎의 이슬은 아직 다 마르지 않았고 바위 틈바구니에 흩어진 잔디에는 커다란 구렁이가 똬리를 틀고서 떡머구리[8] 한 놈을 우물거리고 있는 중이매 이뿐이는 쌔근쌔근 가쁜 숨을 쉬어 가며 그걸 가만히 들여다보고 섰다가 바로 발 앞에 도라지순이 있음을 발견하고 꼬챙이로 마악 캘려 할 즈음 등 뒤에서 뜻밖에 발자국 소리가 들리는 것이 아닌가. 깜짝 놀라며 고개를 돌려보니 언제 어디로 따라왔던가. 도련님은 물푸레 나무토막을 한 손에 지팡이로 짚고 붉은 얼굴이 땀바가지가 되어 식식거리며 그리고 씽글씽글 웃고 있다. 그 모양이 하도 수상하여 이뿐이는 눈을 똥그랗게 뜨고 바라보니 도련님은 좀 면구쩍은지[9] 낯을 모로 돌리며 그러나 여일히[10] 싱글싱글 웃으며 뱃심 유한 소리가—

"난 지팡이 꺾으러 왔다—" 그렇지마는 이뿐이는 며칠 전 마님이 불러 세우고 너 도련님하구 같이 다니면 매맞는다, 하시던 그 꾸지람을 얼른 생각하고

"왜 따라왔지유— 마님 아시면 남 매맞으라구?" 하고 암팡스레[11] 쏘았으나 도련님은 귓등으로 듣는지 그래도 여전히 싱글거리며 뱃심 유한 소리로—

"난 지팡이 꺾으러 왔다—." 그제서는 이뿐이는 성을 안 낼 수가 없고

"마님께 나 매맞어두 난 몰라."

---

8   떡머구리 : 떡개구리. 팔다리를 쭉 펴고 넓적해진 개구리
9   면구쩍다 : 상대의 얼굴에 바로 대하기가 부끄럽다
10   여일하다 : 한결같다
11   암팡스럽다 : 다부지다

혼잣말로 이렇게 되알지게[12] 쫑알거리고 너야 가든 말든 하라는 듯이 고개를 돌리어 아까의 도라지를 다시 캐자노라니 도련님은 무턱대고 그냥 와락 달려들어

"너 맞는 거 나는 알지?"

이뿐이를 뒤로 꼭 붙들고 땀이 쪽 흐른 그 뺨을 또 잔뜩 깨물고는 놓질 않는다. 이뿐이는 어려서부터 도련님과 같이 자랐고 같이 놀았으되 제가 먼저 그런 생각을 두었다면 도련님을 벌컥 떼다밀어 바위 너머로 곤두박이게 했을 리 만무이었고 궁뎅이를 털고 일어나며 도련님이 무색하여 멀거니 쳐다보고 입맛만 다시니 이뿐이는 그 꼴이 보기 가여웠고 죄를 저지른 제 몸에 대하여 죄송한 자책이 없던 바도 아니었마는 다시 손목을 잡히고 이 잣나무 밑으로 끌릴 제에는 온 힘을 다하여 그 손깍지를 버리며 야단진 것도 사실이 아닌 건 아니나 그러나 어낸가 마음 한편에 앙살[13]을 피면서도 넉히 끌리어가도록 도련님의 힘이 좀더 좀더 하는 생각이 전혀 없었다면 그것은 거짓말이 되고 말 것이다. 물론 이뿐이가 얼굴이 빨개지며 앙큼스러운 생각을 먹은 것은 바로 이때이었고

"난 몰라 마님께 여쭐 터이야. 난 몰라!" 하고 적잖이 조바심을 태우면서도 도련님의 속맘을 한번 뜯어보고자

"누가 종두 이러는 거야?" 하고 손을 뿌리치며 된통 호령을 하고 보니 도련님은 이 깊고 외진 산 속임에도 불구하고 귀에다 입을 갖다대고 가만히 속삭이는 그 말이—

"너 나하고 멀리 도망가지 않을련!" 그러니 이뿐이는 이 말을 참으로 꼭 곧이들었고 사내가 이렇게 겁을 집어먹는 수도 있는지 도련님이 땅에

12 되알지다 : 세게 힘을 주다
13 앙살 : 엄살

떨어지는 성냥갑을 호주머니에 다시 집어넣을 줄도 모르고 덤벙거리며 산 아래로 꽁지를 뺄 때까지 이뿐이는 잣나무 뿌리를 베고 풀밭에 번듯이 드러누운 채 푸른 하늘을 바라보며 인제 멀리만 달아나면 나는 저 도련님의 아씨가 되려니 하는 생각에 마님께 진상할 나물 캘 생각조차 잊고 말았다. 그러나 조금 지나매 이뿐이는 어쩐지 저도 겁이 나는 듯 싶었고 발딱 일어나 사면을 휘돌아보았으나 거기에는 험상스러운 바위와 우거진 숲이 있을 뿐 본 사람은 하나도 없으련만— 아마 산이 험한 탓일지도 모르리라. 가슴은 여전히 달랑거리고 두려우면서 그러나 이 산덩이를 제 품에 꼭 품고 같이 뒹굴고 싶은 안타까운 그런 행복이 느껴지지 않은 것도 아니었으니 도련님은 이렇게 정은 들이고 가시고는 이제와서는 생판 모르는체 하시거나 아닐런가—

마 을

두 손등으로 눈물을 씻고 고개는 으레 들었으나
나물 뜯을 생각은 않고
이뿐이는 늙은 잣나무 밑에 앉아서 먼 하늘을 치켜대고 도련님 생각에 이렇게도 넋을 잃는다.

이제와 생각하면 야속도스럽나니 마님께 매를 맞도록 한 것도 결국 도련님이었고 별 욕을 다 당하게 한 것도 결국 도련님이 아니었던가—

매일과같이 산엘 올라다닌 지 단 나흘이 못 되어 마님은 눈치를 채셨는지 혹은 짐작만 하셨는지 저녁때 기진하여 내려오는 이뿐이를 불러앉히시고

"너 요년 바른대로 말해야지 죽인다." 하고 회초리로 때리시되 볼기짝

이 톡톡 불거지도록 하시었고 그래도 안차게[14] 아니라고 고집을 쓰니 이번에는 어머니가 달겨들어 머리채를 휘잡고 주먹으로 등어리를 서너 번 쾅쾅 때리더니 그만도 좋으련만 뜰 아랫방에 갖다 가두고는 사날씩이나 바깥 구경을 못하게 하고 구메밥[15]으로 구박을 막 함에는 이뿐이는 짜증 서럽지 않을 수가 없었다. 징역살이 맨 마지막 밤이 깊었을 제 이뿐이는 너무 원통하여 혼자 앉아서 울다가 자리에 누운 어머니의 허리를 꼭 끼고 그 품속으로 기어들며 "어머니 나 데련님하고 살 테야—" 하고 그예 저의 속중을 토설[16]하니 어머니는 들었는지 먹었는지 그냥 잠잠히 누웠더니 한참 후 후유, 하고 한숨을 내뿜을 때에는 이미 눈에 눈물이 그렁그렁 하였고 그리고 또 한참 있더니 입을 열어 하는 이야기가 지금은 이렇게 늙었으나 자기도 색시 때에는 이뿐이만치나 어여뻤고 얼마나 맵시가 줄중났던지 노나리와 은근히 배가 맞았으나 몇 달이 못가서 노마님이 이걸 아시고 하루는 불러세우고 때리시다가 마침내 샘에 못 이기어 인두로 하초[17]를 지지려고 들어덤비신 일이 있다고 일러주고 다시 몇번 몇번 당부하여 말하되, 석숭네가 벌써부터 말을 건네는 중이니 도련님에게 맘일랑 두지 말고 몸 잘 갖고 있으라 하고 딱 떼는 것이 아닌가. 하기야 이뿐이가 무남독녀의 귀여운 외딸이 아니었던들 사흘 후에도 바깥엘 나올 수 없었으려니와 비로소 대문을 나와보니 그간 세상이 좀 넓어진 것 같고 마치 우리를 벗어난 짐승과같이 몸의 가뜬함을 느꼈고 숭칙

---

14 안차다 : 겁이 없다
15 구메밥 : 옥에 갇힌 죄수에게 들여보내던 밥
16 토설 : 숨겼던 사실을 밝힘
17 하초 : 下焦. 三焦(한방에서 上焦, 中焦, 下焦의 통칭. 심장 아래를 상초, 위 부근을 중초, 방광 위를 하초라 하며, 음식물의 흡수·소화·배설을 맡음)의 하나

스러운[18] 산으로 뺑뺑 둘러싼 이 산골에서 벗어나 넓은 버덩[19]으로 나간다면 기쁘기가 이보다 좀 더하리라 생각도 하여보고 어머니의 영대로 고추밭을 매러 개울길로 내려갈려니까 왼편 수풍 속에서 도련님이 불쑥 튀어나오며 또 붙들고 산에 안 갈 테냐고 대구 보챈다. 읍에 가 학교를 다니다가 요즘 방학이 되어 집에 돌아온 뒤로는 공부는 할 생각않고 날이면 날 저물도록 저만 이렇게 붙잡으러 다니는 도련님이 딱도 하거니와 한편 마님도 무섭고 또는 모처럼 용서를 받는 길로 그리고 보면 이번에는 호되이 불이 내릴 것을 알고 이뿐이는 오늘은 안 되니 낼모레쯤 가자고 좋게 달래다가 그래도 듣지 않고 굳이 가자고 성화를 하는 데는 할 수 없이 몸을 뿌리치고 뺑손[20]을 놓을 수밖에 딴 도리가 없었다. 구질구질히 내리던 비로 말미암아 한동안 손을 못 댄 고추밭은 풀들이 제법 성큼히 엉기었고 어디서부터 시작해야 좋을지 갈피를 모르겠는데 이뿐이는 되는대로 한편 구석에 치마를 도사리고 앉아서, 이것도 명색은 김매는 거겠지 호미로 흙등만 따짝거리며 정짜 정신은 어젯밤 좋은 상전과 못 사는 법이라던 어머니의 말이 옳은지 그른지 그것만 일념으로 아로새기며 이리 씹고 저리도 씹어본다. 그러나 이뿐이는 아무렇게도 나는 도련님과 꼭 살아보겠다 혼자 맹세하고, 제가 아씨가 되면 어머니는 일테면 마님이 되련마는 왜 그리 극성인가 싶어서 좀 야속하였고 해가 한나절이 되어 목덜미를 확확 닳일 때까지 이리저리 곰곰 생각하다가 고개를 들어보매 밭은 여태 한 고랑도 다 끝이 못 났으니 이놈의 밭이, 하고 탓 안 할 탓을 하며 저

---

18 숭칙스럽다 : 흉측스럽다
19 버덩 : 높고 평평하며 나무 없이 풀만 우거진 들이라는 뜻으로, 여기서는 산골과 반대되는 도회지
20 뺑손 : 뺑소니. 몸을 피해서 급히 달아남

로도 하품이 나올만치 어지간히 기가 막혔다. 이번에는 좀 빨랑빨랑 하리라 생각하고 이뿐이는 호미를 잽싸게 놀리며 폭폭 찍고 덤볐으나 그래도 웬일인지 일은 손에 붙지를 않고 그뿐 아니라 등 뒤 개울의 덤불에서는 온갖 잡새가 귀둥대둥 멋대로 속삭이고 먼 발치에서 풀을 뜯고 있던 황소가 메— 하고 늘어지게도 소리를 내뽑으니 이뿐이는 이걸 듣고 갑자기 몸이 나른해지지 않을 수 없고 밭가에 선 수양버들 그늘에 쓰러져 한잠 들고 싶은 생각이 곧바루 나지마는 어머니가 무서워 차마 그걸 못하고 만다. 인제는 계집애는 밭일을 안하도록 법이 됐으면 좋겠다 생각하고 이뿐이는 울화증이 나서 호미를 메꼰지고[21] 얼굴의 땀을 씻으며 앉았노라니까 들로 보리를 걷으러가는 길인지 석숭이가 빈 지게를 지고 꺼불꺼불 밭머리에 와 서더니 아주 썩 시퉁그러지게 입을 삐죽거리며 이뿐이를 건너대고 하는 소리가—

"너 데련님하구 그랬대지—" 새파랗게 간 비수로 가슴을 쭉 내려긋는 대도 아마 이토록은 재겹지[22] 않으리라마는 이뿐이는 어서 들었느냐고 따져볼 겨를도 없이 얼굴이 고만 홍당무가 되었고 그놈의 소위[23]로 생각하면 대뜸 들어덤벼 그 귓백이라도 물고 늘어질 생각이 곧 간절은 하나 한 죄는 있고 어쩨볼 용기가 없으매 다만 고개를 폭 수그릴 뿐이다. 그러니까 석숭이는 제가 꽨 듯싶어서 이뿐이를 짜정[24] 넘보고 제법 밭 가운데까지 들어와 떡 버티고 서서는 또 한 번 시큰둥하게 그리고 엇먹는[25] 소리로—

---

21 메꼰지다 : 메어꽂다. 어깨 너머로 둘러메었다가 힘껏 내리꽂다
22 재겹다 : 다소 지겹다
23 소위 : 하는 일
24 짜정 : 짜장. 정말로
25 엇먹다 : 비꼬다

"너 데련님하구 그랬대지—"

전일 같으면 제가 이뿐이에게 지게막대기로 볼기 맞을 생각도 않고 감히 이따위 버르장머리는 하기커녕 즈아버지 장사하는 원두막에서 몰래 참외를 따 가지고 와서

"얘 이뿐아, 너 이거 먹어라." 하다가

"난 네가 주는 건 안 먹을 테야" 하고 몇 번 내뱉음에도 꿇지 않고 굳이 먹으라고 떠맡기므로 이뿐이가 마지못하는 체하고 받아들고는 물론 치마폭에 흙은 싹싹 문대고나서 깨물고 앉았노라면 아무쪼록 이뿐이 맘에 잘 들도록 호미를 대신 손에 잡기가 무섭게 느실난실[26] 김을 매주었고 그리고 가끔 이뿐이를 웃겨주기 위하여 그것도 재주라구 밭고랑에서 잘 봐야 곰 같은 몸뚱이로 이리 뒹굴고 저리 뒹굴고 하였다. 석숭 아버지는 이놈이 또 어데로 내뺐구나 하고 찾아다니다 여길 와보니 매라는 제 밭은 안 매고 남 계집애 밭에 들어와서 대체 온 이게 무슨 놀음인지 이 꼴이고 보매 기도 막힐 뿐더러 터지려는 웃음을 억지로 참고 노여운 낯을 지어가며

"너 이놈아, 네 밭은 안 매고 남의 밭에 들어와 그게 뭐냐?" 하고 꾸중을 하였지마는 석숭이가 깜짝 놀라서 돌아다보다 고만 멀쑤룩하여 궁뎅이의 흙을 털고 일어서며

"이뿐이 밭 좀 매주러 왔지 뭘 그래?" 하고 되레 퉁명스러이 뻗댐에는 더 책하지 않고

"어 망할 자식두 다 많어이!" 하고 돌아서 저리로 가며 보이지 않게 피익 웃고 마는 것인데 그러면 이뿐이는 저의 처지가 꽤 야릇하게 됨을 알

---

26   느실난실 : 마음에 든 상대에게 잘 보이기 위해 과장된 몸가짐을 하는 모습

고 저기까지 분명히 들리도록

"너보고 누가 밭매달랬어? 가, 어여 가, 가." 하고 다 먹은 참외는 생각 않고 등을 떠다밀며 구박을 막 하던 이런 터이련만 제가 이제와 누굴 비위를 긁다니 하늘이 무너지면졌지 이것은 도시 말이 안 된다.

돌

이뿐이는 남다른 부끄럼으로 온 전신이 확확 닳는 듯싶었으나 그러나 조금 뒤에는 무안을 당한 거기에 대갚음이 없어서는 아니되리라 생각하고 앙칼스러운 역심[27]이 가슴을 콕 찌를 때에는 어깨뿐만 아니라 등어리 전체가 샐룩거리다가 새침히 발딱 일어나 사방을 훑어보더니 대낮이라 다들 일들 나가고 안마을에 사람이 없음을 알고 석숭이의 소맷자락을 넌지시 끌며 그 옆 숙성히 자란 수수밭 속으로 들어간다. 밭 한복판은 아늑하고 아무데도 보이지 않으므로 함부로 떠들어도 괜찮으려니 믿고 이뿐이는 거기다 석숭이를 세워놓자 밭고랑에 늘려진 여러 돌 틈에서 맞아죽지 않고 단단히 아플 만한 모리동맹이[28] 하나를 집어들고 그 옆 정갱이를 모질게 후려치며

"이 자식 뭘 어쩨구 어째?" 하고 딱딱 어르니까 석숭이는 처음에 뭐나 좀 생길까 하고 좋아서 따라왔던 걸 별안간 난데없는 모진 돌만 날아듬에는

"아야!" 하고 소리치자 똑 선불 맞은[29] 노루 모양으로 한 번 뻐들껑 뛰

---

27 역심 : 반발하는 마음
28 모리동맹이 : 모난 돌멩이
29 선불 맞다 : 급소를 피해 총알을 맞다

며 눈이 그야말로 왕방울만 해지지 않을 수가 없었다. 그러나 석숭이는 미움보다 앞서느니 기쁨이요 전일에는 그 옆을 지내도 본둥만둥 하고 그리 대단히 여겨주지 않던 그 이뿐이가 일부러 이리 끌고와 돌로 때리되 정말 아프도록 힘을 들일 만치 이뿐이에게 있어는 지금의 저의 존재가 그만치 끔찍함을 그 돌에서 비로소 깨닫고 짓궂이 씽글씽글 웃으며 한 번 더 뒤둥그러진[30] 그리고 흘개늦은[31] 목소리로

"뭘 데련님허구 그랬대는데—" 하고 놀려주었다. 이뿐이는

"뭐 이 자식?" 하고 상기된 눈을 똑바루 떴으나 이번에는 돌멩이 집을 생각을 않고 아까부터 겨우 참아왔던 울음이

"으응!" 하고 탁 터지자 잡은참 덤벼들어 석숭이 옷가슴에 매여달리며 쥐어뜯으니 석숭이는 이뿐이를 울려놓은 것은 저의 큰 죄임을 얼른 알고 눈이 휘둥그레서

"아니다 아니다, 내 부러그랬다. 아니다." 하고 입에 불이 나게 그러나 손으로 등을 어루만지며 '아니다'를 여러십 번을 부른 때에야 간신히 울음을 진정해놓았고 이뿐이가 아직 느끼는 음성으로 몇 번 당부를 하니

"인제 남 듣는데 그러면 내 너 죽일 터야?"

"그래 인전 안 그러마."

참으로 이런 나쁜 소리는 다시 입에 담지 않으리라 맹세하였다. 이뿐이도 그제야 마음을 놓고 흔적이 없도록 눈물을 닦으면서

"다시 그래 봐라, 내 죽인다!"

또 한 번 다져놓고 고추밭으로 도로 나오려 할 제 석숭이가 와락 달겨들어 그 허리를 잔뜩 껴안고

---

[30] 뒤둥그러지다 : 생각이나 성질이 뒤틀리고 비뚤어지다
[31] 흘개늦다 : 흘게 늦다. 성격이나 행동이 야무지지 못하다

"너 그럼 우리집에게 나한테로 시집오라니깐 왜 싫다구 그랬니?" 하고 설혹 좀 성가시게 굴었다 치더라도 만일 이뿐이가 이 행실을 도련님이 아신다면 담박에 정을 떼시려니 하는 염려만 없었더라면 그리 대수롭지 않은 것을 그토록 오지게 혼을 냈을 리 없었겠고 생각하면 두고두고 입때껏 후회가 나리만치 그렇게 사내의 뺨을 후려친 것도 결국 도련님을 위하는 이뿐이의 깨끗한 정이 아니었던가—

물

가득이 품에 찬 서러움을 눈물로 가시고 나물 바구니를 손에 잡았으니

이뿐이는 다시 일어나 산중턱으로 거칠은 수풍 속을 기어내리며 도라지를 하나 둘 캐기 시작한다.

참인지 아닌지 자세히는 모르나 멀리 날아온 풍설을 들어보면 도련님은 서울 가 어여쁜 아씨와 다시 정분이 났다 하고 그뿐만도 오히려 좋으리마는 댁의 마님은 마님대로 늙은 총각 오래 두면 병 난다 하여 상냥한 아가씨만 찾는 길이니 대체 이게 웬 셈인지 이뿐이는 골머리가 아팠고 도라지를 캔다고 꼬챙이를 땅에 꾸욱 꽂으니 그대로 짚고 선 채 해만 점점 부질없이 저물어간다. 맥을 잃고 다시 내려오다 이뿐이는 앞에 우뚝 솟는 바위를 품에 얼싸안고 그 알[32]을 굽어보니 험악한 석벽 틈에 맑은 물은 웅성깊이[33] 충충 고이었고 설핏한[34] 하늘의 붉은 노을 한쪽을 똑 떼들고 푸른 잎새로 전을 둘렀거늘 그 모양이 보기에 퍽도 아름답다. 그걸

---

32 알 : 아래
33 웅성깊다 : 웅숭깊다. 생각이나 뜻이 넓다
34 설핏하다 : 해의 밝은 빛이 약해지다

거울 삼고 이뿐이는 저 밑에 까맣게 비치는 저의 외양을 또 한 번 고쳐 뜯어보니 한때는 도련님이 조르다 몸살도 나셨으려니와 의복은 비록 추려할망정[35] 저의 눈에도 밉지 않게 생겼고 남 가진 이목구비에 반반도 하련마는 뭐가 부족한지 달리 눈이 맞은 도련님의 심정이 알 수 없고 어느덧 원망스러운 눈물이 눈에서 떨어지니 잔잔한 물면에 물둘레를 치기도 전에 무슨 밥이나 된다고 커단 꺽찌는[36] 휘엉휘엉 올라와 꼴딱 받아먹고 들어간다. 이뿐이는 얼빠진 등신같이 맑은 이 물을 가만히 들여다보노라니 불시로 제 몸을 풍덩, 던지어 깨끗이 빠져도 죽고 싶고 아니 이왕 죽을진댄 정든 님 품에 안고 같이 풍, 빠지어 세상사를 다 잊고 알뜰히 죽고 싶고 그렇다면 도련님이 이 등에 넙쭉 엎디어 뺨에 뺨을 비벼대고 그리고 이 물을 같이 굽어보며

"애 울지 마라 내가 가면 설마 아주 가겠니?" 하고 세우[37] 달랠 제 꼭 붙들고 풍덩실, 하고 왜 빠지지 못했던가. 시방은 한가[38]도 컸건마는 그 이뿐이는 그리도 삶에 주렸던지

"정말 올여름엔 꼭 오우?" 하고 아까부터 몇 번 묻던 걸 또 한 번 다져 보았거늘 도련님은 시원스러이 선뜻

"그럼 오구말구 널 두고 안 오겠니!" 하고 대답하고 손에 꺾어 들었던 노란 동백꽃을 물 위로 홱 내던지며

"너 참 이 물이 무슨 물인지 알면 용치?"

눈을 끔벅끔벅 하더니 이야기하여 가로되 옛날에 이 산 속에 한 장사

---

35 추려하다 : 추레하다. 외관이 더럽고 생기가 없다
36 꺽찌 : 꺽지. 우리나라 특산물인 꺽짓과의 민물고기
37 세우 : 몹시
38 한가 : 원통한 일에 대해 하소연하거나 항거함

가 있었고 나라에서는 그를 잡고자 사방팔면에 군사를 놓았다. 그렇지마는 장사에게는 비호같이 날랜 날개가 돋힌 법이니 공중을 훌훌 날으는 그를 잡을 길 없고 머리만 앓던 중 하루는 그예 이 물에서 목욕을 하고 있는 것을 사로잡았다는 것이로되, 왜 그러냐 하면 하느님이 잡수시는 깨끗한 이 물을 몸으로 흐렸으니 누구라고 천벌을 아니 입을 리 없고 몸에 물이 닿자 돋혔던 날개가 흐시부시 녹아버린 까닭이라고 말하고 도련님은 손짓으로 장사의 처참스러운 최후를 시늉하며 가장 두려운 듯이 눈을 커닿게 끔적끔적 하더니 뒤를 이어 그 말이—

"아 무서! 애 우지 마라. 저 물에 눈물이 떨어지면 너 큰일난다." 그러나 이뿐이는 그까진 소리는 듣는 둥 마는 둥 그리 신통치 못하였고 며칠 후 서울로 떠나면 아주 놓칠 듯만 싶어서 도련님의 얼굴을 이윽히 쳐다보고 그넘 다심을 누고 가라 하다가 도련님이 조금도 서슴없이 입고 있던 자기의 저고리 고름 한 짝을 뚝 떼어 이뿐이 허리춤에 꾹 꽂아주며

"너 이래두 못 믿겠니?" 하니 황송도 하거니와 설마 이걸 두고야 잊으시진 않겠지 하고 속이 든든하지 않은 것도 아니었다. 대장부의 노릇이 매 이렇게 하고 변심은 없을 게나 그래두 잘 따져 보니 이 고름이 말하는 것도 아니거든 차라리 따라 나서느니만 같지 못하다고 문득 마음을 고쳐먹고 고개로 쫓아간 건 좋으련마는 왜 그랬던고, 좀더 매달리어 진대[39]를 안 붙고 고기 주저앉고 말았으니 이제와서는 한가만 새롭고 몸에 고이 간직하였던 옷고름을 이 손에 꺼내 들고 눈물은 흘려보되 별수 없나니 보람없이 격찌[40]만 늘어간다. 허나 이거나마 아주 없었더런들 그야 살 맛조차 송두리 잃었으리라마는 요즘 매일과같이

---

39 진대 : 남에게 기대어 억지를 쓰며 괴롭히는 것
40 격찌 : 격지. 여러 겹으로 쌓은 켜라는 뜻으로, 시름이 깊어감

이 험한 깊은 산 속에 올라와

옛 기억을 홀로 더듬어보며

이뿐이는 해가 저물도록 이렇게 울고섰고 하는 것이다.

길

모든 새들은 어제와같이 노래를 부르고 날도 맑으련만

오늘은 웬일인지

이뿐이는 아직도 올라오질 않는다.

석숭이는 아버지가 읍의 장에 가서 세 마리 닭을 팔아 그걸로 소금을 사오라 하여 아침 일찍이 나온 것도 잊고 이 산에 올라와 다리를 묶은 닭들은 한편에 내던지고 늙은 잣나무 그늘에 누워 눈이 빠지도록 기달렸으나 이뿐이가 좀체 나오지 않으매 웬일일까 고게 또 노하지나 않았나 하고 일쩌웁시⁴¹ 이렇게 애를 태운다. 올 가을이 얼른 되어 새 곡식을 거두면 이뿐이에게로 장가를 들게 되었으니 기쁨인들 이우 더할 데 있으랴마는 이번도 또 이뿐이가 밥도 안 먹고 죽는다고 야단을 친다면 헛일이 아닐까 하는 염려도 없지는 않았거늘 고렇게 쌀쌀하고 매일매일 하던 이뿐이의 태도가 요즘에 들어 와서는 급작이 다소곳하고 눈 한번 흘길 줄도 모르니 이건 참으로 춤을 추어도 다 못 출 것이다. 뿐만 아니라 이슬비가 내리던 날 마님댁 울 뒤에서 이뿐이는 옥수수를 따고 섰고 제가 그 옆을 지날 제 은근히 손짓을 하므로 가차히⁴² 다가서니 귀에다 나직이 속삭이는 소리가—

---

41 일쩌웁시 : 일쩝게. 일이 생겨서 마음이 귀찮고 불편해져서
42 가차히 : 가까이

"너 핀지 하나 써줄련?"

"그래그래 써주마. 내 잘 쓴다." 석숭이는 너무 반가워서 허둥거리며 묻지 않는 소리까지 하다가 또 그 말이 내 너 하라는 대로 다 할 게니 도련님에게 편지를 쓰되 이뿐이는 여태 기다립니다 하고 그리고 이런 소리는 아예 입밖에 내지 말라 하므로 그런 편지면 일 년 내내 두고 썼으면 좋겠다 속으로 생각하고 채 틀 못 박힌 연필 글씨로 다섯 줄을 그리기에 꼬박이 이틀 밤을 새고 나서 약속대로 산으로 이뿐이를 만나러 올라올 때에는 어쩐지 가슴이 두군두군 하는 것이 바로 아내를 만나러 오는 남편의 그 기쁨이 또렷이 나타나는 것이다. 이뿐이가 얼른 올라와야 뭐가 젤 좋으냐 물어보고 이 닭들을 팔아 선물을 사다 주련만 오진 않고 석숭이는 암만 생각해야 영문을 모르겠으니 아마 요전번

"이 핀지 써왔으니깐 너 나구 꼭 살아야 한다." 하고 크게 얼른 것이 좀 잘못이라 하더라도 이뿐이가 고개를 푹 숙이고 있다가

"그래." 하고 눈에 눈물을 보이며

"그 핀지 읽어봐." 하고 부드럽게 말한 걸 보면 그리 노한 것은 아니니 석숭이는 기뻐서 그 앞에 떡 버티고 제가 썼으나 제가 못 읽는 그 편지를 떠듬떠듬 데련님전 상사리 가신 지가 오래됐는디 왜 안 오구 일 년 반이 댓는디 왜 안 오구 하니깐 이뿐이는 밤마두 눈물로 새오며 이뿐이는 그럼 죽을 테니까 나를듯이 얼찐[43] 와서— 이렇게 땀을 내이며 읽었으나 이뿐이는 다 읽은 뒤 그걸 받아서 피봉[44]에 도로 넣고 그리고 나물 바구니 속에 감추고는 그대루 덤덤히 산을 나려온다. 산기슭으로 나리니 앞에 큰 내가 놓여 있고 골고루도 널려 박힌 험상궂은 웅퉁바위 틈으로 물

---
43 얼찐 : 얼른
44 피봉 : 편지 봉투

은 우람스레 부닥치며 콸콸 흘러내리매 정신이 다 아찔하여 이뿐이는 조심스레 바위를 골라 딛으며 이쪽으로 건너왔으나 아무리 생각하여도 같이 멀리 도망가자던 도련님이 저 서울로 혼자만 삐쭉 달아난 것은 그 속이 알 수 없고 사나이 맘이 설사 변한다 하더라도 잣나무 밑에서 그다지 눈물까지 머금고 조르시던 그 도련님이 이제와 싹도 없이 변하신다니 이야 신의 조화가 아니면 안 될 것이다. 이뿐이는 산처럼 잎이 퍼드러진 호양나무 밑에 와 발을 멈추며 한 손으로 바구니의 편지를 꺼내어 행주치마 속에 감추어 들고 석숭이가 쓴 편지도 잘 찾아갈런지 미심도 하거니와 또한 도련님 앞으로 잘 간다 하면 이걸 보고 도련님이 끔뻑하여 뛰어올겐지 아닌지 그것조차 장담 못할 일이었마는 아니, 오신다, 이 옷고름을 두고 가시던 도련님이거늘 설마 이 편지에도 안 오실 리 없으리라고 혼자 서서 우기며 해가 기우는 먼 고개치를 바라보며 체부[45] 오기를 기다린다. 체부가 잘 와야 사흘에 한 번밖에는 더 들지 않는 줄을 저라구 모를 리 없고 그리고 어제 다녀갔으니 모레나 오는 줄은 번연히 알았마는 그래도 이뿐이는 산길에 속는 사람같이 저 산비알[46]로 꼬불꼬불 돌아난 기나긴 산길에서 금시 체부가 보일듯 보일듯 싶었는지 해가 아주 넘어가고 날이 어둡도록 지루하게도 이렇게 속달게 체부 오기를 기다린다.

그러나

오늘은 웬일인지

어제와같이 날도 맑고 산의 새들은 노래를 부르건만

이뿐이는 아직도 나올 줄을 모른다.

(1935.7, 조선문단)

---

45 체부 : 우체부
46 산비알 : 산비탈

작품 해설

「산골」은 1935년 『조선문단』에 발표되었다. 신분상으로 맺어지기 어렵지만 이에 굴하지 않고 주인집 도련님을 사랑하는 이쁜이와, 그 이쁜이를 사랑하는 석숭이의 사랑을 아름다운 자연을 배경으로 보여주고 있는 작품이다.

이 작품은 다섯 개의 소제목(산, 마을, 돌, 물, 길)으로 이루어져 있는데, 각각은 작품의 흐름에서 매우 의미 있는 소재들이다. '산'은 이쁜이가 도련님과 사랑을 나누는 곳으로 신분을 떠나 사랑의 감정으로 꿈꾸는 인간으로서의 이쁜이를 태어나게 한 공간이다. '마을'은 이쁜이가 종의 신분으로 생활해야 하는 현실적 공산으로, 종은 상전과 사랑할 수 없다는 현실의 원칙이 고수되며 이쁜이에게 고통을 안겨주는 공간이다. '돌'은 마을에서 거절당한 이쁜이가 석숭이에게 던진 것으로 그녀가 가지고 있는 분노의 분출인 동시에 슬픔의 표현이다. '물'은 도련님이 이별을 슬퍼하는 이쁜이를 설득하는 소재로, 물에 얽힌 설화를 이야기하면서 도련님은 이쁜이와 이별한다. 끝으로 '길'은 떠나간 사랑이 다시 돌아오기를 기다리는 이쁜이의 기다림의 장소이다.

이 작품에는 기본적으로 신분 간의 갈등이 중요한 요소로 등장한다. 주인집 도련님과의 사랑 때문에 이쁜이는 주인마님으로부터 부당한 매질과 감금을 당한다. 즉 신분적 차이를 염두에 두지 않은 사랑은 부도덕한 것으로 매도되고 있는 것이다. 이는 이쁜이의 어머니가 젊은 시절에 주인댁 나리의 귀여움을 받다가 봉변당한 것의 대물림이라는 점에서 지배층의 이런 비도덕적인 행태가 지속되고 있음을 보여주고 있다.

또한 주인집 도련님이 서울로 떠난 후 연락을 한 번도 하지 않았을 뿐만 아니라 서울의 여학생과 사귄다는 점, 주인마님이 이쁜이의 존재를 염두에 두지 않고 다른 상냥한 아씨를 찾고 있는 데서 주인집 도련님이나 주인마님의 의식 속에 씨종의 딸인 이쁜이는 그냥 성적 호기심의 대상 내지는 놀이 대상으로만 존재했음을 알 수 있다. 이런 부도덕함을 부각시키는 것이 바로 석숭의 사랑이다. 석숭이는 바보스러울 정도로 순박하고 희생적인 사랑의 모습을 보인다. 이는 도련님과의 사랑 속에 등장하는 주인마님이나 도련님의 모습을 더욱 이기적이며 타락한 것으로 보이게 해 지배층의 윤리의식과 신분 제도의 부당성을 효과적으로 비판하게끔 한다.

　한편 이쁜이는 여러 상황 속에서 주체적이고 적극적인 모습으로 나타난다. 신분상의 차이 때문에 표면상으로는 도련님의 접근에 자기 방어적인 모습을 취하지만, 마음으로는 '도련님의 힘이 좀더 좀더' 한다거나, 또한 마님과 어머니에게 부당한 매질을 당하고 뜰아랫방에 사나흘 동안 갇혀 있다가 나와서도 자신의 의지를 굽히지 않는 등의 모습을 보인다. 이는 애정도 애정이지만 신분적 상승을 꾀하고 있기 때문으로 생각된다. 어머니가 씨종이기에 필연적으로 자신도 종으로 살아가야 하는 현실을 타개하기 위해서는 반드시 도련님과의 결혼을 성사시켜야 하는 것이다. 그렇기 때문에 서울에서 여학생을 사귀고 있는 도련님이지만 포기하지 않고 석숭이를 시켜서 편지를 쓰는 것이다.

따라지

쪽대문을 열어놓으니 사직원(사직공원)이 환히 나려다보인다.

인제는 봄도 늦었나부다. 저 건너 돌담 안에는 사구라꽃이 벌겋게 벌어졌다. 가지가지 나무에는 싱싱한 싹이 폈고, 새침히 옷깃을 핥고 드는 요놈이 꽃샘이겠지. 까치들은 새끼 칠 집을 장만하느라고 가지를 입에 물고 날아들고—

이런 제길헐, 우리 집은 언제나 수리를 하는 겐가. 해마다 고친다, 고친다, 벼르기는 연실 벼르면서 그렇다고 사직골 꼭대기에 올라붙은 깨웃한¹ 초가집이라서 싫은 것도 아니다. 납작한 처마 끝에 비록 묵은 이엉이 무더기무더기 흘러 나리건 말건, 대문짝 한 짝이 삐뚜루 배기건 말건, 장독 뒤의 판장이 아주 벌컥 나자빠져도 좋다. 참말이지 그 놈의 부엌 옆에 뒷간만 좀 고쳤으면 원이 없겠다. 밑둥의 벽이 확 나가서 어떤 게 부엌이고 뒷간인지 분간을 모르니 게다 여름이 되면 부엌 바닥으로 구더기가 슬슬 기어들질 않나. 이걸 보면 고대 먹었던 밥풀이 고만 곤두서고 만다. 에이 추해 추해, 망할 녀석의 영감쟁이 그것 좀 고쳐 달라고 그렇게 성화

---

1 깨웃하다 : 물체가 한 쪽으로 기우듬하게 기울어지다

를 해도—

 쪽대문이 도루 닫겨지며 소리를 요란히 내인다. 아침 설거지에 젖은 손을 치마로 닦으며 주인 마누라는 오만상이 찌푸려진다.

 그러나 실상은 사글세를 못 받아서 악이 오른 것이다. 영감더러 받아 달라면 마누라에게 밀고 마누라가 받자니 고분히 내질 않는다.

 여지껏 밀어 왔지만 너희들 오늘은 안 될라 마음을 아주 다부지게 먹고 거는방문을 홱 열어젖힌다.

 "여보! 어떻게 됐소?"

 "아 이거 참 미안합니다. 오늘두—"

 덥수룩한 칼라 머리를 이렇게 긁으며 역시 우물쭈물이다.

 "오늘두라니 그럼 어떡헐 작정이오?" 하고 눈을 한번 무섭게 떠 보였다. 마는 이 위인은 암만 얼러도 노할 주변도 못 된다.

 나이가 새파랗게 젊은 녀석이 왜 이리 할 일이 없는지, 밤낮 방구석에 팔짱을 지르고 멍하니 앉아서는 얼이 빠졌다. 그렇지 않으면 이불을 뒤쓰고는 줄창같이 낮잠이 아닌가. 햇빛을 못 봐서 얼굴이 누렇게 시들었다. 경무과 제복 공장의 직공으로 다니는 제 누이의 월급으로 둘이 먹고 지낸다. 누이가 과부길래 망정이지 서방이라도 해가면 이건 어떡헐라고 이러는지 모른다. 제 신세 딱한 줄은 모르고 만날

 "돈은 우리 누님이 쓰는 데요—누님 나오거던 말씀하십시오."

 "당신 누님은 밤낮 사날만 참아 달라는 게 아니요. 사날 사날 허니 그래 은제가 돼야 사날이란 말이요?"

 "미안스럽습니다. 그러나 이번엔 사날 후에 꼭 드리겠습니다. 이왕 참아 주시던 길이니—"

 "글쎄 은제가 사날이란 말이요?" 하고 주름 잡힌 이맛살에 화가 다시

치밀지 않을 수가 없다. 이놈의 사날이란 석 달인지 삼 년인지 영문을 모른다. 그러나 저쪽도 쾌쾌히 들어덤벼야 말하기가 좋을 텐데 울가망[2]으로 한풀 꺾이어 들옴에는 더 지껄일 맛도 없는 것이다.

"돈두 다 싫소. 오늘은 방을 내주."

그는 말 한 마디 또렷이 남기고 방문을 탁 닫아 버렸다. 그리고 서너 발 뚜덜거리며 물러서자 다시 가서 문을 열어 잡고

"오늘 우리 조카가 이리 온다니까 어차피 방은 있어야 하겠소."

장독 옆으로 빠진 수채를 건너서면, 바루 아랫방이다. 본시는 광이었으나 셋방 놓으려고 싱둥겅둥 방을 들인 것이다. 흙질 한 것도 위채보다는 아직 성하고 신문지로 처덕이었을망정 제법 벽도 번뜻하다.

비바람이 들여치어 누렇게 들뜬 미닫이였다. 살며시 열고 노려보니 망할 노랑퉁이가 여전히 이불을 쓰고 쌍, 쌍, 누웠다. 노란 낯짝이 광대뼈가 툭 불거진 게 어제만도 더 못한 것 같다. 어쩌자구 저걸 들였는지 제 생각을 해도 소갈찌[3]는 없었다. 돈도 좋거니와 팔자에 없는 송장을 칠까 봐 애간장이 다 졸아든다.

하기야 처음 올 때에 저 병색을 모른 것도 아니고

"영감님! 무슨 병환이슈?" 하고 겁을 먹으니까

"감기를 좀 들렸더니 이러우."

이런 굴치[4] 같은 영감쟁이가 또 있으랴. 그리고 그 날부터 뒷간에다 피똥을 내깔기며 이 앓는 소리로 쩔쩔매는 것이다. 보기에 추하기도 할 뿐더러 그 신음 소리를 들을 적마다 사지가 으스러지는 것 같다.

---

2   울가망 : 근심스럽거나 답답하여 기분이 나지 않음. 또는 그런 상태.
3   소갈찌 : '소갈머리'의 잘못.
4   굴치 : 은근히 탐하는 성질을 가진 사람을 비유적으로 이르는 말. 여기서는 골칫거리란 의미

그러나 더 얄미운 것은 이걸 데리고 온 그 딸이었다. 뻐쓰껄[5] 다니니까 아마 가진말[6]이 심한 모양이다. 부족증[7]이라고 한 마디만 했으면 속이나 시원할 걸 여태도 감기가 쇄서 그렇다고 빠득빠득 우긴다. 방을 안 줄까봐 속인 고 행실을 생각하면 곧 눈에 불이 올라서

"영감님! 오늘은 방셀 주셔야지요?"

"시방 내 몸이 아파 죽겠소."

영감님은 괜한 소리를 한단 듯이 썩 군찮게 벽 쪽으로 돌아눕는다. 그리고 어그머니 끙끙, 음츠라드는 소리를 친다.

"아니 영 방세는 안 내실테요?" 하고 소리를 빽 지르지 않을래야 않을 수 없다.

"내 시방 죽는 몸이요, 가만 있수."

"글쎄 죽는 건 죽는 거고 방세는 방세가 아니요, 영감님 죽기로서니 어쩨 내 방세를 못 받는단 말이요!"

"내가 죽는데 어쩨 또 방세는 낸단 말이요?"

영감님은 고개를 돌리어 눈을 부릅뜨고 마나님 붑지않게[8] 호령이었다. 죽을 때가 가까워 오니까 악이 받칠 대로 송두리 받친 모양이다.

"정 그렇거든 내 딸 오거든 받아가구려."

"이건 누구에게 찌다운가 온, 별일두 다 많어이." 하고 홀로 입 속으로 중얼거리며 물러가는 것도 상책일는지 모른다. 괜스리 병든 것과 견고를

---

5 뻐쓰껄 : bus girl. 버스의 여차장
6 가진말 : 가짓말. 사실이 아닌 것을 사실인 것처럼 꾸며 대어 말을 함. 또는 그런 말
7 부족증 : 不足症. [한] 陰虛 · 火動 · 癆瘵(폐결핵) 등의 병으로 원기가 쇠하고 몸이 약해지는 증세
8 붑지않게 : 부럽지 않게. '붑다'는 '부럽다'의 방언

고[9] 이러단 결국 이쪽이 한 굽 죄인다.[10] 그보다는 딸이 나오거든 톡톡히 따져서 내쫓는 것이 일이 쉬우리라.

고 옆으로 좀 사이를 두고 나란히 붙은 미닫이가 또 하나 있다. 열고자 문설주에 손을 대다가 잠깐 멈칫하였다. 툇마루 위에 무람없이[11] 올려 놓인 이 구두는 분명히 아끼꼬의 구두일 게다. 문 열어 볼 용기를 잃고 그는 부엌으로 돌아가며 쓴 입맛을 다시었다.

카펜가 뭔가 다니는 계집애들은 죄다 그렇게 망골[12]들인지 모른다. 영애하고 아끼꼬는 아무리 잘 봐도 씨알이 사람 될 것 같지 않다. 아래윗턱도 몰라보는 애들이 난봉질에 향수만 찾고 그래도 영애란 계집애는 비록 심술은 내고 내댈망정 뭘 물으면 대답이나 한다. 요 아끼꼬는 방세를 내래도 입을 꼭 다물고는 안차게도 대꾸 한 마디 없다. 여러 번 듣기 싫게 조르면 그제서는 이쪽이 낼 성을 제가 내 가지고.

"누가 있구두 안 내요? 좀 편히 계셔요. 어련히 낼라구, 그런 극성 첨 보겠네."

이렇게 쥐어박는 소리를 하는 것이 아닌가. 좀 편히 계시라는 이 말에는 하 어이가 없어서도 고만 찔긋 못한다.

"망할 년! 은젠 병이 들었었나?"

쓸 방을 못 쓰고 사글세를 논 것은 돈이 아쉬웠던 까닭이었다. 두 영감 마누라가 산다고 호젓해서 동무로 모은 것도 아니다. 그런데 팔자가 사나운지 모다 우거지상, 노랑퉁이, 말괄량이, 이런 몹쓸 것들뿐이다.

---

9 견고틀다 : 버티어 겨루다
10 굽죄이다 : 꿀리는 일이 있어 기를 펴지 못하다
11 무람없다 : 예의를 지키지 아니하여 버릇없다
12 망골 : 주책스런 사람

이 망할 것들이 방세를 내는 셈도 아니요 그렇다고 아주 안 내는 것도 아니다. 한 달치를 비록 석 달에 별러 내는 한이 있더라도 역 내는 건 내는 거였다. 즈들끼리 짜위나 한 듯이 팔십 전 칠십 전 그저 일 원, 요렇게 짤끔짤끔거리고 만다.

오늘은 크게 얼를[13] 줄 알았더니 하고 보니까 역시 어저께나 다름이 없다. 방의 세간을 마루로 내놔 가며 세를 들인 보람이 무엇인지 그는 마루 끝에 걸터앉아서 화풀이로 담배 한 대를 피워 문다.

그러나 아무리 생각하여도 내 방 빌리고 내가 말 못하는 것은 병신스러운 짓임에 틀림이 없다. 담뱃대를 마루에 내던지고 약을 좀 올려가지고 다시 아래채로 내려간다. 기세 좋게 방문이 홱 열리었다.

"아끼꼬! 이봐! 자?"

아끼꼬는 네 활개를 꼬 벌리고 아끼꼬답게 무사태평히 코를 골아 울린다. 젖통이를 풀어 헤친 채 부끄럼 없고, 두 다리는 이불 싼 위로 번쩍 들어올렸다. 담배 연기 가득 찬 방안에는 분내가 홱 끼치고—.

"이봐! 아끼꼬! 자?"

이번에는 대문 밖에서도 잘 들릴 만큼 목청을 돋았다. 그러나 생시에도 대답 없는 아끼꼬가 꿈속에서 대답할 리 없음을 알았다. 그저 겨우 입속으로

"망할 계집애두, 가랑머릴 쩍 벌기고 저게 온— 쩨쩨."

미닫이가 딱 닫겨지는 서슬에 문틀 위의 안약병이 떨어진다.

그제야 아끼꼬는 조심히 눈을 떠보고 일어나 앉았다. 망할 년 저보구 누가 보랬나, 하고 한옆에 놓인 손거울을 집어든다. 어젯밤 잠을 설친

---

13 얼르다 : 협박하다

바람에 얼굴이 부석부석하였다. 권연에 불이 붙는다.

그는 천정을 향하여 연기를 내뿜으며 가만히 바라본다. 뾰죽한 입에서 연기는 고리가 되어 한 둘레 두 둘레 새어 나온다. 고놈을 하나씩 손가락으로 꼭 찔러서 터치고 터치고—.

아까부터 영애를 기다렸으나 오정이 가까워도 오질 않는다. 단성사엘 갔는지 창경원엘 갔는지, 그래도 저 혼자는 안 갈 것이고 이런 때이면 방 좁은 것이 새삼스리 불편하였다. 햇빛이 안 들고 늘 습한 건 말고 조금만 더 넓었으면 좋겠다. 영애나 아끼꼬나 둘 중의 누가 밤의 손님이 있으면 하나는 나가 잘 수밖에 없다. 둘이 자도 어깨가 맞부딪는데 그런데 셋이 눕기에는 너무 창피하였다. 나가서 자면 숙박료는 오십 전씩 받기로 하였으니 못 잘 것도 아니다 마는 그 담날 밝은 낮에 여기까지 허덕허덕 찾아오는 것은 어째 좀 어색한 일이었다.

어제도 카페서 나오다가 골목에서 영애를 꾹 찌르고

"얘! 너 오늘 어디서 자구 오너라." 하고 귓속을 하니까

"또? 얘, 너는 좋구나!"

"좋긴 뭐가 좋아? 애두!"

아끼꼬는 좀 수줍은 생각이 들어 쭈뼛쭈뼛 그 손에 돈 팔십 전을 쥐어 주었다. 여느 때 같으면 오십 전이지만 그만치 미안하였다 마는 영애는 지루퉁한 낯으로 돈을 받아 넣으며 또 하는 소리가

"얘! 인젠 종로 근처로 우리 큰 방을 얻어 오자."

"그래, 가만있어—. 잘 가거라. 그리고 낼 일찍 와—"

남 인사하는 데는 대답 없고

"나만 밤낮 나와 자는구나!"

이것은 필시 아끼꼬에게 엇먹는 조롱이겠지. 망할 애도 저더러 누가

뚱뚱하고 못생기게 낳랬나, 그렇게 빼지게[14] 허지만 영애가 설마 아끼꼬에게 빼지거나 엇먹지는 않았으리라.

아끼꼬는 벽께로 허리를 펴며 팔뚝시계를 다시 본다. 오정하고 십 오 분 또 삼 분, 영애가 올 때가 되었는데, 망할 거 누가 채갔나. 기지개를 한 번 늘이고 돌아누우며 미닫이께로 고개를 가져간다. 문 아랫도리에 손가락 하나 드나들 만한 구멍이 뚫리었다. 주인마누라가 그제야 좀 화가 식었는지 안방으로 휘젓고 들어가는 치마꼬리가 보인다. 그리고 마루 뒤주 위에는 언제 꺾어다 꽂았는지 정종 병에 엉성히 뻗은 꽃가지. 붉게 핀 것은 복숭아꽃일 게고, 노랗게 척척 늘어진 저건 개나리다. 건넌방 문은 여전히 꼭 닫겼고 뒷간에 가는 기색도 없다. 저 속에는 지금 제가 별명 진 '톨스토이'가 책상 앞에 웅크리고 앉아서 눈을 감고 있으리라. 올라가서 이야기나 좀 하고 싶어도 구렁이 같은 주인마누라가 지키고 앉아있어 감히 나오지를 못한다.

이것은 아끼꼬가 안채의 기맥을 정탐하는 썩 필요한 구멍이었다. 뿐만 아니라 저녁나절에는 재미스러운 연극을 보는 한 요지경도 된다. 어느 때에는 영애와 같이 나란히 누워서 베개를 베고 하나에 한 구멍씩 맡아 가지고 구경을 한다. 왜냐면 다섯 점 반쯤 되면 완전히 히스테리인 '톨스토이'의 누님이 공장에서 나오는 까닭이었다.

그 누님은 성질이 어찌 괄한지 대문간서부터 들어오는 기색이 난다. 입을 꼭 다물고 눈살을 접은 그 얼굴을 보면 일상 마땅치 않은 그러고 세상의 낙을 모르는 사람 같다. 어깨는 축 늘어지고 풀 없어 보이면서 게다 걸음만 빠르다. 들어오면 우선 건넌방 툇마루에다 빈 벤또를 쟁그렁

---

14 빼지다 : 삐치다

하고 내다붙인다. 이것은 아우에게 시위도 되거니와 이래야 또 직성도 풀린다.

그리고 그는 눈을 휘둥그렇게 뜨고 사면의 불평을 찾기 시작한다 마는 아우는 마당도 쓸어 놓고, 부뚜막의 그릇도 치고 물독의 뚜껑도 잘 덮어놓았다. 신발장이라도 잘못 놓여야 트집을 걸 텐데 아주 말쑥하니까 물바가지를 땅으로 동댕이친다. 이렇게 불평을 찾다가 불평이 없어도 또 한 불평이었다.

"마당을 쓸면 잘 쓸던지, 그릇에다 흙칠을 온통 해놨으니 이게 뭐냐?"
끝이 꼬부라진 그 책망, 아우는 빈속에서 끽 소리 없다.
"밥을 얻어먹으면 밥값을 해야지, 늘 부처님같이 방구석에 꽉 앉았기만 하면 고만이냐?"

이것이 하루 몇 번씩 귀 아프게 듣는 인사이었다. 눈을 홉뜨고 시시, 문 닫힌 건넌방을 향하여 퍼붓는 포악이었다. 그런 때이면 야윈 목에가 굵은 핏대가 불끈 솟고 구부정한 허리로 게거품까지 흐른다. 그러나 이건 보통 때의 말이다. 어쩌다 공장에서 뒤를 늦게 본다고 감독에게 쥐어박히거나, 혹은 재봉침에 엄지손톱을 박아서 반쯤 죽어오는 적도 있다. 그러면 가뜩이 급한 그 행동이 더운 불이야 불이야 한다. 손에 잡히는 대로 그릇을 내던져 깨치며

"왜 내가 이 고생을 해가며 널 먹이니. 응 이 놈아?"

헐없이 미친 사람이 된다. 아우는 그래도 귀가 먹은 듯이 잠자코 앉았다. 누님은 혼자 서서 제 몸을 들볶다가 나중에는 울음이 탁 터진다. 공장살이에 받는 설움을 모다 아우의 탓으로 돌린다. 그러면 할 일 없이 아우는 마당에 내려와서 누님의 어깨를 두 손으로 붙잡고

"누님! 다 내가 잘못 했수 그만두." 하고 달래지 않을 수 없다.

"네가 이 놈아! 내 살을 뜯어먹는 거야."

"그래 알았수, 내가 다 잘못했으니 고만둡시다."

"듣기 싫여, 물러나." 하고 벌컥 떠다밀면 땅에 펄썩 주저앉는 아우다. 열적은 듯, 죄송한 듯, 얼굴이 벌개서 털고 일어나는 그 아우를 보면 우습고도 일변 가여웠다.

그러나 더 우스운 것은 마루에서 저녁을 먹을 때의 광경이다. 누님이 밥을 퍼 가지고 올라와서는 암 말 없이 아우 앞으로 한 그릇을 쭉 밀어놓는다. 그리고 자기는 자기대로 외면하여 푹푹 퍼먹고 일어선다. 물론 반찬도 각각 먹는 것이다. 아우는 군말 없이 두 다리를 세우고, 눈을 내려 깔고는 그 밥을 떠먹는다. 방에 앉아서, 주인마누라는 업신여기는 눈으로 은근히 흘겨준다.

영애는 '톨스토이'가 너무 병신스러운데 골을 낸다. 암만 얻어먹더라도 씩씩하게 대들질 못하고 저런, 저런. 그러나 아끼꼬는 바보가 아니라 사람이 나무 착해서 그렇다고 우긴다.

하긴 그렇다고 누님이 자기 밥을 얻어먹는 아우가 미워서 그런 것도 아니다. 나뭇잎이 둥금둥금 날리던 작년 가을이었다. 매일같이 하 들볶으니까 온다 간다 말없이 하루는 아우가 없어졌다. 이틀이 되어도 없고 사흘이 되어도 없고 일주일이 썩 지나도 영 들어오지를 않는다.

누님은 아우를 찾으러 다니기에 눈이 뒤집혔다. 그렇게 착실히 다니던 공장에도 며칠씩 빠지고 혹은 밥도 굶었다. 나중에는 아우가 한을 품고 죽었나부다고 집에 들어오면 마루에 주저앉아서 통곡이었다. 심지어 아끼꼬의 손목을 다 붙잡고

"여보! 내 아우 좀 찾아주, 미치겠수."

"그렇지만 제가 어딜 간 줄 알아야지요."

"아니 그런데 놀러가거든 좀 붙들어주, 부모 없이 불쌍히 자란 그놈이—"

말끝도 다 못 마치고 이렇게 울던 누님이 아니었던가. 아흐레 만에야 아우는 남대문 밖 동무집에서 찾아왔다. 누님은 기뻐서 또 울었다. 그리고 그 담날부터 다시 들볶기 시작하였다.

이 속은 참으로 알 수 없고, 여북해야 아끼꼬는 대문소리만 좀 다르면 "얘 영애야! 변덕쟁이 온다. 어서 이리 와." 하고 잇속 없이 신이 오른다.

아끼꼬는 남 모르게 톨스토이를 맘에 두었다. 꿈을 꾸어도 늘 울가망으로 톨스토이가 나타나고 한다. 꼭 바렌치노같이 두 팔을 떡 벌리고 하는 소리가 오! 저는 당신을 사랑합니다. 이 가슴에 그러나 생시에는 이놈의 톨스토이가 아끼꼬의 애타는 속도 모르고 본둥만둥이 아닌가. 손님에게 속 답장을 할 필요가 있어서

"선생님! 저 연애편지 하나만 써주서요."

아끼꼬가 톨스토이를 찾아가면

"저 그런 거 못 씁니다."

"소설 쓰시는 이가 그래 연애편지를 못 써요?" 하고 어안이 벙벙해서 한참 쳐다본다. 책상 앞에서 늘 쓰고 있는 것이 소설이란 말은 여러 번이나 들었다. 그래 존경해서 선생님이라고 부르고 뒤에서는 톨스토이로 바치는데 그래 연애편지 하나 못 쓴다니 이게 말이 되느냐 하도 기가 막혀서

"선생님! 연애 해보셨어요?" 하면 무안당한 계집애처럼 고만 얼굴이 벌개진다.

"전 그런 거 모릅니다."

아끼꼬는 톨스토이가 저한테 흥미를 안 갖는 걸 알고 좀 샐쭉하였다. 카페서 구는 여급이라고 넘보는 맥인지 조선말로 부르면 숭해서 아끼꼬

로 행세는 하지만 영영 아끼꾼 줄 안다. 어쩌면 톨스토이가 숭칙스럽게 아랫방 뼈쓰껄과 눈이 맞았는지도 모른다. 왜냐면 뼈쓰껄이 나갈 때 고 때쯤 해서 톨스토이가 세수를 하러 나오고 하는 것을 보았다. 그리고 옥생각[15]인진 몰라도 뼈쓰껄도 요즘엔 버쩍 모양을 내기에 몸이 달았다. 며칠 전에는 뼈쓰껄이 거울과 가위를 손에 들고서 아끼꼬의 방엘 찾아왔다.

"언니!. 나 머리 좀 잘라주."

"근 왜 자를랴구 그래 그냥 두지?"

"날마다 머리 빗기가 구찮아서 그래." 하고 좀 거북한 표정을 하더니

"난 언니 머리가 좋아, 뭉톡한 게!" 웃음으로 겨우 버무린다.

하 조르므로 아끼꼬도 그 좋은 머리를 아니 자를 수 없다. 가위에 힘을 주어 그 중턱을 툭 끊었다. 뼈쓰껄은 손으로 만져보더니 재겹게 기쁜 모양이다. 확 돌아앉아서 납쭉한 주뎅이로 헤헤 웃으며

"언니 머리같이 더 좀 디려 잘라주어요."

"더 자르면 못써. 이만하면 좋지 않어?"

대구 졸랐으나 아끼꼬는 머리를 버려놀까봐 더 응칠 않았다. 여기에 성이 바르르 나서 뼈쓰껄은 제 방으로 가서는 제 손으로 더 몽총이 잘라버렸다. 그 뜯어논 머리에다 분을 하얗게 바르고는 아주 좋다고 나다니는 계집애다. 양말 뒤축에 빵꾸가 좀 나도 제 방 들어갈 제 뒤로 기어든다.

아침에 나갈 제 보면 뼈쓰껄은 커단 책보를 옆에 끼고 아주 버젓하다. 처음에 아끼꼬가 고등과에 다니는 학생인가 한 것도 무리는 아니었다. 왜냐면 그 책보가 고등과에 다니는 책보같이 그렇게 탐스럽고 허울이 좋

---

15 옥생각 : 옹졸하게 하는 생각. 사리를 잘못 깨닫고 그릇되게 하는 생각

앉다. 그러나 차차 알고 보니까 보지도 않은 헌 잡지를 그렇게 포개고 고 사이에 벤또를 꼭 물려서 싼 책보이었다. 벤또 하나만 싸면 공장의 계집애나 뼈쓰껄로 알까 봐서 그 무서운 잡지책들을 힘 드는 줄도 모르고 들고 왔다 갔다 하는 것이 아니냐. 그래 놓고는 저녁에 돌아올 때면 웬 도적놈 같은 무서운 중학생놈이 쫓아오고 한다고 늘 성화다.

"그눔 대리를 꺾어놓지."

이렇게 딸의 비위를 맞추어 병든 아버지는 이불 속에서 큰소리다. 그리고 아침마다 딸 맘에 떡 들도록 그 책보를 싸는 것도 역 그의 일이었다. 정성스리 귀를 내어[16] 문밖으로 두 손으로 내받치며

"애! 일찍안이 돌아오너라, 감기 들라."

이런 걸 보면 영애는 또 마음이 마뜩지 않았다. 딸에게 구리칙칙히 구는 아버지는 보기가 개만도 못하나 했다. 그래 아끼꼬와 쓸데 직게 주고받고 다툰 일까지 있다.

"그럼 딸의 거 얻어먹구 그렇지도 않어?"

"그러니 더 든적스럽지[17] 뭐냐?"

"든적스럽긴 얻어먹는 게 든적스러, 몸에 병은 있구 그럼 어떡허니? 애두! 너무 빠장빠장 우기는구나!"

아끼꼬는 샐쭉 토라지다 고개를 다시 돌리어 옹크라뜯는 소리로

"너 느 아버지가 팔아먹었다지, 그래 네 맘에 좋냐?"

"애두! 절더러 누가 그런 소리 하라나?" 하고 영애는 더 덤비지 못하고 그제서는 눈으로 치마를 걷어 올린다. 이렇게까지 영애는 그 병쟁이가 몹

---

16 귀(가) 나다 : 물건의 모서리가 반듯하지 아니하고, 한쪽으로 실그러지다. 귀를 내다 : 귀퉁이가 반듯하게 보이도록 만들다

17 든적스럽다 : 던적스럽다. 하는 짓이 보기에 아주 치사스럽고 더러운 데가 있다

시도 싫었다. 누렇게 말라붙은 그 얼굴을 보고 김마까라는 별명을 지을 만치 그렇게 밉살스럽다. 왜냐면 어느 날 김마까가 영애의 영업을 방해하였다.

그날은 어쩐 일인지 김마까가 초저녁부터 딸과 싸운 모양이었다. 새로 두 점쯤 해서 영애가 들어오니까 둘이 소군소군하고 싸우는 맥이다. 가뜩이나 엄살을 부리는데다 더 흉측을 떨며

"어이쿠! 어이쿠! 하나님 맙시사!"

그렇지 않으면

"하나님! 날 잡아가지 왜 이리 남겨두슈—"

아래윗칸을 흙벽으로 막았으면 좋을 걸 얇은 빈지[18]를 드리고 종이로 발랐다. 윗칸에서 부시럭 소리만 나도 아래칸까지 고대로 흘러든다. 그 벽에다 머리를 쾅쾅 부지지며

"어이구! 이눔의 팔자두!"

제깐에는 딸 앞에서 죽는다고 결기[19]를 날이는 꼴이다. 그러면 딸은 표독스러운 음성으로

"누가 아버지보고 돌아가시랬어요? 괜히 남의 비위를 긁어놓구 그러시네!"

"늙은이보구 담밸 끊으라는 게 죽으라는 게지 뭐야!"

"그게 죽으라는 거야요? 남 들으면 정말로 알겠네—"

딸이 좀더 볼멘소리로 쏘아박으니 또다시

---

18 빈지 : '널빈지'의 준말. '널빈지'는 한 짝씩 끼었다 떼었다 하게 만들어진 문. 흔히 가게에서 앞에 문 대신 씀

19 결기 : 못마땅한 것을 참지 못하고 성을 내거나 왈칵 행동하는 성미. 결바르고 결단성 있게 행동하는 성질.

"어이구! 이놈의 팔자두!"

벽에 머리를 부지지며 어린애같이 꿱꿱 울고 앉았다. 질긴 귀로도 못 들을 징그러운 그 울음소리—

가물에 빗방울같이 모처럼 끌고 왔던 영애의 손님이 이마를 접는다. 그리고 아주 말없고 취한 자리로 비틀비틀 쪽마루로 내걷는다. 되는 대로 구두짝이 끌린다.

"왜 가셔요?"

"요담 또 오지."

"여보서요! 이 밤중에 어딜 간다구 그러셔요?" 하고 대문간서 그 양복을 잡아챈다 마는 허황한 손이 올라와 툭툭 털어버리고

"요담 또 오지."

그리고 천변을 끼고 비틀거리는 술 취한 길음이다. 영애는 눈에 독이 잔뜩 올라서 한 전등이 둘 셋씩 보인다. 빈 방 안에 홀로 누워서 입 속으로 김마까를 악담을 하며 눈물이 핑 돈다.

벌써 한 점 사십오 분. 영애는 디툭디툭 들어오며 살집 좋은 얼굴이 싱글벙글이다. 손에는 통통한 과자봉지, 미닫이를 여니 윗목 구석에 쓸어박은 헌 양말짝, 때 절은 속곳, 보기에 어수산란타.

"벌써 오니? 좀더 있지—"

"애두! 목욕허구 온단다."

"목욕은 혼자 가니?" 하고 좀 삐지려 한다.

"그래 너 줄라구 과자 사왔어요—"

"그럼 그렇지, 우리 영애가!"

요강에서 손을 뽑으며 긴히 달겨든다. 아끼꼬는 오줌을 눌 적마다 요강에 받아서는 이 손을 담그고 한참 있고 저 손을 담그고 그러나 석 달

이나 넘어 그랬건만 손결이 별루 고와진 것 같지 않다. 그 손을 수건에 닦고 나서

"모두 나마까시[20]만 사왔구나?"

우선 하나를 덥썩 물어뗀다.

"그 손으로 그냥 먹니? 애! 난 싫단다!"

"메 더러워? 저두 오줌은 누면서 그래."

"그래두 먹는 것하구 같으냐?" 하지만 영애는 아끼꼬보다 마음이 훨씬 눅었다. 더 타내지[21] 않고 그런 양으로 앉아서 같이 집어먹는다. 그의 마음에는 아끼꼬의 생활이 몹시 부러웠다. 여러 손님의 사랑에 고이며 이쁜 얼굴을 자랑하는 아끼꼬. 영애 자신도 꼭 껴안아주고 싶은 아담스러운 그런 얼굴이다.

"그의 은제 갔니?"

"새벽녘에 내뺐단다. 아주 숫배기[22]야."

"넌 참 좋겠다. 나두 연애 좀 해봤으면!"

"허려무나, 누가 허지 말라니!"

"아니 너 같은 연앤 싫어, 정신으로만 허는 연애 말이지." 하고 어딘가 좀 뒤둥그러진 소리 .

"오! 보구만 속 태우는 연애 말이지?" 하긴 했으나 아끼꼬는 어쩐지 영애에게 너무 심하게 한 듯싶었다. 가뜩이나 제 몸 못난 걸 은근히 슬퍼하는 애를—

"애! 별소리 말아요. 연애두 몇 번 해보면 다 시들해지는 걸 모르니?

---

20 나마까시 : なまかし . 일본 생과자
21 타내다 : 남의 결함이나 잘못을 드러내어 탓하다
22 숫배기 : '숫보기'의 잘못. 숫된 사람. 숫총각이나 숫처녀

난 일상 맘 편히 혼자 지내는 네가 부럽더라!" 하고 슬그머니 한번 문질러주면

"네가 부러워? 애두! 괜히 저러지."

영애는 이렇게 부인은하면서도 벙싯하고 짜정 우월감을 느껴보려 한다. 영애도 한때에는 주체궂은[23] 살을 말리고자 아편도 먹어봤다. 남의 말대로 듬뿍 먹었다가 꼬박이 이틀 동안을 일어나도 못하고 고생하던 생각을 하면 시방도 등어리가 선뜩하다. 그러나 영애에게도 어쩌다 염서가 오는 것은 참 신통한 일이라 안할 수 없다.

"또 뭐 뒤져갔니?" 하고 영애는 의심이 나서 제 경대 서랍을 뒤져본다. 과연 며칠 전 어떤 전문학교 학생에게 받은 끔찍이 귀한 연애편지가 또 없어졌다. 사내들은 어째서 남의 계집애 세간을 뒤져가기 좋아하는지 그 심사는 참으로 알 수 없고

"또 집어갔구나? 이럼 난 모른단다!"

영애는 고만 울상이 된다.

"뭐?"

"편지 말이야!"

"무슨 편지를?"

"왜 요전에 받은 그 연애편지 말이야."

"저런! 그 망할 자식이 그건 뭣 하러 집어가, 난 통히 보덜 못했는데— 수줍은 척하더니 아니 숭악한 자식이로군!"

아끼꼬는 가는 눈썹을 더욱이 잰다. 그리고 무색한 듯이 영애의 눈치만 한참 바라보더니

---

23 주체궂다 : 처리하기 어려울 만큼 짐스럽고 귀찮은 데가 있다

"내 톨스토이보고 하나 써 달라마. 그럼 이담 연애편지 쓸 때 그거 보구 쓰면 고만 아냐!" 하고 곱게 달랜다. 그러나 과연 톨스토이가 하나 써 줄는지 그것도 의문이다. 영애가 벌써 전부터 여기를 떠나자고 졸라도 좀좀 하고 망설이고 있는 아끼꼬! 그런 성의를 모르고 톨스토이는 아끼꼬를 보아도 늘 한양으로[24] 대단치 않게 지나간다. 그렇다고 한때는 뻬쓰껠에게 맘을 두었나 하고 의심도 해봤으나 실상은 그런 것도 아닐 것이다. 낮에 사직원 산으로 올라가면 아끼꼬는 가끔 톨스토이를 만난다. 굵은 소나무 줄기에 등을 비겨대고 먼 하늘만 정신없이 바라보고 섰는 톨스토이다. 아끼꼬가 그 앞을 지나가도 못 본 척하고 돌떠보도 않는다. 약이 올라서 속으로 망할 자식 하고 욕도 하여본다. 그러나 나중 알고 보면 못 본 척이 아니라 사실 눈 뜨고 못 보는 것이다. 그렇게 등신같이 한눈을 팔고 섰는 톨스토이다. 이걸 보면 아끼꼬는 여자고보를 중도에 퇴학하던 저의 과거를 연상하고 가엾은 생각이 든다. 누님에게 얻어먹고 저러구 있는 것이 오작 고생이랴. 그리고 학교 때 수신 선생이 이야기하던 착하고 바보 같다던 그 톨스토이가 과연 저런 건지 하고 객쩍은 조바심도 든다.

아끼꼬는 기침을 캑 하고 그 앞으로 다가선다. 눈을 깜박깜박하며
"선생님! 뭘 그렇게 생각하셔요?" 하고 불쌍한 낯을 하면
"아니오—" 하고 어색한 듯이 어물어물하고 만다.
"그렇게 섰지 마시고 좀 운동을 해보셔요."
하도 딱하여 아끼꼬는 이렇게 권고도 하여본다.
"오늘은 방을 좀 치워야 하겠소. 여기 내 조카도 지금 오고했으니까—"

---

24 한양으로 : 한결같은 모습으로

주인 마누라는 악이 바짝 올라서 매섭게 쏘아본다. 방에서만 꾸물꾸물 방패매기²⁵를 하고 있는 톨스토이가 여간 밉지 않다.

"아, 여보! 방의 세간을 좀 치워줘요. 그래야 오는 사람이 들어가질 않소?"

"사날만 더 참아줍쇼. 이번엔 꼭 내겠습니다."

"아니 뭐 사글세를 안 낸대서 그런 게 아니오. 내가 오늘부터 잘 데가 없고 이 방을 꼭 써야 하겠기에 그래서 방을 내달라는 것이지―"

양복바지를 거반 엉덩이에 걸친 버드렁니가 이렇게 허리를 쓱 편다. 주인 마누라가 툭하면 불러온다는 저의 조카라는 놈이 필연 이걸 게다. 혼자 독학으로 부청²⁶에까지 출세를 한 굉장한 사람이라고 늘 입의 침이 말랐다. 그러나 귀처진 눈은 말고 헤 벌어진 입에 양복 입은 체격하고 별루 굉장한 것 같지 않다. 게다 얼짜가 분수 없이 뻐팅길려고

"참아주시던 길이니 며칠만 더 참아주십시오."

이렇게 애걸하면

"아 여보! 당신만 그래 사람이오?" 하고 제법 삿대질까지 할 줄 안다.

"저런 자식두! 못두 생겼네 저게 아마 경성부 고쓰깽인²⁷ 거지?"

"글쎄 그래도 제법 넥타이 다 잡숫구." 하고 손가락이 들어가 문의 구멍을 좀 더 후벼판다 마는 아끼꼬는 구렁이(주인 마누라)의 속을 빼얀히 다 안다. 인젠 방세도 싫고 세 방사람을 다 내쫓을려 한다. 김마까나 아끼꼬는 겁이 나서 차마 못 건드리고 제일 만만한 톨스토이부터 우선 몰아낼려는 연극이었다.

---

25 방패매기 : 방패막이. 앞으로 닥쳐 올 일이나 성가신 일에 대하여 꾀를 부리어 막아내는 일.
26 부청 : 일제 강점기에, 부(府)의 행정 사무를 처리하던 관청
27 고쓰깽이 : こつかい. 심부름꾼. 使者. 김使

"저 구렝이 좀 봐라, 옆에 서서 눈짓을 즈가며 자꾸 씨기지."[28]

"글쎄 자식도 얼간이가 아냐? 저의 아즈멈 시키는 대로 놀구 섰네."

"아쭈 얼짜가 뻐팅긴다. 지가 우와기를 벗어놓면 어쩔 테야 그래? 자식두!"

"톨스토이가 잠자쿠 앉았으니까 약이 올라서 저래, 맞부리는 게 밉살머리궂지? 자식 그저 한 대 앵겨줬으면."

"내가 한 대 먹이면 저거 고택골[29] 간다. 그래니깐 아끼꼬한테 감히 못 오지 않어?"

주먹을 이렇게 들어 뵈다가 고만 영애의 턱을 치질렀다. 영애는 고개를 저리 돌리어 또 빼쭉하고

"얘 이럼 난 싫단다!"

"누가 뭐 부러 그랬니, 또 빼쭉하게?" 하고 아끼꼬도 좀 빼쭉하다가 슬슬 눙치며

"그래 잘못했다. 고만두자 쓱쓱쓱—"

영애의 턱을 손등으로 문질러주고

"쟤! 저것 봐라, 놈은 팔을 걷고 구렁이는 마루를 구르고 야단이다."

"얘 재밌다, 구렁이가 약이 바짝 올랐지?"

"저 자식 보게, 제 맘대로 남의 방엘 막 들어가지 않어?"

아끼꼬가 영애에게 눈을 크게 뜨니까

"뭐 일을 칠 것 같지? 병신이 지랄한다더니 정말인가베!"

"저 자식이 남의 세간을 제 맘대로 내놓질 않나? 경을 칠 자식!"

---

28 씨기다 : 시키다
29 고택골 : 지금의 서울특별시 은평구 신사동에 해당하는 마을의 옛 이름. 공동표지가 있었다 하며, '고택골 가다'란 '죽다'를 속되게 이르는 말이다.

"그건 나물애 뭘 해, 그저 톨스토이가 바보야! 그래도 부처같이 잠자코 앉았지 않어? 세상엔 별 바보두 다 많어이!"

아끼꼬는 그건 들은 체도 안 하고 대뜸 일어선다. 미닫이가 열리자 우람스러운 걸음 한숨에 안마루로 올라서며 볼멘소리다.

"아니 여보슈! 남의 세간을 그래 맘대로 내놓는 법이 있소?"

"당신이 웬 챙견이오?"

얼짜는 톨스토이의 책상을 들고나오다 방문턱에 우뚝 멈춘다. 눈을 휘둥그렇게 뜨고 주저주저하는 양이 대담한 아끼꼬는 저윽이 놀란 모양—

"오늘부터 내가 여기서 자야 할 테니까—그래서—방을 치는데—"

얼짜는 주변성 없는 말로 이렇게 굳다가

"당신 맘대로 방은 치는거요?"

"그럼 내 방 내 맘대로 치지 누구에게 물어본단 말이유?" 하고 제법 을딱딱[30]이긴 했으나 뒷갈망은 구렁이에게 눈짓을 슬슬 한다.

"그렇지 내 방 내가 치는데 누가 뭐할턱 있나?"

"당신 맘대론 안 되우, 그 책상 도루 저리 갖다놓우. 사글세 내란다든지 하는 게 옳지 등을 밀어 내쫓는 경우가 어딨단 말이오?"

"아니 아끼꼬는 제거나 낼 생각하지 웬 걱정이야? 저리 비켜서!"

구렁이는 문을 막고 섰는 아끼꼬의 팔을 잡아댕긴다. 에패는 찍 소리 없이 눌러왔지만 오늘은 얼짜를 잔뜩 믿는 모양이다. 이걸 보고 옆에 섰던 영애가 또 아니꼬워서

"제거라니? 누구 보구 저야? 이 늙은이가 눈깔이 뺐나!" 하고 그 팔을 뒤로 홱 잡아챈다. 늙은 구렁이와 영애는 몸 중량의 비례가 안 된다. 제

---

30 을딱딱 : 무서운 말로 협박하다

풀에 비틀비틀 돌더니 벽에 가 쿵 하고 쓰러진다. 그러나 눈을 감고 턱이 떨리는 아이고 소리는 엄살이다.

얼짜가 문턱에 책상을 떨구더니 용감히 홱 넘어 나온다. 아끼꼬는 저 자식이 더럽게 달마찌[31]의 흉내를 내는구나 할 동안도 없이 영애의 뺨이 쩔꺽—

"이년아! 늙은이를 쳐?"

"아 이 자식 보래! 누기 뺨을 때려?"

아끼꼬는 악을 지르자 그 석대[32]를 뒤로 잡아서 낚아친다. 마루 위에 놓였던 다듬이 돌에 걸리어 얼짜는 엉덩방아가 쿵 하고. 잡은참 날아드는 숯보구니는 독 오른 영애의 분풀이다.

그러자 또 아랫방문이 홱 열리고 지팡이가 김마까를 끌고 나온다.

"이 자식이 웬 자식인데 남의 계집애 뺨을 때려? 온 이런 망하다 판이 날 자식이 눈에 아무것두 뵈질 않나—. 세상이 망한다 망한다 한대두만 이런 자식은."

김마까는 뜰에서부터 사방이 들으라고 왁짝 떠들며 올라온다. 구렁이한테 늘 쪼여지내던 원한의 복수로 아끼꼬와 서로 멱살잡이로 섰는 얼짜의 복장을 지팡이는 내질른다.

"이런 염병을 하다 땀통이 끊어질 자식이 있나!"

그와 동시에 김마까는 검불같이 뒤로 벌렁 나자빠졌다. 내댔던 지팡이가 도루 물러오며 빠짝 말른 허구리를 쳤던 것이다. 개신개신[33] 몸을 일

---

31 달마찌 : 1930년대 활동한 할리우드의 활극 영화배우
32 석대 : 혁대의 사투리
33 개신개신 : ① 게으르거나 기운이 없어 자꾸 나릿나릿 힘없이 행동하는 모양. ② 좀스럽게 눈치를 보며 반기지 않는 데를 자꾸 찾아다니는 모양

으집으며 김마까는 구시월 서리 맞은 두사가 된다.

"이 자식아! 너는 니 애비두 없니?"

대뜸 지팡이는 날아들어 얼짜의 귓배기를 내려갈긴다. 딱 하고 뼈 닿는 무된 소리. 얼짜는 고개를 푹 꺾고 귀에 두 손을 들이대자 죽은 듯이 꼼짝 못한다.

아끼꼬도 얼짜에게 뺨 한 개를 얻어맞고 울고 있었다. 이 좋은 기회를 타서 얼짜의 등뒤로 빨간 얼굴이 달겨든다. 이걸 권투식으로 집어셀까[34] 하다 그대로 그 어깻죽지를 뒤로 물고 늘어진다. 아 아 이렇게 외마디 소리를 아가리를 딱딱 벌린다. 그리고 뒤통수로 암팡스리 날아든 것은 영애의 주먹이다.

톨스토이는 모두가 미안쩍고 따라 제 풀에 지질러서 어쩔 줄을 모른다. 옆에서 눈을 흘기는 영애도 모르고

"놓셔요, 고만 놓셔요, 이거 이럼 어떡헙니까?" 하며 아끼꼬의 등을 두 손으로 흔든다. 구렁이도 벌벌 떨어가며

"이년이 사람을 뜯어먹을 텐가 안 놓니 이거 안 놔?"

아끼꼬를 대구 잡아당기며 얼른다. 그러나 잡아당기면 당길수록 얼짜는 소리를 더 지른다. 이러다간 일만 크게 벌어질 걸 알고 구렁이는 간이 고만 달룽한다. 이번 사품에 안방 미닫이는 설쭉이[35] 부러지고 뒤주 위에 얹혔던 대접이 둘이나 떨어져 깨졌다. 잔뜩 믿었던 조카는 저렇게 죽게 되고 이러단 방은 커녕 사람을 잡겠다. 생각하고 그는 온몸이 덜덜 떨리었다. 게다 모지게 내려치는 김마까의 지팡이—

---

34 집어세다 : ① 주책없이 함부로 막 먹다. ② 말과 행동으로 닦달하다. ③ (남의 것을) 마음대로 가지다
35 설쭉이 : 설주가

구렁이는 부리나케 대문 밖으로 나왔다. 골목길을 내려오며 뒤에 날리는 치맛자락에 바람이 났다.

"사글세를 내랬으면 좋지 내쫓을라구 하니까 그렇게 분란이 일구 하는 게 아니야?"

"아닙니다. 누가 내쫓을랴구 그래요, 세를 내라구 그러닌깐 그렇게 아끼꼬라는 년이 올라와서 온통 사람을 뜯어먹고 그러는군요!"

"말 마라, 내쫓을랴구 헌 걸 아는데 그래, 요전에도 또 한 번 그런 일이 있었지?"

순사는 노파의 뒤를 따라오며 나른한 하품을 주먹으로 끈다. 푹하면[36] 와서 찐대[37]를 붙은 노파의 행세가 여간 귀찮지 않다. 조꼬맣게 말라붙은 노파의 신 머리쪽을 바라보며

"올에 몇 살이냐?"

"그년 열아홉이죠. 그런데 그렇게ㅡ."

"아니 노파 말이야?"

"네 제 나요? 왜 쉰일곱이라구 전번에 여쭸지요. 그런데 이 고생을 하는군요." 하고 궁상스리 우는 소리다.

노파는 김마까보다도 톨스토이보다도 누구보다도 아끼꼬가 가장 미웠다. 방세를 받을랴도 중뿔나게 가루맡아서 지랄하기가 일쑤요 또 밤낮 듣기 싫게 창가질이요 게다 세숫물을 버려도 일부러 심청궂게 안마루 끝으로 홱 끼얹는 아끼꼬. 이년을 이번에는 경을 흠씬 치도록 해야 할 텐데 속이 간질대서 그는 총총걸음을 치다가 돌뿌리에 채기에 고만 나가둥

---

36 푹하면 : 툭하면
37 찐대 : 진대. 남에게 기대어 떼를 쓰다시피하여 괴롭히는 짓. 진대(를) 붙이다 : 남에게 떼를 쓰다시피 괴롭게 굴다

그러진다. 그 바람에 쓰레기통 한 귀에 내뺃은 못에 가서 치맛자락이 찌익 하고 짚어진다.[38]

"망할 자식 같으니 씨레기통의 못두 못 박았나!" 하고 흙을 털고 일어나며 역정이 난다. 그 꼴을 보고 순사는 손으로 웃음을 가린다.

"그봐! 이젠 다시 오지 마라. 이번엔 할 수 없지만 또 다시 오면 그땐 노파를 잡아갈테야?"

"네— 다시 갈 리 있겠습니까, 그저 이번에 그 아끼꼬란 년만 흠씬 버릇을 아르켜 주십시요, 늙은이보구 욕을 않나요 사람을 치질 않나요! 그리고 아직 핏대도 다 안 마른 년이 서방이 몇인지 수가 없어요!"

순사는 코대답을 해 가며 귓등으로 듣는다. 너무 많이 들어서 인제는 흥미를 놓친 까닭이었다. 갈팡질팡 문지방을 넘다. 또 고까라질랴는 노파를 뒤로 부축하며 눈살을 찌푸린다. 알고 보니 심삭대로 노파 허풍에 또 속은 모양이었다. 살인이 났다고 짓떠들더니 임장[39]하여 보니까 조용한 집안에 웬 낯설은 양복쟁이 하나만 마루 끝에서 천연스리 담배를 필 뿐이다. 그리고는 장독 사이에서 왔다갔다 하며 뭘 주워 먹는 생쥐가 있을 뿐 신발짝 하나 난잡히 놓이지 않았다. 하 어처구니가 없어서,

"어서 죽었어?"

"어이구 분해! 이것들이 또 저를 고랑땡[40]을 먹이는군요! 입때까지 저 마룽[41]에서 치고 차고 깨물고 했답니다."

노파는 이렇게 주먹으로 복장을 찧며 원통한 사정을 하소한다. 왜냐

---

38 짚어진다 : 찢어진다
39 임장 : 현장에 나오다
40 고랑땡 : 골탕
41 마룽 : '마루'의 방언

면 이것들이 이 기맥을 벌써 눈치 채고 제각기 헤져서 아주 얌전히 박혀 있다. 아끼꼬는 문을 닫고 제 방에서 콧노래를 부르고 지팡이를 들고 날뛰던 김마까는 언제 그랬더냐 듯이 제 방에서 끙, 끙 여전한 신음 소리. 이렇게 되면 이번에도 또 자기만 나물리키게 될 것을 알고

"어이구 분해! 어이구 분해!"

주먹으로 복장을 연방 들두들기다 조카를 보고

"얘— 넌 어떻게 돼서 이렇게 혼자 앉었니?"

"뭘 어떻게 돼요 되긴?" 하고 눈을 지릅뜨는 그 대답은 썩 퉁명스럽고 걱세다. 이런 화중[42]으로 끌고 온 아즈멈이 몹시도 밉고 원망스러운 눈치가 아닌가. 이걸 보면 경은 무던히 치고 난 놈이다.

"어이구 분해! 너꺼정 이러니!"

"뭘 분해? 이 망할것아!"

순사는 소리를 빽 지르고 도루 돌아설랴 한다.

"나리! 저걸 보셔요, 문 부서진 것하구 대접 깨진 걸 보셔두 알지 않어요?"

"어떤 조카가 죽었어 그래?"

"이것이 그렇게 죽도록 경을 치고두 바보가 돼서 이래요!"

"바보면 죽어두 사나?" 하고 순사는 고개를 디밀어 마루께를 살펴보니 딴은 그릇은 깨지고 문은 부서졌다. 능글맞은 노파가 일부러 그런 줄은 아나 그렇다고 책임상 그냥 가기도 어렵다. 퍽두 극성스러운 늙은이라 생각하고

"누가 그랬어 그래?"

---

42 화중 : 火中. 불 속

"저 아끼꼬가 혼자 그랬어요!"

"아끼꼬! 고반[43]까지 같이 가."

"네! 그러셔요."

하도 여러 번 겪는 일이라 이제는 아주 익숙하다. 저고리를 갈아입으며 웃는 얼굴로 내려온다. 그러나 순사를 따라 대문을 나설 적에는 고개를 모로 돌리어 구렁이에게 몹시 눈총을 준다.

순사는 아끼꼬를 데리고 느른한 걸음으로 골목을 꼽든다. 쪽다리를 건너니 화창한 사직원 마당, 봄이라고 땅의 잔디는 파릇파릇 돋았다. 저 위에선 투덕거리는 빨래 소리. 한옆에선 풋뽈을 차느라고 날뛰고 떠들고 법석이다. 뿌웅 하고 음충맞게 내대는 자동차의 사이렌. 남치마에 연분홍 저고리가 버젓이 활을 들고 나온다. 그리고 키 훌쩍 큰 놈팽이는 돈지갑을 내든다.

"너 왜 또 말썽이냐?" 하고 순사는 고개를 돌리어 아끼꼬를 씽긋이 흘겨본다. 그는 노파가 왜 그렇게 아끼꼬를 못 먹어서 기를 쓰는지 영문을 모른다. 노파의 눈에도 아끼꼬가 좀 귀여울 텐데 그렇게 미울 때에는 아마 아끼꼬가 뭘 좀 먹이질 않아 틀렸는지 모른다. 그렇지 않으면 다른 사람 다 제쳐놓고 아끼꼬만 씹을 리가 없다. 생각하다가

"뭘 말썽이유 내가?"

"네가 뭐 쥔마누라를 깨물고 사람을 죽이구 그런다며? 그리구 요전에도 카페서 네가 손님을 쳤다는 소문도 들리지 않니?" 하고 눈살을 찝고 웃어 버린다. 얼굴 똑똑한 것이 아주 헐수없는 계집애라고 돌릴 수밖에 없다.

---

43 고반 : 일제시대의 파출소

"난 그런지 몰루!"

아끼꼬는 땅에 침을 탁 뱉고 아주 천연스리 대답한다. 그리고 사직원의 문간쯤 와서는

"이담 또 만납시다."

제멋대로 작별을 남기고 저는 저대로 산 쪽으로 올라온다.

활텃길[44]로 올라오다 아끼꼬는 궁금하야 뒤를 한 번 돌아본다. 너무 기가 막혀서 벙벙히 바라보고 있다가 다시 주먹으로 나른한 하품을 끄는 순사. 한편에선 날뛰고 자빠지고 쾌활히 공을 찬다. 아끼꼬는 다시 올라가며 저도 남자가 됐드라면 '풋뽈'을 차볼 걸 하고 후회가 막급이다. 그리고 산을 한 바퀴 돌아 내려가서는 이번엔 장독대 위에 요강을 버리리라 결심을 한다. 구렁이는 장독대 위에 오줌을 버리면 그것처럼 질색이 없다.

"망할 년! 이번에 봐라, 내 장독 위에 오줌까지 깔길 테니!"

이렇게 아끼꼬는 몇 번 몇 번 결심을 한다.

(1937.2, 조광)

---

44 활터 : 활쏘기를 하는 곳. 射場

작품 해설

「따라지」는 김유정이 작고하기 한 달 전인 1937년 2월에 『조광』에 발표한 작품이다. 초기 작품에서 보여 주던 토속적이고 서정적인 분위기에서 벗어나 인텔리 실업자 문제와 도시 빈민들의 삶에 대한 현실 인식을 보여주고 있는 작품이다.

제복 공장에 다니는 누이와 그녀에 얹혀사는 젊은 소설가 톨스토이, 버스걸(버스 차장)과 그녀의 병든 아버지, 그리고 카페 여급인 아끼꼬와 영애 등 보잘 것 없고 하찮은 사람들의 이야기다. 이들 대부분은 농촌에서 더 이상 살 길을 찾지 못하여 상경했지만 도시에서도 경제적인 문제를 해결하지 못하고 극빈자로 살아가야 하는 비참한 따라지들이다.

이 작품에서 각 방에 세 들어 사는 '따라지'들을 살펴보자.

먼저, 제복 공장에 다니는 누나와 그녀에게 얹혀사는 무직의 톨스토이가 있다. 누나는 힘든 공장살이를 악착같이 견디며 자신과 동생의 생계를 책임지고 있다. 반면 동생 톨스토이는 생업도 없고 무기력하다. 이런 동생에게 누나는 '네가 내 살을 뜯어 먹는 거야'라며 하루에도 몇 번씩 포악을 부린다. 여기서 한 가지 흥미로운 사실은 이들이 김유정과 그의 둘째 누나의 모습과 흡사하다는 점이다. 김유정의 둘째 누나는 열네 살에 시집을 갔지만 잠자리까지 감시하는 시어머니의 박대를 견디지 못하고 뛰쳐나온 인물이다. 그야말로 조혼의 희생자라 할 수 있다. 그런데 친정에서마저 출가외인이라고 내쫓김을 당한다. 그렇게 어려움을 겪는 중에 직업을 구했는데 소격동에 있는 경무과 분실 양복부였다. 십여 년이나 계속된 공장살이는 원래 성질이 급하고 변덕이 심한 그의 누나를 히스테리성 환자로 만들었다. 이혼, 공장살이, 가난, 김유정의 병구완 등으로 시달린 누나는 급기야 정신질환에 가까운 히스테리를 동생 김유정에게 쏟아 붓는다.

아끼꼬는 열아홉의 나이로 카페 여급 일을 하는 인물이다. 당시의 매춘 행위는 일확천금이나 쾌락의 추구가 아니라 살기 위한 최후의 수단으로 볼 수 있다. 일제에 의한 토지 조사사업과 제1차 세계대전 후의 불경기 등이 겹쳐 생활고가 극에 달하자 매춘을 택하는 여성들이 많아졌다. 이런 극한상황을 살아가고 있기 때문에 아끼꼬는 어린 여성의 모습보다는 억척스럽고 때때로 이기적인 모습을 보인다. 하지만 그녀도 어쩔 수 없는 어린 소녀로 문학청년 톨스토이에게 마음을 두기도 한다. 여기서 눈여겨보아야 할 점이 있는데, 바로 그녀의 사랑 표현 방식이 적극적이라는 것이다. 이런 적극성은 연애에서 남성이 능동적이고 여성은 수동적이어야 한다는 고정 관념을 깨뜨린다. 또한 톨스토이가 방에서 쫓겨날 위기에 처했을 때 항의하고 해결하려는 적극적인 모습은 여성의 당당함을 표출하며 다른 작품에 나타나고 있는 남성 중심의 상하수직 관계가 전복되고 있다.

끝으로 버스 걸과 그녀의 아버지가 있다. 늙고 병든 아버지의 생계를 책임지고 있는 딸의 비위를 맞추기 위해 아버지는 아침마다 보지도 않는 헌 잡지를 포개고 그 사이에 도시락을 넣어 준다. 옆방의 영애는 이런 버스 걸의 아버지를 개만도 못하다며 비난한다. 이는 경제적인 능력이 부권보다 절대적인 우위에 놓여 있음을 보여주는 장면이다. 전통 사회가 붕괴되고 사회 구조가 개편되면서 가부장의 절대적 권위와 역할이 축소되었고 이에 따라 가부장제의 권위에 위기가 온 것이다.

땡볕

　우람스리 생긴 덕순이는 바른팔로 왼편 소맷자락을 끌어다 콧등의 땀 방울을 훑고는 통안 네거리에 와 다리를 딱 멈추었다. 더위에 익어 얼굴은 벌건히 사방을 둘러본다. 중복허리의 뜨거운 땡볕이라 길 가는 사람은 저편 처마 끝으로만 배앵뱅 돌고 있다. 지면은 번들번들히 닳아 자동차가 지날 적마다 숨이 탁 막힐만치 무더운 먼지를 풍겨놓는 것이다.
　덕순이는 아무리 찾아보아도 자기가 길을 물어 좋을만치 그렇게 여유있는 얼굴이 보이지 않음을 알자, 소맷자락으로 또 한 번 땀을 훑어본다. 그리고 거북한 표정으로 벙벙히 섰다. 때마침 옆으로 지나는 어린 깍쟁이에게 공손히 손짓을 한다.
　"얘! 대학병원을 어디루 가니?"
　"이리루 곧장 가세요."
　덕순이는 어린 깍쟁이가 턱으로 가리킨 대로 그 길을 북으로 접어들며 다시 내걷기 시작한다. 내딛는 한 발짝마다 무거운 지게는 어깨에 박이고 등줄기에서 쏟아져 내리는 진땀에 궁둥이는 쓰라릴만치 물렀다. 속 타는 불길을 입으로 불어가며 허덕지덕 올라오다 엄지손가락으로 코를 힝 풀어 그 옆 전봇대 허리에 쓱 문댈 때에는 그는 어지간히 가슴이 답답하였다. 당장 지게를 벗어 던지고 푸른 그늘에 가 나자빠지고 싶은 생각이 굴뚝같으련만 그걸 못하니 짜증이 안 날 수 없다. 골피를 찌푸리어 데퉁스리

"빌어먹을 거! 왜 이리 무거!"

하고 내뱉을랴 하였으나, 그러나 지게 위에서 무색하여질 아내를 생각하고 꾹 참아 버린다. 제 속으로만 끙끙거리다 겨우

"에이 더웁다!"

하고 자탄이 나올 적에는 더는 갈 수가 없었다.

   덕순이는 길가 버들 밑에다 지게를 벗어 놓고는 두 손으로 적삼섶을 흔들어 땀을 들인다. 바람게 한 점 없는 거리는 그대로 타붙었고 그 위의 모래만 이글이글 달아간다. 하늘을 치어다보았으나 좀체로 빗맛은 못 볼 듯싶어 바상바상¹한 입맛을 다시고 섰을 때 별안간 댕댕 소리와 함께 발등에 물을 뿌리고 물차가 지나가니 그는 비로소 살은 듯이 정신끼가 반짝 난다. 적삼 호주머니에 손을 넣어 곰방대를 꺼내 물고 담배 한 대 붙이려 하였으나 훌쭉한 쌈지에는 어제부터 담배 한 알 없었던 것을 다시 깨닫고 역정스리 도루 집어넣는다.

"꽁무니가 배기지 않어?"

덕순이는 이렇게 아내를 돌아보다

"괜찮아요!"

하고 거진 죽어가는 상으로 글썽글썽 눈물이 고인 아내가 딱하였다. 두 달 동안이나 햇빛 못 본 얼굴은 누렇게 시들었고, 병약한 몸으로 지게 위에 앉아 까댁이는 양이 금시라도 꺼질 듯 싶은 그 아내였다.

---

1 바상바상 : 성질이 좀 가볍고 성급하다는 뜻의 북한말(순우리말). 바상바상하다 : 물기가 없어 보송보송하다. 또는 성질이 좀 가볍고 성급하다

덕순이는 아내를 이윽히 노려보다,

"아 울긴 왜 우는 거야?"

하고 눈을 부라렸으나

"병원에 가면 짼대겠지요."

"째긴 아무거나 덮어놓고 째나? 연구한다니까!"

하고 되도록 아내를 안심시킨다. 그러나 덕순이 생각에는 째든 말든 그건 차치해놓고 우선 먹어야 산다,고

"왜 기영이 할아버지의 말씀 못 들었어?"

"병원서 월급을 주구 고쳐준다는 게 정말인가요?"

"그럼, 노인이 설마 거짓말을 헐라구. 그래 시방두 대학병원의 이등박산가 뭐가 열네 살 된 조선 아이가 어른보다도 더 부대한 걸 보구 하두 이상한 병이라구 붙잡아 들여서 한 달에 십 원씩 월급을 수고, 그 뿐인가 먹이구 입히구 이래가며 지금 연구하구 있대지 않어?"

"그럼 나두 허구헌 날 늘 병원에만 있게 되겠구려?"

"인제 가봐야 알지 어떻게 되는지."

이렇게 시원스리 받기는 받았으나 덕순이 자신 역 기영 할아버지의 말이 꼭 믿어서 좋을지가 의문이었다. 시골서 올라온 지 얼마 안 되는 그로서는 서울일이라 호옥 알 수 없을 듯싶어 무료 진찰권을 내온 데 더 되지 않었다. 그렇다 하더라도 병이 괴상하면 할수록 혹은 고치기가 어려우면 어려울수록 월급이 많다는 것인데 영문 모를 아내의 이 병은 얼마짜리나 되겠는가,고 속으로 무척 궁금하였다. 아이가 십 원이라니 이건 한 십 오 원쯤 주겠는가, 그렇다면 병 고치니 좋고, 먹으니 좋고, 두루두루 팔자

를 고치리라고 속 안으로 육조배판²을 늘이고 섰을 때,

"여보십쇼! 이 채미 하나 잡숴보십소."

하고 조만침서 참외를 벌여 놓고 앉었는 아이가 시선을 끌어간다. 길쭘길쭘하고 싱싱한 놈들이 과연 뜨거운 복중에 하나 벗겨 들고 으썩 깨물어봄직한 참외였다. 덕순이는 참외를 이놈 저놈 멀거니 물색하여 보다 쌈지에 든 잔돈 사전을 얼른 생각은 하였으나 다음 순간에 그건 안 될 말이라고 꺽진³ 마음으로 시선을 걷어온다. 사전에 일 전만 더 보태면 희연 한 봉이 되리라고 어제부터 잔뜩 꼽여 쥐고 오던 그 사전, 이걸 참외값으로 녹여서는 사람이 아니다.

"지게를 꼭 붙들어!"

덕순이는 지게를 지고 다시 일어나며 그 십오원을 생각했던 것이니 그로서는 너무도 벅찬 희망의 보행이었다.

덕순이는 간호부가 지도하여 주는 대로 산부인과 문 밖에서 제 차례가 돌아오기를 기다리고 있었다. 아내는 남편이 업어다놓은 대로 걸상에가 번듯이 늘어져서 괴로운 숨을 견디지 못한다. 요량 없이 부어오른 아랫배를 한 손으로 치마째 걷어안고는 매 호흡마다 간댕거리는 야윈 고개로 가쁜 숨을 돌르고 있는 것이다. 게다가 수술실에서 들것으로 담아내는 환자와, 피고름이 엉긴 쓰레기통을 보는 것은 그로 하여금 해쓱한 얼굴로 이를 떨도록 하기에는 너무도 충분한 풍경이었다.

"너무 그렇게 겁내지 말아, 그래두 다 죽을 사람이 병원엘 와야 살아나가는 거야!"

덕순이는 아내를 위안하기 위하여 이런 소리도 하는 것이나 기실 아내

---

2 육조배판 : 한참 횡재를 꿈꾸고 있음을 뜻한다
3 꺽지다 : 성격이 억세고 꿋꿋하며 용감하다

붑지않게 저로도 조바심이 적지 않았다. 아내의 이 병이 무슨 병일까, 짜정 기이한 병이라서 월급을 타먹고 있게 될 것인가 또는 아내의 병을 씻은 듯이 고쳐 줄 수가 있겠는가, 겸삼수삼[4] 모두가 궁거웠다.[5]

이 생각 저 생각으로 덕순이는 아내의 상체를 떠받쳐 주고 있다가 우연히도 맞은켠 타구 옆땡이에가 떨어져 있는 궐연 꽁댕이에 한눈이 팔린다. 그는 사방을 잠깐 살펴보고 휑하게 가서 집어다가는 곰방대에 피워 물며 제 차례를 기다렸으나 좀체로 불러주질 않는 것이다. 이렇게 하여 그들은 허무히도 두 시간을 보냈다.

한 점을 사십 분 가량 지났을 때 간호부가 다시 나아와 덕순이 아내의 성명을 외는 것이다.

"네! 여깄습니다!"

덕순이는 허둥지둥 아내를 떨쳐업고 진잘실로 들어갔다.

간호부들이 달겨들어 우선 옷을 벗기고 주무를 제 아내는 놀랜 토끼와 같이 조고맣게 되어 떨고 있었다. 코를 찌르는 무더운 약내에 소름이 끼치기도 하려니와 한쪽에 번쩍번쩍 늘려놓인 기계가 더욱이 마음을 죄이게 하는 것이다. 아내가 너무 병신스리 떨므로 옆에 섰는 덕순이까지도 겸연쩍지 않을 수 없었다. 아내의 한 팔을 꼭 붙들어 주고, 집에서 꾸짖듯이 눈을 부르떠

"메가 무섭다구 이래?"

하고는 유리판에서 기계 부딪는 젤그럭 소리에 등줄기가 다 섬찍할 제

"언제부터 배가 이래요?"

간호부가 뚱뚱한 의사의 말을 통변한다.

---

4 겸삼수삼 : 겸사겸사
5 궁겁다 : '궁금하다'란 뜻의 순우리말

"자세히는 몰라두—"

덕순이는 이렇게 머리를 긁고는 아마 이토록 부르기는 지난 겨울부턴 가봐요, 처음에는 이게 애가 아닌가 했던 것이 그렇지두 않구요, 애라면 열 달에 날 텐데

"열석 달씩이나 가는 게 어딨습니까?"

하고는 아차 애니 뭐니 하는 건 괜히 지껄였군, 하였다. 그래 의사가 무에라고 또 입을 열 수 있기 전에 얼른 대미처

"아무두 이 병이 무슨 병인지 모른다구 그래요, 난생 처음 본다구요."

하고 몇 마디 더 엎었다.

덕순이는 자기네들의 팔자를 고칠 수 있고 없고가 이 순간에 달렸음을 또 한 번 깨닫고 열심히 의사의 입만 쳐다보고 있는 것이다. 마는 금테 안경 쓴 의사는 그리 쉽사리는 입을 열랴지 않았다. 몇 번을 거듭 주물러보고, 두드려보고, 들어보고, 이러기를 얼마 한 다음 시덥지 않게 저쪽으로 가 대야에 손을 씻어가며 간호부를 통하여 하는 말이

"이 뱃속에 어린애가 있는데요, 나오려다 소문[6]이 적어서 그대로 죽었어요. 이걸 그냥 둔다면 앞으로 일주일을 못 갈 것이니 불가불 수술은 해야하겠으나 또 그 결과가 반드시 좋다고 단언할 수도 없는 것이매 배를 가르고 아이를 꺼내다 만일 사불여의하여[7] 불행을 본다더라도 전혀 관계 없다는 승낙만 있으면 내일이라도 곧 수술을 하겠어요."

하고, 나어린 간호부는 조꼼도 꺼리낌 없는 어조로 줄줄 쏟아놓다가

"어떻게 하실 테야요?"

"글쎄요—"

---

6 소문 : 小門. 여기서는 '여자의 음부'를 완곡하게 이르는 말
7 사불여의하다 : 事不如意하다. 일이 뜻대로 되지 아니하다

덕순이는 이렇게 얼떨떨한 낯으로 다시 한 번 뒤통수를 긁지 않을 수
없었다. 간호부의 말이 무슨 소린지 다는 모른다 하더라도 속대중으로
저쯤은 알아채었던 것이니 아내의 생명이 위험하다는 그 말이 두렵기도
하려니와 겨우 아이를 뱄다는 것쯤, 연구거리는 못 되는 병인양 싶어 우
선 낙심하고 마는 것이다. 허나 이왕 버린 노릇이매
 "그럼 먹을 것이 없는데요—"
 "그건 여기서 입원시키고 먹일 것이니까 염려마셔요—"
 "그런데요 저—"
하고 덕순이는 열적은 낯을 무얼로 가릴지 몰라 주볏주볏
 "월급 같은 건 안 주나요?"
 "무슨 월급이요?"
 "왜 여기서 병을 고치면 월급을 주는 수도 있다지요."
 "제 병 고쳐주는데 무슨 월급을 준단 말이오?"
하고 맨망스리도[8] 톡 쏘는 바람에 덕순이는 얼굴이 고만 벌개지고 말았
다. 팔자를 고치려던 그 계획이 완전히 어그러졌음을 알자, 그의 주린 창
자는 다시금 척 꺾이며 두꺼운 손으로 이마의 진땀이나 훑어보는 밖에
별 도리가 없는 것이다. 허나 아내의 생명은 어차피 건져야 하겠기로 공
손히 허리를 굽씬 하며
 "그럼 낼 데리고 올게 어떻게 해주십시오."
하고 되도록 빌붙어 보았던 것이, 그때까지 끔찍끔찍한 소리에 얼이 빠져
서 멀뚱히 누웠던 아내가 별안간 기급을 하여 일어나 살뚱맞은[9] 목성으
로

---

8 맨망스럽다 : 보기에 맨망하다(요망스럽게 까부는 태도가 있다).
9 살뚱맞다 : 당돌하고 독살스럽다

"나는 죽으면 죽었지 배는 안 째요!"

하고 얼굴이 노랗게 되는 데는 더 할 말이 없었다. 죽더라도 제 원대로 나 죽게 하는 것이 혹은 남편 된 사람의 도릴지도 모른다. 아내의 꼴에 하도 어이가 없어

"죽는 거보담이야 수술을 하는 게 좀 낫겠지요!"

비소[10]를 금치 못하고 섰는 간호부와 의사가 눈에 보이지 않도록, 덕순이는 시선을 외면하여 뚱싯뚱싯 아내를 업고 나왔다. 지게 위에 올려 놓은 다음 엎디어 다시 지고 일어날려니 이게 웬일일까, 아까 오던 때와는 갑절이나 무거웠다. 덕순이는 얼마 전에 희망이 가득히 차 올라가던 길을 힘 풀린 걸음으로 터덜터덜 내려오고 있었다. 보지는 않아도 지게 위에서 소리를 죽이어 훌쩍훌쩍 울고 있는 아내가 눈앞에 환한 것이다. 학식이 많은 의사는 일자무식인 덕순이 내외보다는 더 많이 알 것이니 생명이 한 이레를 못 가리라던 그 말을 어쩨볼 도리가 없다. 인제 남은 것은 우중충한 그 냉골에 갖다 다시 눕혀 놓고 죽을 때나 기다리고 있을 따름이었다.

덕순이는 눈 위로 덮는 땀방울을 주먹으로 훔쳐가며 장차 캄캄하여올 그 전도를 생각해 본다. 서울을 장대고[11] 왔던 것이 벌이도 제대로 안 되고 게다가 인젠 아내까지 잃는 것이다. 지에미 붙을! 이놈의 팔자가, 하고 딱한 탄식이 목을 넘어오다 꽉 깨무는 바람에 한숨으로 터져버린다.

한나절이 되자 더위는 더 한층 무서워진다.

덕순이는 통째 짓무를 듯싶은 등어리를 견디지 못하여 먼젓번에 쉬어

---

10 비소 : 誹笑. 비웃음
11 장대다 : 마음속으로 기대하며 잔뜩 벼르다

가던 나무 그늘에 지게를 벗어 놓는다. 짬을 들여가며 아내를 가만히 내려보니 그 동안 고생만 시키고 변변히 먹이지도 못하였던 것이 갑자기 후회가 나는 것이다. 이럴 줄 알았더면 동넷집 닭이라도 훔쳐다 먹였던걸, 싶어

"울지 말아, 그것들이 뭘 아나? 제까진 게!"
하고 소리를 빽 지르고는
"채미 하나 먹어볼 테야?"
"채민 싫어요—"

아내는 더위에 속이 탔음인지 행길 건너 저쪽 그늘에서 팔고 있는 얼음냉수를 손으로 가리킨다. 남편이 한 푼 더 보태어 담배를 사려던 그 돈으로 얼음냉수를 한 그릇 사다가 입에 먹여까지 주니 아내도 황송하여 한숨에 들어킨다. 한 그릇을 다 먹고나서 하나 더 사다 주랴 물었을 때 이번에는 왜떡[12]이 먹구 싶다 하였다. 덕순이는 이것이 마지막이라는 생각으로 나머지 돈으로 왜떡 세 개를 사다주고는 그래도 눈물도 씻을 줄 모르고 그걸 오직오직 깨물고 있는 아내를 이윽히 바라보고 있었다. 그러나 아내가 무슨 생각을 하였는지 왜떡을 입에 문 채 훌쩍훌쩍 울며

"저 사춘형님께 쌀 두 되 꿔다 먹은 거 부대 잊지 말구 갚우."
하고 부탁할 제 이것이 필연 아내의 유언이리라고 깨닫고는
"그래 그건 염려 말아!"
"그러구 임자 옷은 영근 어머이더러 사정 얘길 하구 좀 빨아 달래우."
하고 이야기를 곧잘 하다가 다시 입을 이그리고 훌쩍훌쩍 우는 것이다.

---

12 왜떡 : 밀가루나 쌀가루를 반죽하여 얇게 늘여서 구운 과자

덕순이는 그 유언이 너무 처량하여 눈에 눈물이 핑 돌아가지고는 지게를 도루 지고 일어선다. 얼른 갖다 눕히고 죽이라두 한 그릇 더 얻어다 먹이는 것이 남편의 도릴 게다.

때는 중복허리의 쇠뿔도 녹이려는 뜨거운 땡볕이었다.

덕순이는 빗발같이 내려붓는 얼굴의 땀을 두 손으로 번갈아 훔쳐가며 끙끙 내려올 제, 아내는 지게 위에서 그칠 줄 모르는 그 수많은 유언을 차근차근 남기자, 울자, 하는 것이다.

(1937.2, 여성)

작품 해설

「땡볕」은 김유정이 가난과 병에 시달리다 작고하기 두 달 전인 1937년 2월 『여성』에 발표한 작품이다. 「정조」, 「따라지」 등과 함께 도시 빈민들의 비극적인 삶을 다룬 그의 후기 작품들 중 한 편이다.

「정조」에서는 주인공들이 영악한 처세로 서울에서의 삶의 근거를 마련하는 데 성공하지만, 「땡볕」에서는 가난을 피해 서울로 왔으나 가난을 벗어나기는커녕 부인의 죽음이라는 비극적 결말을 맞는 덕순이라는 인물이 등장한다. 땡볕 아래 걸어가는 덕순 부부의 모습을 통해 생존마저 위협받던 당대 빈민들의 삶의 비극을 여실히 보여주고 있다. 그렇게 본다면 제목이자 배경인 '땡볕'은 대단히 상징적인 것이라 할 수 있다.

이 작품은 아이러니를 통해 작가의 의도를 드러내고 있다. 덕순 부부가 가난을 극복하기 위해 올라온 서울이 아내를 죽게 만드는 절망의 공간이 된다든지, 아내의 병을 통해 월급을 타려고 했던 희망이 아내의 죽음 통보로 바뀐다든지, 죽음이 임박한 상황에서 사소한 빚 따위를 걱정한다든지 하는 등이 그 것이다. 이는 제목인 '땡볕'에서도 암시를 받을 수 있다. 햇볕은 만물을 키우고 풍요롭게 하는 생명의 근원이지만 동시에 갈증과 극한의 고통을 주기도 한다. 이런 기법을 통해 작가는 1930년대의 피폐한 현실을 효과적으로 드러내고 있다.

한편 이 작품의 주인공 덕순은 김유정의 여타 소설에 자주 등장하는 숙맥형 인물이다. 이웃에 사는 기영이 할아버지의 이야기를 철썩같이 믿고 아내의 병으로 매달 십오 원쯤의 월급을 받으며 치료를 받을 것으로 기대하며 대학병

원으로 찾아간 덕순은 아내의 병이 아이가 태중에서 죽은 것이고 수술을 하지 않으면 죽을 수밖에 없다는 의사의 진단을 받게 된다. 이렇듯 덕순의 생각과 행동은 상식적인 인물들과는 거리가 먼 숙맥형 인간이라고 할 수 있다. 독자들은 이런 인물을 보면서 웃음을 짓게 되지만 이 웃음은 단순한 웃음이 아닌 슬픔을 내재한 웃음, 비애를 안고 있는 해학이라고 할 수 있다.

끝으로 이 작품을 근대성과 관련하여 살펴보자. 덕순 아내의 병은 수술 한 번으로 치유될 수 있는 근대 과학에선 별로 중한 병이 아니다. 그렇지만 이런 근대 과학은 덕순 부부와 같은 빈민들에게는 철저히 소외된다. 이를 통해 근대 과학의 폭력적이고 비인간적인 면모가 드러난다. 아울러 덕순이는 아내의 병을 돈으로 환산하는 태도를 보여주는데 이는 근대 자본주의가 가져온 심성 변화의 일면이라 할 수 있다. 작가는 이를 통해 근대 자본주의의 부정적 부분에 대한 비판적 인식을 보여주고 있다.

봄과 따라지

지루한 한 겨울 동안 꼭 움츠러졌던 몸뚱이가 이제야 좀 녹고 보니 여기가 근질근질 저기가 근질근질. 등어리는 대구 군실거린다.[1] 행길에 뻐쭉 섰는 전봇대에다 비스듬히 등을 비껴대고 쓰적쓰적 부벼도 좋고. 왼팔에 걸친 밥통을 땅에 내려 놓은 다음 그 팔을 뒤로 제쳐올리고 또 바른팔로 다는 그 팔꿈치를 들어올리고 그리고 긁죽긁죽 긁어도 좋다. 본디는 이래야 원 격식은 격식이로되 그러나 하고 보자면 손톱 하나 놀리기가 성가신 노릇. 누가 일일이 그리고만 있는가.

장삼인지 저고린지 알 수 없는 앞자락이 척 나간 학생복 저고리. 허나 삼 년간을 내려입은 덕택에 속껍데기가 꺼칠하도록 때에 절었다. 그대로 선 채 어깨만 한 번 으쓱 올렸다. 툭 내려치면 그뿐. 옷에 몽클린 때 꼽은 등어리를 스을쩍 긁어주고 내려가지 않는가. 한 번 해보니 재미가 있고 두 번을 하여도 또한 재미가 있다. 조꼬만 어깻죽지를 그는 기계같이 놀리며 올렸다 내렸다, 내렸다. 올렸다. 그럴 적마다 쿨렁쿨렁한 저고

---

* 이 작품은 발표 당시 단락 나누기가 되어 있지 않다. 이하 단락 나누기는 읽기의 편의상 나눈 것이다. '따라지'란 ① 보잘것없이 키와 몸이 작은 사람, ② 노름판에서 '한 끗'을 일컫는 말, ③ 따분한 처지에 놓인 사람의 뜻.

1 군실거리다 : 벌레 같은 것이 살갗에 붙어 기어가는 듯한 느낌이 자꾸 나다

리는 공중에서 나비춤, 지나가던 행인이 걸음을 멈추고 가만히 눈을 둥글린다. 한참 후에야 비로소 성한 놈으로 깨달았음인지 피익 웃어던지고 다시 내걷는다. 어깨가 느런하도록 수없이 그리고 나니 나중에는 그것도 흥이 지인다. 그는 너털거리는 소맷등으로 코밑을 쓱 훔치고 고개를 돌리어 위아래로 야시[2]를 훑어본다.

  날이 풀리니 거리에 사람도 풀린다. 싸구려 싸구려 에잇 싸구려, 십오 전에 두 가지 십오 전에 두 가지씩. 인두 비누를 한 손에 번쩍 쳐들고 젱그렁 젱그렁 신이 올라 흔드는 요령 소리. 땅바닥에 넓다란 종잇장을 펼쳐놓고 안경재비는 입에 게거품이 흐르도록 떠들어대인다. 일전 한 푼을 내 놓고 일 년 동안의 운수를 보시오. 먹지[3]를 던져서 칸에 들면 미루꾸[4] 한 갑을 주고 금에 걸치면 운수가 나쁘니까 그냥 가라고. 저편 한 구석에서는 코먹은 바이올린이 닐리리를 부른다. 신통방통 꼬부랑통 남대문통 씨러기통 자아 이리 오시오. 암사둔 수사둔 다 이리 오시오. 장기판을 에워싸고 다투는 무리. 그 사이로 일쩌운[5] 사람들은 이리 몰리고 저리 몰리고 발 가는 대로 서성거린다.

  짝을 짓고 산보로 나온 젊은 남녀들, 구지레한 두루마기에 뒷짐진 갓쟁이. 예제없이 가서 덤벙거리는 학생들도 있고 그리고 어린 아들의 손을 잡고 구경을 나온 어머니. 아들은 어머니의 치맛자락을 잡아채이며 뭘 사내라고 부지런히 보챈다. 배도 좋고 사과 과자도 좋고. 이 김이 무럭무럭 오르는 국화만주는 누가 싫다냐. 그놈의 김을 이윽히 바라다보다

---

2   야시 : 야시장. 여기서는 일종의 난전의 뜻
3   먹지 : 투전(投錢) 따위의 돈내기에서 이긴 사람. 여기서는 투전 따위에서 돈 내기를 할 때 던지는 기구
4   미루꾸 : 밀크 캐러멜(milk caramel)
5   일쩝다 : 일거리가 되어 귀찮거나 불편하다

그는 고만 하품인지 한숨인지 분간 못할 날숨이 길게 터져오른다.
 아침에 찬밥덩이 좀 얻어먹고는 온종일 그대로 지친 몸. 군침을 꿀떡 삼키고 종로를 향하여 무거운 다리를 내여딛자니 앞에 몰려든 사람떼를 비집고 한 양복이 튀어나온다. 얼굴에는 꽃이 잠뿍 피고 고개를 내흔들며 이리 비틀 저리 비틀. 목로[6]에서 얻은 안주이겠지, 사과 하나를 입에 들이대고 어기어기 꾸겨 넣는다. 이거나 좀 개평[7]떨까. 세루바지에 바짝 붙어서서 같이 비틀거리며 나리 한 푼 줍쇼 나리. 이 소리는 들은척 만척 양복은 제멋대로 갈 길만 비틀거린다. 에따 이거나 먹어라 하고 선뜻 내주었으면 얼마나 좋으랴만 에이 자식두. 사과는 쉬지 않고 점점 줄어든다. 턱살을 치켜대고 눈독은 잔뜩 들여가며 따르자니 나중에는 안달이 난다. 나리 나리 한 푼 주세요, 하고 거듭 재우치다 그래도 괘가 그르매[8] 나리 그럼 사과나 좀. 모어 이 자슥아 남 먹는 사과를 줌. 혀 꼬부라진 소리가 이렇게 중얼거리자 정작 사과는 땅으로 가고 긴치 않은 주먹이 뒤통수를 딱. 금세 땅에 엎더질듯이 정신이 고만 아찔했으나 그래도 사과 사과다. 얼른 덤벼들어 집어 들고는 소맷자락에 흙을 쓱쓱 씻어서 한 입 덥석 물어 띠인다. 창자가 녹아내리는 듯 향긋하고도 보드라운 그 맛이야. 그러나 세 번을 물어뜯고나니 딱딱한 씨만 남는다. 다시 고개를 들고 그담 사람을 잡고자 눈을 히번덕인다. 큰길에는 동무 깍쨍이들이 가로 뛰며 세로 뛰며 낄낄거리고 한창 야단이다. 밥통들은 한손에 든 채 달리는 전차 자동차를 이리저리 호아가며[9] 저희깐에 술래잡기 봄이라고 맘껏 즐긴다. 이걸 멀거니 바라보고 그는 저절로 어깨가 실룩실룩 하기는 하나 근력이 없다. 따스한 햇볕

6　목로 : 주로 선술집에서 술잔을 놓기 위하여 쓰는, 널빤지로 좁고 기다랗게 만든 상. 목로주점
7　개평 : 노름이나 내기 따위에서 남이 가지게 된 몫에서 조금 얻어 가지는 공것
8　괘가 그르다 : 일이 뜻대로 되지 않다
9　호아가다 : 이리저리 왔다 갔다 하다

에서 낮잠을 잔 것도 좋기는 하다마는 그보담 밥을 좀 얻어먹었더면 지금쯤은 같이 뛰고 놀고 하련만. 큰길로 내려서서 이럴까 저럴까 망설일 즈음 갑자기 따르르응 이 자식아. 이크 쟁교[10]로구나, 등줄기가 선뜩해서 기급으로 물러서다가 얼결에 또 하나 잡았다.

　이번에는 트레머리[11]에 얕은 향내가 말캉말캉 나는 뾰죽구두다. 얼뜬 보아한즉 하르르한 비단치마에 옆에 낀 몇 권의 책 그리고 아리잠직한[12] 그 얼굴. 외모로 따져보면 돈푼이나 좋이 던져줄 법한 고운 아씨. 대뜸 물고 나서며 아씨 한 푼 줍쇼 아씨 한 푼 줍쇼. 가는 아씨는 암만 불러도 귀가 먹은 듯. 혼자 풍월로 얼마를 따르다 보니 이제는 하릴없다. 그 다음 비상수단이 아니 나올 수 없는 노릇. 체면 불구하고 그 까마귀발로다 신성한 치맛자락을 덥석 잡아채인다. 홀로 가는 계집쯤 어떻게 다루든 이쪽 생각. 한 번 더 채여라 아씨 한 푼 줍쇼. 아씨도 여기에는 어이가 없는지 발을 멈추고 말뚱히 바라본다. 한참 노리고보고 그리고 생각을 돌렸는지 허리를 구부리어 친절히 달랜다. 내 지금 가진 돈이 없으니 집에 가 줄게 이거 놓고 따라오너라. 너무나 뜻밖의 일이라 기쁠 뿐더러 놀라운 은혜이다. 따라만 가면 밥이 나올지 모르고 혹은 먹다 남은 빵조각이 나올런지도 모른다. 이건 아마 보통 갈보와는 다른 예수를 믿는 착한 아씬가부다.

　치마를 놓고 좀 떨어져서 이번에는 점잖히 따라간다. 우미관 옆골목으로 들어서서 몇 번이나 좌우로 꼬불꼬불 돌았다. 아씨가 들어간 집은 새로이 지은 그리고 전등 달린 번뜻한 기와집이다. 잠깐만 기다려라 하고 아씨가 들어갈 제 그는 눈을 똥그랗게 뜨고 기대가 컸다. 밥이냐 빵이냐

10　쟁교 : 자전거
11　트레머리 : 가르마를 타지 아니하고 뒤통수의 한복판에다 틀어 붙인 여자의 머리
12　아리잠직하다 : ① 키가 작고 외양이 얌전하며 어린 태도가 있다. ② [북한어] 온화하고 솔직하다.

잔치를 지내고 나서 먹다 남은 떡부스러기를 처치못하여 데리고 왔을지도 모른다. 팥고물도 좋고 전여¹³도 좋고 시크무레 쉰 콩나물, 무나물, 아무거나 되는 대로. 설마 예까지 데리고 와서 돈 한 푼 주고 가라진 않겠지.

허기와 기대가 갈증이 나서 은근히 침을 삼키고 있을 때 대문이 다시 삐꺽 열린다. 아마 주인 서방님이리라. 조선옷에 말쑥한 얼굴로 한 사나이가 나타났다. 네가 따라온 놈이냐 하고 한 손으로 목덜미를 꼭 붙들고 그러더니 벌써 어느 틈에 네 번이나 머리를 주먹이 우렸다.¹⁴ 그러면 아파파 소리를 지른 것은 다섯 번째 부터요 눈물은 또 그 담에 나온 것이다. 악장을 너무 치니까 귀가 아팠음인지 요 자식 다시 그래 봐라 대릴 꺾어놀테니. 힘 약한 독사와 도야지는 맞대항은 안 된다. 비실비실 조 골목 어귀까지 와서 이제야 막 대문 안으로 들어갈려는 서방님을 돌려대고 요 사식아 네 대릴 썪어놀테야 용용 죽셌니. 엄시가락으로 볼따귀를 후벼보이곤 다리야 날 살리라고 그냥 뺑소니다. 다리가 짧은 것도 이런 때에는 한 욕일지도 모른다. 열아문 칸도 채 못 가서 벽돌담에 가 잔뜩 엎눌렸다. 그리고 허구리 등어리 어깻죽지 할 것 없이 요모조모 골고루 주먹이 들어온다. 때려라 때려라, 그래도 네가 차마 죽이진 못하겠지. 주먹이 들어올 적마다 서방님의 처신으로 듣기 어려운 욕 한 마디씩 해가며 분통만 폭폭 찔러논다. 죽여봐 이 자식아 요런 챌푼이¹⁵같으니 네가 애펜쟁이지 애펜쟁이. 울고불고 요란한 소리에 근방에서는 쭉 구경을 나왔다. 입때까지는 서방님은 약이 올라서 죽을똥 살똥 몰랐으나 이제와서는 결국 저의 체면 손상임을 깨달은 모양이다. 등뒤에서 애펜쟁이 챌푼이, 하는

13 전여 : '지짐이'의 사투리
14 우리다 : 힘껏 때리다. 후리다
15 챌푼이 : 칠푼이

욕이 빗발치듯 하련만 서방님은 돌아다도 안 보고 똥이 더러워서 피하지 무섭지 않다는 증거로 침 한 번 탁 뱉고는 제 집 골목으로 들어간다. 이렇게 되면 맡아놓고 깍쟁이의 승리다.

그는 담 밑에 쪼그리고 앉아서 울고 있으나 실상은 모욕당했던 깍쟁이의 자존심을 회복시킨 데 큰 우월감을 느낀다. 염병을 할 자식, 하고 눈물을 닦고 골목 밖으로 나왔을 때엔 얼굴에 만족한 웃음이 떠오른다. 야시에는 여전히 뭇사람이 흐르고 있다.

동무들은 큰길에서 밥통을 뚜드리며 날뛰고 있고. 우두커니 보고 섰다가 결리는 등어리도 있고 배고픈 생각도 스르르 사라지니 예라 나두 한몫 끼자. 불시로 기운이 뻗치어 야시에서 큰길로 내려선다. 달음질을 쳐서 전찻길을 가로지르려 할 제 맞닥뜨린 것이 마주 건너오던 한 신여성이다. 한 손에 대여섯 살 된 계집애를 이끌고 야시로 나오는 모양. 이건 키가 후리후리하고 걸찍하게 생긴 것이 어데인가 맘세가 좋아 보인다. 대뜸 손을 내밀고 아씨 한 푼 줍쇼. 얘 지금 돈 한 푼 없다. 이렇게 한 마디 하고는 이것도 돌아다보는 법 없다. 야시의 물건을 흥정하며 태연히 저 할 노릇만 한다. 이내 치마까지 꺼들리게 되니까 그제야 걸음을 딱 멈추고 눈을 똑바루 뜨고 노려본다. 그리고 소리를 지르되 옆의 사람이나 들으란 듯이 애가 왜 이리 남의 옷을 잡아다녀. 오가던 사람들이 구경이나 난듯이 모두 쳐다보고 웃는다. 본 바와는 딴판 돈푼커녕 코딱지도 글렀다. 눈꼴이 사나워서 그도 마주대고 벙벙히 쳐다보고 있노라니 웬 담배가 발 앞으로 툭 떨어진다. 매우 길음한 꽁초. 얼른 집어서 땅바닥에 쓱쓱 문대어 불을 끄고는 호줌에 넣는다. 이따는 좁쌀친구끼리 뒷골목 담 밑에 모여 앉아서 번갈아 한 모금씩 빨아가며 잡상스러운 이야기로 즐길 걸 생각하니 미리 재미롭다. 적어도 열아문 개 주워야 할 텐데 인제서 겨우 꽁초 네 개니. 요즘에는 참 담배 맛도 제법 늘어가고 재채기하던 괴로움도 훨씬 줄었다. 이만하면 영철이의 담배쯤은 감히 덤비지 못하리라. 제 따위가 앉은 자리에 꽁초 일곱 개를 다 필 텐가 온 어림없지. 열 살밖에 안 되었건만 이만치도 담배를 잘 필 수 있도록 훌륭히 됨을 깨달으니 또한 기꺼운 현상. 호줌에서 손을 빼고 고개를 들어 보니 계집은 어느덧 멀리 앞섰다. 벌에 쐤느냐 왜 이리 달아나니. 이것은 암만 따라가야 돈 한 푼 막무가낼 줄은 번연히 알지만 소행이 밉다. 에라 빌어먹을 거 조끔 느므라나[16] 주어라. 힝하게 쫓아가서 팔꿈치로다 그 궁둥이를 퍽 한 번 지르고는 아씨 한 푼 주세요. 돌려대고 또 소리를 지를 줄 알았더니 고개만 흘낏 돌려보고는 잠자코 간다. 그럼 그렇지 네가 어데라구 깍쟁이에게 덤비리. 또 한 번 질러라. 바른편 어깨로다 이번엔 넓적한 궁둥이를 정면으로 들이받으며 아씨 한 푼 주세요. 그래도 아무 반응이 없다. 이 계집이 행길바닥에 나가자빠지면 그 꼴이 볼만도 하련만 제아무리 들이받아도 힘을 들이면 들일수록 이쪽이 도리어 튕겨져 나올 뿐 좀체로 삐끗 없음에는 예라 빌어먹을 거. 치맛자락을 닝큼 집어다 입에 들이대고는 질겅질겅 씹는다. 으흐흥, 아씨 돈 한 푼. 그제야 독이 바짝 오른 법한 표독스러운 계집의 목소리가 이 자식아 할 때는 온몸이 다 짜릿하고 좋았으나 난데없는 고라[17] 소리가 벽력같이 들리는 데는 정신이 고만 아찔하다. 뿐만 아니라 그 순간 새삼스리 주림과 아울러 아픔이 눈을 뜬다. 머리를 얻어맞고 아이쿠 하고 몸이 비틀 할 제 집게 같은 손이 들어와 왼편 귓바퀴를 잔뜩 찝어든다. 이왕 이렇게 된 바에야 끌리는 대로 따라만

16 느믈다 : 능글맞은 태도로 끈덕지게 상대방에게 애를 먹이다. 느물다 : 말이나 행동을 흉물스럽게 하다
17 고라 : こら. ① 상대를 책망하여 부르는 말. 이놈아. 이 자식아.

가면 고만이다. 붐비는 사람 틈으로 검불같이 힘없이 딸려가며 그러나 속으로는 허지만 뭐. 처음에는 꽤도 겁도 집어먹었으나 인제는 하도 여러 번 겪고 난 몸이라 두려움보다 오히려 실없는 우정까지 느끼게 된다. 이쪽이 저를 미워도 안 하련만 공연스리 제가 씹고 덤비는 걸 생각하면 짜정 밉기도 하려니와 그럴수록에 야릇한 정이 드는 것만은 사실이다.

  오늘은 또 무슨 일을 시킬려는가. 유리창을 닦느냐, 뒷간을 치느냐. 타구[18]쯤 정하게 부셔주면 그대로 나가라 하겠지. 하여튼 가자는 건 좋으나 온체 잔뜩 찝어댕기는 바람에 이건 너무 아프다. 구두보담 조곰만 뒤졌다는 갈 데 없이 귀는 떨어질 형편. 구두가 한 발을 내걷는 동안 두 발, 세 발, 잽싸게 옮겨놓으며 통통걸음으로 아니 따라갈 수 없다. 발이 반밖에 안 차는 커다란 운동화를 칠떡칠떡 끌며 얼른얼른 앞에 나서거라. 재쳐라[19] 재쳐라 얼른 재쳐라. 그러자 문득 기억나는 것이 있으니 그 언제인가 우미관 옆골목에서 몰래 들창으로 들여다보던 아슬아슬하고 인상 깊던 그 장면. 위험을 무릅쓰고 악한을 추격하되 텀부린도 잘하고 사람도 잘 집어세고 막 이러는 용감한 그 청년과 이때 청년이 하던 목 잠긴 그 해설. 그리고 땅땅 따아리 땅땅 따아리 띵띵 띠이 하던 멋있는 그 반주. 봄바람은 살랑살랑 불어오는 큰 거리 이때 청년이 목숨을 무릅쓰고 구두를 재치는 광경이라 하고 보니 하면 할수록 무척 신이 난다. 아아 아구 아프다. 재쳐라 재쳐라 얼른 재쳐라 이때 청년이 땅땅 따아리 땅땅 따아리 띵띵 띠이 띵띵 띠이.

(1936.1, 신인문학)

---

18   타구 : 唾具. 가래침을 뱉는 그릇
19   재치다 : 재우치다 : 빨리 몰아치거나 재촉하다. 제치다 : 거치적거리지 않게 치우다. 여기서는 (순경을 뒤로 하고) 달아나라는 의미

작품 해설

「봄과 따라지」는 1936년 『신인문학』에 발표된 단편소설로, 일제시대 서울의 봄을 배경으로 하여, 당시 서울에서 흔히 볼 수 있던 거지들의 모습과 삶을 그리고 있는 작품이다.

이 작품은 종로에서 구걸을 하는 열 살짜리 거지 소년의 눈을 통해 당시 서울의 다양한 사람들의 모습을 묘사하고 있다. 장사꾼들, 산보를 나온 젊은 남녀들, 구지레한 두루마기에 뒷짐을 진 갓쟁이, 학생들, 그리고 양복 뾰족구두, 신여성 등이 그들이다. 이들은 황폐해진 농촌과는 비교할 수 없이 화려한 도시 속에 살아가는 사람들로서 거지 소년은 그들의 외모상의 특징을 그들의 이름으로 활용하고 있다.

그러나 이런 화려한 도시의 이면에는 무자비와 인색함, 그리고 빈민들에 대한 경멸 등이 가득하다. 잘 차려입을수록 더 자비로울 것이라 생각하여 세루바지에 양복을 입은 신사를 쫓아가지만 그 신사는 사과를 땅바닥에 던지고 오히려 주먹질을 한다. 또한 하르르한 비단치마를 입은 고운 아씨는 예수를 믿는 자비가 많은 사람이라고 기대하며 집까지 따라가지만 돌아오는 것은 그 집 서방님의 구타였다.

이를 통해 근대 과학 문명과 그 결과물의 집합소인 도시에 대해 작가 김유정이 지녔던 의식의 일면을 짐작할 수 있다. 합리성에 기초한 근대 문명이 모든 사람을 행복하게 해줄 것이라는 막연한 희망과는 달리 경제적으로 파탄을 맞이한 사람들로 가득하고 그 가운데 자비와 인정이 메말라가는 결과에 주목하고 이를 비판적으로 인식하고 있는 것이다.

실제로 이 작품의 주인공 열 살의 거지는 일종의 도시 부랑자인데 1930년대에 이들의 숫자가 계속적으로 증가하였고 일제는 이들에 대해 경찰범 처벌 규칙에 의거 불결함이나 게으름, 다산성, 부랑성, 음주, 도박, 아편, 범죄, 무능, 노쇠, 허약함 등의 부정적 평가를 하여 나환자나 정신병자 등과 마찬가지로 수용소에 감금해야 하는 비인간으로 규정하기도 했다.*

한편, 주인공 거지 소년은 흠씬 두들겨 맞아도 두둑한 배짱으로 꺾이지 않는 강한 인물로 등장한다. 이는 어떤 상황 속에서도 살아가는 끈질긴 생명력과 강한 생활력을 갖춘 인물로 당시 우리 민족의 모습을 연상시킨다고 생각해 볼 수도 있을 것이다.

---

* 한귀영, 「근대의 사회사업과 권력의 시선」, 『근대주체와 식민지 규율권력』, 문화과학사, 1997, 334~335쪽 참조.

슬픈 이야기

　암만 때렸단대도 내 계집을 내가 쳤는데야 네가, 하고 덤비면 나는 참으로 할 말 없다. 하지만 아무리 제 계집이기로 개 잡는 소리를 가끔 치게 해가지고 옆집 사람까지 불안스럽게 구는, 이것은 넉넉히 내가 꾸짖을 수 있다는 말이다. 그것두 일테면 내가 아내를 가졌다 하고 그리고 나도 저와 같이 아내와 툭축거릴 수 있다면 혹 모르겠다. 장가를 들었어도 얼마든지 좋을 수 있을 만치 나이가 그토록 지났는데도 어쩌는 수 없이 사글셋방에서 이렇게 홀로 둥굴둥굴 지내는 놈을 옆방에다 두고 저희끼리만 내외가 투닥닥투닥, 하고 또 끼익, 끼익, 하고 이러는 것은 썩 잘못된 생각이다.
　요즘 같은 쓸쓸한 가을철에는 웬 셈인지 자꾸만 슬퍼지고, 외로워지고, 이래서 밤잠이 제대로 와주지 않는 것이 결코 나의 죄는 아니다. 자정을 넘어서서 새루 두 점이나 바라보련만도 그대로 고생고생하다가 이제야 겨우 눈꺼풀이 어지간히 맞아 들어올려 하는데다 갑작스리 꿍, 하

---

* 이 작품은 발표 당시 단락 나누기가 되어 있지 않다. 여기서의 단락 나누기는 읽기의 편의상 나눈 것이다.

고 방이 울리는 서슬에 잠을 고만 놓치고 마는 것이다. 이것은 재론할 필요 없이 요 뒷집의 거는방과 세 들어 있는 이 내 방과를 구분하기 위하여 떡 막아 놓은, 벽이라기보다는 차라리 울섶으로 보아 좋을듯 싶은, 그 벽에 필연 육중한 몸이 되는 대로 들이받고 나가 떨어지는 소리일 것이 분명하다. 이렇게 벽을 들이받고, 떨어지고, 하는 것은 일상 맡아 놓고 그 아내가 해줌으로 이번에도 그랬었음에 별루 틀리지 않을 것이다. 그러기에 들릴까 말까 한 나즉한, 그러면서도 잡아먹을 듯이 앙크러뜯는 소리로 그 남편이 중얼거리다 퍽, 하는 이것은 발길이 허구리로 들어온 게고, 그래 아내가 어구구, 하니까 그 바람에 옆에서 자던 세 살짜리 아들이 어아, 하고 놀래 깨는 것이 두루 불안스럽다. 허 이눔 또 했구나, 싶어서 나는 약이 안 오를 수 없으니까 벌떡 일어나서 큰 일을 칠거라두 같이 제법 눈을 부라린 것만은 됐으나, 그렇다고 벽 너머 저쪽을 향하여 꾸중을 한다든가 하는 것이 점잖은 나의 체면을 상하는 것쯤은 모를 리 없을 것이다. 이렇게 되면 잠자기는 영 그른 공사기로 권연 하나를 피워 물었던 것이나 아무리 생각하여도 놈의 소행이 괘씸하여 그냥 배기기 어려우므로 캐액, 하고 요강 뚜껑을 괜스리 열었다가 깨지지만 않을 만침 아무렇게나 내리 닫으며 역정을 내본댄대도 저놈이 이것쯤을 끄떡할 놈이 아닌 것은 전에 여러 번 겪었으니 소용없다. 마뜩지 않게 골피를 접고 혼자서 끙끙거리고 앉아 있자니까 아이놈이 깬듯 싶어서 점점 더하는 것이 급기야엔 아내가 아마 옷궤짝에나 혹은 책상 모서리에나 그런 데다 머리를 부딪는 것 같더니 얼마든지 마냥 울 수 있는 그 설움이 남의 이목에 걸리어 겨우 목젖 밑에서만 끅, 끅, 하도록 만들어 놓았다.

이놈이 사람을 잡을 작정인가, 하고 그대로 있기가 안심치가 않아서 내가 역정난 몸을 불쑥 일으키어 가지고, 벽과 기둥이 맞닿은 쪽으로 한지 오래된 도배지가 너털너털 쪼개지고, 그래서 어쩌다 뻥 뚫린 하잘것없는 그 구멍으로 내외간의 싸움을 들여다보는 것은 좀 나의 실수도 되겠지만 이놈과 나와 예의니 뭐니 하고 찾기에는 제가 벌써 다 처신은 잃어놨거니와 그건 말구라두 이렇게 남 자는 걸 깨놓았으니까 나 좀 보는데 누가 뭐랄 테냐.

너털대는 벽지를 가만히 떠들고 들여다보니까 외양이 불밤송이같이 단적맞게 생긴 놈이 전기회사의 양복을 입은 채 또는 모자도 벗는 법 없이 고대로 쪼그리고 앉아서, 저보담 엄장[1]도 훨썩 크고 투실투실히 벌은 아내의 머리를 어떡허다 그리도 묘하게시리 좁은 책상 밑구멍에다 틀어박았는지 궁둥이만이 위로 불끈 솟은, 이걸 노리고 미리 쥐고 있었던 황밤주먹으로 한 번 콕 쥐어박고는 이년아 네가, 어쩌구 중얼거리다 또 한 번 콕 쥐어박고 하는 것이다. 아내로 논지면 울려들었다면 벌써도 꽤 많이 울어 두었겠지만 아마 시골서 조촐히 자란 계집인듯 싶어 여필종부의 매운 절개를 변치 않을려고 애초부터 남편 노는 대로만 맡겨두고 다만 가끔 가다 조곰씩 끽, 끽, 할 뿐이었으나 한편에 울릉이 놀래 앉았는 어린 아들은 저의 아버지가 어머니를 잡는 줄 알고 때릴 때마다 소리를 빡빡 질러 우는 것이다. 그러면 놈은 송구스러운 이 악장에 다른 사람들이 깰까봐 겁 집어먹은 눈을 이리로 돌리어 아들을 된통 쏘아보고는 이 자식 울면 죽인다, 하고 제깐에는 위협을 하는 것이나 그래도 조곰 있으면 또 끼익 하는 데는 어쩔 수 없이 입을 막고저 따귀 한 개를 먹여놓았던 것이 그 반대로 더욱 난장판이 되니까 저도 어처구니가 없는지 멀거니 바라보며 뒤통수를 긁는다. 놈이 워낙이 담대하지가 못해서 낮 같은 때 여

---

1   엄장 : 덩치가 큰 몸

러 사람이 있는 앞에서는 제가 감히 아내를 치기커녕 외출에서 들어올 적마다 가장 금실이나 두터운 듯이 애기 엄마 저녁 자셨소 어쩌오, 하고 낯간지러운 소리를 해 두었다가, 다들 자고 만귀잠잠한[2] 꼭 요맘때 야근에서 돌아와서는 무슨 대천지원수나 품은 듯이 울지 못하도록 미리 위협해 놓고는 은근히 치고, 차고, 이러는 이놈이다.

허기야 제 아내 제가 잡아먹는데 그야 내 뭐랠 게 아니겠지, 그렇지만 놈이 주먹으로 얼마고 콕콕 쥐어박아도 아내의 살 잘찐 투실투실한 궁둥이에는 좀처럼 아플상 싶지 않으니까 이번에는 두 손가락을 집게같이 꼬부려 가지고 그 허구리를 꼬집기 시작하는 것인데 아픈 것은 참아왔다더라도 채시니 없이 요렇게 꼬집어 뜯는데 있어서야 제 아무리 춘향이기로 간지럼을 아니 파는 법은 없을 게다. 손가락이 들어올 적마다 구부려 있던 커단 몸집이 우찔근 하고 노는 바람에 머리 위에 거반 엎디다시피 된 조고만 책상마저 들먹들먹 하는 걸 보면 저 괴로워도 요만조만한 괴로움이 아닐 텐데 저런 저런. 계집을 친다기로 숫제 뺨 한 번을 보기 좋게 쩔꺽, 하고 치면 쳤지 나는 참으로 저럴 수는 없으리라고 아— 나쁜 놈 하고 남의 일 같지 않게 울화가 터질려고 하였던 것이나 그보다도 우선 아무리 남편이란대도 이토록 되면 그 뭐 낼쯤 두고 보아 괜찮으니까 그까짓 거 실팍한 살집에다 근력 좋겠다, 달룽 들고 나와서 뒷간 같은 데다 틀어박고는 되는대로 투드려주어도 아내가 두려워서 제가 감히 찍소리 한 번 못할 텐데 그걸 못 하고 저런, 저런, 에이 분하다. 그럼 그것은 내외간의 찌들은 정이 막는다 하기로니 당장 그 무서운 궁둥이만 위로 번쩍 들 지경이면 그 통에 놈의 턱주가리가 치받쳐서 뒤로 벌렁 나가 떨어

---

2 만귀잠잠하다 : 萬鬼潛潛하다. 깊은 밤에 온갖 것이 잠자는 듯이 고요하다

지는 꼴이 그런 대로 해롭지 않을 텐데 글쎄 어쩌자고, 그러나 좀 더 분을 돋까놓면 혹 그럴는지도 모를 듯해서 놈의 무참한 꼴을 상상하며 이제나저제 하고 은근히 조를 비볐던 것이 이내 경만 치고 말므로 저런, 저런 하다가 부지중 주먹이 불끈 쥐어졌던 것이나 놈이 휘둥그런 눈을 들어 이쪽을 바라볼 때에야 비로소 내 주먹이 벽을 울려 친 걸 알고 깜짝 놀랐다. 허물 벗겨진 주먹을 황망히 입에 들이대고 엉거주춤히 입김을 쏘고 섰노라니까 잠 안 자구 게 서서 뭘 허우, 하고 변소에를 다녀가는 듯 싶은 심술궂은 쥔 노파가 긴치 않게 바라보더니 내 방 앞으로 주춤주춤 다가와서 눈을 찌긋하고 하는 소리가 왜 남의 기집을 자꾸 들여다보고 그류, 괜히 맘이 동하면 잠두 못 자구, 하고 거진반 비웃는 것이 아닌가 내가 나이 찬 홀몸이고 또 저쪽이 남편에게 소박받는 계집이고 하니까 이런 경우에는 남모르게 이러구 저러구 하는 것이 사차불피[3]의 일이라고 제멋대로 이렇게 생각한 그는 요즘으로 들어서 나의 일거일동, 일테면 뒷간에서 뒤를 보고 나온다든가 하는 쓸데적은 고런 행동에나마 유난히 주목하여 두는 버릇이 생겨서 가끔 내가 어마어마하게 눈총을 겨누는 것도 무서운 줄 모르고 나중에는 심지어 저놈이 계집을 떼 던질려고 지금 저렇게 못 살게 구는 거라우, 이혼만 허거던 그저 두말 말고 데꺽 꿰차면 고만 아니요, 하며 그러니 얼마나 좋으냐고 나는 별루 좋을 것이 없는 것 같은데 아주 좋다고 깔깔 웃는 것이다. 이 노파의 말을 들어보면 저놈이 십삼 년동안이나 전차 운전수로 있다가 올에서야 겨우 감독이 된 것이라는데 그까짓 걸 바아두 무슨 정승 판서나 한 것같이 곤내질[4]을 하며 동리로 돌아치는 건 그런 대로 봐준다 하더라도 갑작스리 무슨 지랄병이 났

---

3 사차불피 : 死且不避. 죽는 한이 있어도 피할 수가 없음
4 곤내질 : 곤댓짓. 뽐내어 우쭐거리며 하는 고갯짓

는지 여학생 장가 좀 들겠다고 아내보고 너 같은 시골띠기하구 살면 내 낯이 깎인다, 하며 어여 친정으로 가라고 줄창같이 들볶는 모양이니 이건 짜정 괘씸하다.

제가 시골서 처음 올라와서 전차 운전수가 되어가지고, 지금 사람이 온체 착실해서 돈도 무던히 모았다고 요 통안서 소문이 자자하게 난 그 저금 팔백 원이라나 얼마라나를 모으기 시작할 때 어떻게 생각하면 밤일에서 늦게 돌아오다가 속이 후출하여 다른 동무들은 냉면을 먹고, 설렁탕을 먹고, 하는 것을 놈은 홀로 집으로 돌아와 이불 속에서 언제나 잊지 않고 꼭 대추 두 개로만 요기를 하고는 그대로 자고 자고 한 그 덕도 있거니와 엄동에 목도리 장갑, 하나 없이 그리고 겹저고리로 떨면서 아침저녁 겨끔내기[5]로 벤또를 부치러 다니던 그 아내의 피땀이 안 들고야 그 칠팔백 원 돈이 어디서 떨어지는가. 그런 공로를 모르고 똥개 떨 것 다 떨고 나니까 놈이 계집을 내차내는 것이지만 그렇게 되면 제 놈 신세는 볼일 다 볼 게라고 입을 삐쭉하다가 아무튼 이혼만 한다면이야 내가 새에서 중신을 서주기라도 할 게니 어디 한번 데리고 살아보구려, 하며 그 아내의 얼마큼이든가 남편에게 충실할 수 있는 미점을 들기에 야윈 손가락이 부질없이 폈다 접었다, 이리 수선이다. 이 신당리는데는 본시라 푼푼치 못한 잡동사니만이 옹기종기 몰킨 곳으로 점잖한 짓이라고는 전에 한 번도 해본 일 없이 오직 저 잘난 놈이 태번일진댄 감독 됐으니까 여학생 장가 좀 들어보자고 본처더러 물러서 달라는 것이 별루 이상할 게 없고, 또 한편 거리에서 말똥만 굴러도 동리로 돌아다니며 말을 드는 수다쟁이들이매 밤마다 내가 벽 틈으로 눈을 들여정고 정신없이 서 있어서 저

---

5 겨끔내기 : 서로 번갈아 하기

남의 계집보고 조갈이 나서 저런다는 것쯤 노해서는 아니 되겠지만 그래도 조끔 심한 것 같다.

이놈의 늙은이가 남 곧잘 있는 놈 바람 맞히지 않나, 싶어서 할머니나 그리로 장가 가시구려, 하고 소리를 빽 질렀던 것이나 실상은 밤낮 남편에게 주리경을 치는 그 아내가 가엾은 생각이 들어 길래 그럴 양이면 애초에 갈라서는 것이 좋지 않을까보냐 마는 부부간의 정이란 그 무엔지, 짧지 않은 세월에 찔기둥 찔기둥이 맺어진 정은 일조일석에는 못 끊는 듯싶어 저러고 있는 것을, 요즘에는 그 동생으로 말미암아 더 매를 맞는다는 소문이 있다. 한편에다 여학생 하나를 미리 장만해 놓고 신가정을 꿈꾸는 놈에게 본처라는 것이 눈의 가시만치나 미운데다가 한 열흘 전에는 시골 처가에서 처남이 올라나서 농사 못 짓겠으니 나 월급자리에 좀 넣어 달라고, 언내 알라 세 사람을 재우기에도 옹색한 셋방에 깍찌똥[6] 같은 커단 몸집이 넓찍하게 터를 잡고는 늘큰히 묵새기고[7] 있다면 그야 화도 조끔 나겠지, 하지만 놈에게는 그게 아니라 하루에 세 그릇씩 없어지는 그 밥쌀에 필연 겁이 버럭 났을 것이다. 그렇다고 처남을 면대 놓고 밥쌀이 아까우니 너 갈 데로 가라고 내여쫓을 수는 없을 만큼 고만콤쯤은 놈도 소견이 되었던 것이나 이것은 적실히 놈의 불행이라 안 할 수 없는 것으로 상전에서는 아 여보게 고만 자시나, 물에 말아서 찬찬히 더 들어봐, 하고 겉면을 꾸리다가 밤에 들어와서는 이러면 저두 생각이 있으려니, 확신하고 아내를 샛트집으로 뚜드려패자니 몇 푼어치 못되는 근력에 허덕허덕 고만 지고 마는 것이다. 그러면 처남은 누이 맞는 것이 가엾기는

---

6 깍찌똥 : 깍짓동. 콩이나 팥의 깍지를 줄기가 달린 채로 묶은 큰 단. 몹시 뚱뚱한 사람의 몸집을 비유적으로 이르는 말.

7 묵새기다 : 별로 하는 일 없이 한 곳에 오래 묵으며 날을 보내다

하나 그렇다고 어짜는 수는 없는고로 무색하여 밖으로 비슬비슬 피해 나가는 것이다.

이래도 맞고 저래도 맞는 그 아내의 처지는 실로 딱한 것으로 이대로 내가 두고 보는 것은 인륜에 벗어나는 일이라 생각하고, 그 담날 부낳게[8] 찾아가 놈을 꾸짖었단대도 그리 어줍잖은 일은 아닐 것이다. 내가 대문간에 가 서서 그 집 아이에게 거는방에 세든 키 쪼꼬만 감독 좀 나오래라, 해 가지고 그 동안 곁방에서 살았고 또 전자부터 잘났다는 성식은 익히 들었건만 내가 못나서 인사가 이렇게 늦었다고 나의 이름을 대니까 놈도 좋은 낯으로 피차없노라고 달랑달랑 쏜으며 멋없이 빙긋 웃는 양이 내 무슨 저에게 소청이라도 있어 간 것같이 생각하는 듯 하여 불쾌한 마음으로 나는 뭐 전기회사에서 오랜대두 안 갈 사람이라고 오해를 풀어주고는 그 면상판을 이윽히 들여다보며 오 네가 매밤의 대추 두 개로 돈 팔백 원을 모은 놈이냐, 하고는 그 지극한 정성에 다시금 감탄하지 않을 수가 없었다. 비록 낯짝이 쪼그라들어 코, 눈, 입이 번뜻하게 제자리에 못 뇌고는 넝마전 물건같이 시들번히 게 붙고 게 붙고 하였을망정 제법 총기 있어 보이는 맑은 두 눈이며 깝신깝신 굴러나오는 쇠명된 그 음성, 아하 돈은 결국 이런 사람이 갖는게로구나 하고 고개를 끄덕거리다 그럼 무슨 일로 오셨습니까 하는 바람에 그제서야 나의 이 심방의 목적을 다시금 깨닫게 되었다. 허나 그대로 네 계집 치지 말라구 할 수는 없는 게니까 아 참 전기회사의 감독 되기가 무척 힘드나보던데, 하며 그걸 어떻게 그다지도 쉽사리 네가 영예를 얻었느냐고 놈을 한창 구슬리다가 뭐 그야 노력하면 다 될 수 있겠지요, 하며 흥청흥청 뻐기는 이때가 좋을 듯

---

[8] 부낳게 : 부리나케

싶어서 그렇지만 그런 감독님의 체면으로 부인을 콕콕 쥐어박는 것은 좀 덜 된 생각이니까 아예 그러지 마슈. 하니까 놈이 남의 충고는 듣는 법 없이 대번에 낯을 붉히더니 댁이 누굴 교훈하는 게요, 하고 볼멘소리를 치며 나를 얼마간 노리다가 남의 내간사에 웬 참견이오, 하는데 고만 어이가 없어서 벙벙히 서 있었던 것이나, 암만해도 놈에게 호령을 당한 것이 분한 듯싶어 그럼 계집을 쳐서 개잡는 소리를 끼익끼익 내게 해가지고 옆집 사람도 못 자게 하는 것이 잘했소, 하고 놈보다 좀더 크게 질렀다. 그랬더니 놈이 빤히 쳐다보다가 이건 또 무슨 의미인지 잠자코 한옆으로 침을 탁 뱉어던지기가 무섭게, 이것이 필연즉 여편네의 신이겠지, 커다란 고무신을 짤짤 끌며 안으로 들어갔으니 놈이 나를 모욕했는가 혹은 내가 무서워서 피했는가, 그것은 알 수가 없으니까 옆에서 구경하고 서 있던 아이에게 다시 한번 그 감독을 나오라고 시키어 보았던 것이나 이젠 안 나온대요, 하고 전갈만 해오는 데야 난들 어떻게 하겠는가. 망할 놈, 아주 겁쟁이로구나 하고 입 속으로 중얼거리며 좀더 행위가 방정토록 꾸짖지 못한 게 유한이 되는 그대로 별수 없이 집으로 돌아왔던 것이나 밤이 으슥하여 잠결에 두 내외의 소곤소곤하는 소리가 벽 너머로 들려올 적에는 아하 그래도 나의 꾸중이 제법 컸구나 싶어 맘으로 흡족했던 것이 웬일인가, 차츰차츰 어세가 돋아져서 결국에는 이년 하는 엄포와 아울러 제꺽 하고 김치항아리라도 깨지는 소리가 요란히 나는 것이 아닌가. 이놈이 또 무슨 방정이 나 이러나 싶어 성가스레 눈을 비비고 일어나서 벽 틈으로 조사해보았더니 놈이 방바닥에다 아내를 엎어놓고 그리고 그 허리를 깡충 타고 올라앉아 이년아 말해, 바른대로 말해 이년아, 하며 그 팔 한짝을 뒤로 꺾어 올리는 그런 기술이었으나 어쩌면 제다리보다도 더 굵을지 모르는 그 팔목이 호락호락이 꺾일 것도 아니거니와, 또 거기에 열을 내가지고 목침으로 뒤통수를 콕콕 쥐어박다가 그것도 힘에 부치어 결국에는 양 옆구리를 두 손으로 꼬집는다 하더라도 그것쯤에 뭣할 아내가 아닐 텐데 오늘은 목을 놓아 울 수 있을 만큼 남다른 벅찬 설움이 있는 모양이다.

그렇게 들을 만큼 타일렀건만 이놈이 또 초라니 방정을 떠는 것이 괘씸도 하고 일방 뭘 대라 하고 또 울고 하는 것이 심상치 않은 일인 듯도 하고 이래서 괜스레 언짢은 생각을 하느라고 새로 넉 점에서야 눈을 좀 붙인 것이 한나절쯤 일어났을 때에는 얻어맞은 몸같이 휘휘 둘리어 얼떨김에 세수를 하고 있노라니까 쥔 노파가 부리나케 다가와선 내 귀에 입을 들이대고는, 글쎄 어쩌자고 남 매를 맞히우. 무슨 매를 맞혀요, 하고 고개를 돌리니까 당신이 어제 감독보고 뭐라지 않았소. 그래 저의 아내의 역성을 들 때에는 필시 무슨 관계가 있을 게니 이년 서방질한 거 냉큼 대라면서 어젯밤은 매로 밝혔다는 것인데, 아까 아침에 그 처남이 와서 몇 번이나 당부하기를 내가 찾아와 그런 짓을 하면 저 누님의 신세는 영영 망쳐놓는 것이니 앞으로는 아예 그러한 일 없도록 삼가달라고 하였으니, 글쎄 반했으면 속으로나 반하지 제 남편보고 때리지 말라는 법이 어디 있소, 하고 매우 딱히 눈살을 접는 것이다. 그러고 보니 그 아내를 동정한 것이 도리어 매를 맞기에 똑 알맞도록 만들어논 꼴이라 미안도 하려니와, 한편 모든 걸 그렇게도 알알이 아내에게로만 들씌려드는 놈의 소행에는 참으로 의분심이 안 일 수 없어, 수건으로 낯도 씻을 줄 모르고 두 주먹만 불끈 쥐고는 그냥 뛰어나갔다. 가로지든 세로지든 이놈과 단판 씨름을 하리라고 결심을 하고는 대문간에 가 서서 커다랗게 박 감독, 하고 한 서너 번 불렀던 것이나 놈은 아니 나오고, 한 삼십여 세 가량의 가슴이 떡 벌어지고 우람스런 것이 필연 이것이 그 처남일 듯 싶은 시골 친구가 나와서 뻔히 쳐다보더니 마침내 말없이도 제대로 알아차렸는지 어리눅는 어조로, 아 이거 글쎄 왜 이러십니까, 하며 답답한 상을 지어보이는 것이 아닌가. 그리고 넌지시 하는 사정의 말이, 이러시면 우리 누님의 전정은 아주 망쳐놓으시자는 겝니다. 그러니 아무쪼록 생각을 고치라며 촌뜨기의 분수로는 너무 능숙하게 넓적한 손뼉을 펴들고 안 간다고 뻗디디는 나의 어깨를 왜 이러십니까, 하고 골문 밖으로 슬근슬근 밀어내오는 것이었으나 주춤주춤 밀려나오며 가만히 생각해보니 변변한 초면 인사도 없는 이놈에게마저 내가 어린애로 대접을 받는 것은 참 너무도 슬픈 일이었다. 나중에는 약이 바짝 올라 어깨로 그 손을 뿌리치고 홱 돌아선 것만은 썩 잘된 것 같은데, 시꺼먼 낯판대기와 떡 벌은 그 엄장에 이건 나하고 맞투드릴 자리가 아님을 깨닫고는 어쨔할 수 없이 그대로 돌아서고 나는 자신이 너무도 야속할 뿐으로, 이렇게 밀려나오느니 자라리 내 발로 걷는 것이 나을 듯 싶어 집을 향하여 삐잉 오는 것이다. 내가 아내를 갖든지 그렇지 않으면 이놈의 신당리를 떠나든지 이러는 수밖에 별도리가 없으리라고 마음을 먹고는 내 방으로 부루루 들어와 이부자리며 옷가지를 거듬거듬 뭉치고 있는 것을 한옆에서 수상히 보고 서 있던 쥔 노파가 눈을 찌긋이하며 그 왜 짐을 묶소, 하고 묻는 것까지도 내 맘을 제대로 몰라주는 듯하여 오직 야속한 생각만이 들 뿐으로, 난 오늘 떠납니다. 하고 투박한 한 마디로 끊어버렸다.

(1936.12, 여성)

작품 해설

「슬픈 이야기」는 1936년 여성 잡지인 『여성』에 발표한 작품으로, 김유정의 누이와 매형과의 관계를 작품화한 것으로 여겨진다. 이 작품에 등장하는 여인의 불행은 가난에서 기인하는 것이 아니라 비뚤어진 남편의 가부장적 권위에서 오고 있다는 점이 특이하다. 더욱이 그 부당한 핍박에 대해 당하고 있는 여인뿐만 아니라, 서술자인 '나'를 제외한 누구도 이 상황을 부정적으로 인식하여 극복하려고 하지 않는다는 데에 그 심각성이 있다.

작품 속 여인은 남편의 부당한 욕설과 폭력에 시달리면서도 인내하는 순응적인 인물이다. 이 여인은 남편보다 체격도 크고 힘이 세지만 남편의 매를 맞아주는 것이 여필종부의 미덕이라는 의식을 가지고 있다. 가정을 일으키기 위해 엄동설한에 목도리나 장갑 하나 없이 '겹저고리에 떨면서 아침 저녁 겨끔내기로 벤또를 부치러 다니'느라 애쓰는 희생적인 여인이기도 하다.

그런데 이런 여인에게 폭력을 가하는 남편은 어떤 사람인가? 전차 운전수를 하다가 전기 감독으로 승진하게 되자 시골뜨기 여자하고 살면 체면이 깎이기 때문에 여학생 장가를 들어야 한다며 아내를 친정으로 내쫓으려는 인물이다. 여기서 발견되는 것이 남성들의 지위 상승이 여성에게 부정적으로 작용하는 이중성이다. 더구나 남편은 여러 사람 앞에서는 금실이 두터운 듯이 낯간지럽게 굴지만 밤만 되면 원수를 대하듯 아내에게 폭력을 가하는 이중적인 성격의 인물이기도 하다.

한편 서술자는 옆방에 사는 사람으로, 폭력을 행사하는 남편이나 맞고 있는 아내의 시선이 아닌, 제3자의 시선에 의존하고 있다. 결국 서술자 '나'는 관찰자의 입장에서 중재자 내지는 해결자로서 사건에 개입하려 하지만 오히려 이것이 더 큰 화를 부르게 되고 결국 이런 현실에 좌절하고 그 집을 떠나는 것으로 마무리된다. 이와 같은 뒤틀려진 가부장적인 현실에 대해 개인의 노력으로는 한계가 있다는 점을 드러내고 있다.

안해

 우리 마누라는 누가 보든지 뭐 이쁘다고는 안 할 것이다. 바루 계집에 환장된 놈이 있다면 모르거니와. 나도 일상 같이 지내기는 하나 아무리 잘 고쳐보아도 요만치도 이쁘지 않다. 허지만 계집이 낯짝이 이뻐 맛이냐. 제기할 황소 같은 아들만 줄대 잘 빠쳐놓으면 고만이지. 사실 우리 같은 놈은 늙어서 자식까지 없다면 꼭 굶어 죽을밖에 별도리 없다. 가진 땅 없어, 몸 못써 일 못하여, 이걸 누가 열쳤다고 그냥 먹여줄 테냐. 하니까 내 말이 이왕 젊어서 되는 대로 자꾸 자식이나 쌓두자 하는 것이지.

 그리고 에미가 낯짝 글렀다고 그 자식까지 더러운 법은 없으렷다. 아 바루 우리 똘똘이를 보아도 알겠지만 제 에미년은 쥐었다 논 개떡 같애도 좀 똑똑하고 낄끗이[1] 생겼느냐. 비록 먹고도 재구 또 달라고 불아귀처럼 덤비기는 할망정. 참 이놈이야말로 나에게는 아버지보담도 할아버지보담도 아주 말할 수 없이 끔찍한 보물이다.

 년이 나에게 되지 않은 큰체를 하게 된 것도 결국 이 자식을 낳았기 때문이다. 전에야 그 상판대길 가지고 어딜 끽소리나 제법 했으랴. 흔히 말

---

1 낄끗이 : '깨끗이'(생기가 있고 깨끗하게)의 뜻인 듯

하길 계집의 얼굴이란 눈의 안경이라 한다. 마는 제 아무리 물커진[2] 눈깔이라도 이 얼굴만은 어쩨볼 도리 없을 게다.

이마가 훌떡 까지고 양미간이 벌면 소견이 탁 틔었다지 않냐. 그럼 좋기는 하다마는 아기자기한 맛이 없고 이 조로[3] 둥글넓적이 내려온 하관에 멋없이 쑥 내민 것이 입이다. 두툼은 하나 건순[4] 입술, 말 좀 하려면 그리 정하지 못한 운이[5]가 분질없이[6] 뻔찔 드러난다. 설혹 그렇다 치고 한복판에 달린 코나 좀 똑똑히 생겼다면 얼마 낫겠다. 첫때 눈에 띄는 것이 그 코인데, 이렇게 말하면 년의 숭을 보는 것 같지만, 썩 잘 보자 해도 먼 산 바라보는 도야지의 코가 자꾸만 생각이 난다.

꼴이 이러니까 밤이면 내 눈치만 스을슬 살피는 것이 아니냐. 오늘은 구박이나 안 할까, 하고 은근히 애를 태우는 맥이렷다. 이게 가여워서 피곤한 몸을 무릅쓰고 대개 내가 먼저 말을 걸게 된다. 온송일 뭘 했느냐는 둥, 싸리문을 좀 고쳐놓으라 했더니 어떻게 했느냐는 둥, 혹은 오늘 밤에는 웬일인지 코가 훨씬 좋아 보인다는 둥, 하고. 그러면 년이 금세 헤에 벌어지고 힝하게 내 곁에 와 앉아서는 어깨를 비겨대고 슬근슬근 부빈다. 그리고 코가 좋아보인다니 정말 그러냐고 몸이 달아서 묻고 또 묻고 한다. 저도도 믿지 못할 그 사실을 한때의 위안이나마 또 한 번 들어보자는 심정이렷다. 그 속을 알고 짜정 콧날이 서나 보다고 하면 년의 대답이 뒷간엘 갈 적마다 잡아당기고 했더니 혹 나왔을지 모른다나 그리고

---

2 물커지다 : '물크러지다'의 준말. 너무 무르거나 풀려서 본 모양이 없어지도록 헤어지다
3 이 조로 : 이런 모양새로
4 건순 : 乾脣. 위로 들린 입술
5 운이 : 윗니
6 분질없이 : 부질없이

아주 좋아한다.

 그러나 어느 때에는 한나절 밭고랑에서 시달린 몸이 고만 축 늘어지는 구나. 물론 말 한 마디 붙일 새 없이 방바닥에 그대로 누워버리지. 허면 년이 제 얼굴 때문에 그런 줄 알고 한구석에 가 시무룩해서 앉았다. 얼굴을 모로 돌리어 턱을 뼈쭉 쳐들고 있는 걸 보면 필연 제깐엔 옆얼굴이나 한번 봐달라는 속이겠지. 경을 칠 년. 옆얼굴이라고 뭐 깨묵셍이나 좀 난 줄 알구——.

 이러던 년이 똘똘이를 내놓고는 갑자기 세도가 댕댕해졌다. 내가 들어가도 네놈 언제 봤냔 듯이 좀체 들떠보는 법 없지. 눈을 스르르 내려 깔고는 잠자코 아이에게 젖만 먹이겠다. 내가 좀 아이에 머리라도 쓰담으면

 "이 자식, 밤낮 잠만 자나?"

 "가만 둬. 왜 깨놓고 싶은감." 하고 사정없이 내 손등을 주먹으로 갈긴다. 나는 처음에 어떻게 되는 셈인지 몰라서 멀거니 천장만 한참 쳐다보았다. 내 자식 내가 만지는데 주먹으로 때리는 건 무슨 경우야. 허지만 잘 따져보니까 조금도 내가 억울할 것은 없다. 년이 나에게 큰체를 해야 될 권리가 있는 것을 차차 알았다. 그래서 그때부터 내가 이년, 하면 저는 이놈, 하고 대들기로 무언중 계약되었지.

 동리에서는 남의 속은 모르고 우리를 깍따귀들[7]이라고 별명을 지었다. 툭하면 서로 대들려고 노리고만 있으니까 말이지. 하긴 요즘에 하루라도 조용한 날이 있을까봐서 만나기만 하면 이놈, 저년, 하고 먼저 대들기로 위주다. 다른 사람들을 밤에 만나면,

 "마누라 밥 먹었수?"

---

7 깍따귀 : 각다귀. 남의 것을 뜯어먹고 사는 사람을 비유적으로 이르는 말. 여기서는 막 되어먹은 사람이란 뜻인 듯

"아니요, 당신 오면 같이 먹을랴구———." 하고 일어나 반색을 하겠지만 우리는 안 그러기다. 누가 그렇게 괭이 소리로 달라붙느냐. 방에 떡 들어서는 길로 우선 넓적한 년의 궁뎅이를 발길로 퍽 들이지른다.

"이년아! 일어나서 밥 차려!"

"이눔이 왜 이래, 대릴 꺾어놀라!" 하고 년이 고개를 겨우 돌리면

"나무 판 돈 뭐 했어, 또 술 처먹었지?"

이렇게 제법 탕탕 호령하였다. 사실이지 우리는 이래야 정이 보째[8] 쏟아지고 또한 계집을 데리고 사는 멋이 있다. 손자새끼 낯을 해가지고 마누라 어쩌고 하고 어리광으로 덤비는 건 보기만 해도 눈허리가 시질 않겠니. 계집 좋다는 건 욕하고 치고 차고, 다 이러는 멋에 그렇게 치고 보면 혹 궁한 살림에 쪼들리어 악에 받친 놈의 말일지는 모른다. 마는 누구나 다 일반이겠지. 가다가 속이 맥맥하고[9] 부아가 끓어오를 적이 있지 않냐. 농사는 지어도 남는 것이 없고 빚에는 몰리고, 게다가 집에 들어서면 자식 놈 찡찡거려, 년은 옷이 없으니 떨고 있어 이러한 때 그냥 배길 수야 있느냐. 트죽태죽 꼬집어가지고 년의 비녀쪽을 턱 잡고는 한바탕 홀두들겨대는구나. 한참 그 지랄을 하고 나면 등줄기에 땀이 뿍 흐르고 한숨까지 후, 돈다면 웬만치 속이 가라앉을 때였다. 담에는 년을 도로 밀쳐버리고 담배 한 대만 피워 물면 된다.

이 멋에 계집이 고마운 물건이라 하는 것이고 내가 또 년을 못 잊어 하는 까닭이 거기 있지 않냐. 그렇지 않다면이야 저를 계집이라고 등을 뚜덕여주고 그 못난 코를 좋아 보인다고 가끔 추어줄 맛이 뭐야. 허지만 년

---

8   보째 : 보따리째

9   맥맥하다 : ① 코가 막혀 숨쉬기가 갑갑하다. ② 생각이 잘 돌지 아니하여 답답하다. ③ 기운이 막혀 감감하다

이 훌쩍거리고 앉아서 우는 걸 보면 이건 좀 재미 적다. 제가 주먹심으로든 입심으로든 나에게 덤빌랴면 어림도 없다. 쌈의 시초는 누가 먼저 걸었던간 언제든지 경을 팟다발[10]같이 치고 나앉는 것은 년의 차지렷다.

"이리 와 자빠져 자——."

"곤두어, 너나 자빠져 자렴——." 하고 년이 독이 올라서 돌아다도 안 보고 비쌘다.[11] 마는 한 서너 번 내려오라고 권하면 나중에는 저절로 내 옆으로 스르르 기어들게 된다. 그리고 눈물 흐르는 장반을 벙긋이 흘겨보이는 것이 아니냐. 하니까 년으로 보면 두들겨맞고 비쌔는 멋에 나하고 사는지도 모르지.

그러나 우리가 원수같이 늘 싸운다고 정이 없느냐 하면 그건 잘못이다. 말이 났으니 말이지 정분치고 우리것만치 찰떡처럼 끈끈한 놈은 다시 없으리라. 미우면 미울수록 싸울수록 잠시를 떨어지기가 아깝도록 정이 착착 붙는다. 부부의 정이란 이런 겐지 모르나 하여튼 영문 모를 찰거머리 정이다. 나뿐 아니라 년도 매를 한참 두들겨맞고 나서 같이 자리에 누우면

"내 얼굴이 그래두 그렇게 숭업진 않지?" 하고 정말 잘난 듯이 바짝바짝 대든다. 그러면 나는 이때 뭐라고 대답해야 옳겠느냐. 하 기가 막혀서 천정을 쳐다보고 피익 내어버린다.

"이년아! 그게 얼굴이야?"

"얼굴 아니면 가주다닐까—"

"내니깐 이년아! 데리구 살지 누가 건드리니 그 낯짝을?"

---

10 팟다발 : 파다발. 무엇에 맞거나 몹시 시달려 만신창이가 되거나 형체가 볼품없이 된 상태를 비유적으로 이르는 말.

11 비쌔다 : ① 어떤 일에 마음이 끌리면서도 겉으로 안 그런 체하다. ② 무슨 일에나 어울리기를 싫어하다

"뭐, 네 얼굴은 얼굴인 줄 아니? 불밤송이[12] 같은거, 참 내니깐 데리구 살지——."

이러면 또 일어나서 땀을 한번 흘리고 다시 드러누울 수밖에 없다. 내 얼굴이 불밤송이 같다니 이래도 우리 어머니가 나를 낳고서 나중 땅마지기나 만져볼 놈이라고 좋아하던 이 얼굴인데 하지만 다시 일어나고 손짓 발짓을 하고 하는 게 성이 가셔서 대개는 그대로 눅쳐둔다.

"그래, 내 너 이뻐할게 자식이나 대구 내놔라."

"먹이지도 못할 걸 자꾸 나 뭘 하게, 굶겨 죽일랴구?"

"아 이년아! 뭐다 먹이진 못하니?" 하고 소리는 빽 지르나 딴은 뒤가 켕긴다. 더끔더끔[13] 모아두었다가 먹이지나 못하면 그걸 어떻게 하냐. 줴다 버리지도 못하고 죽이지도 못하고 떼송장이 난다면 연히[14] 이런 걸 보면 년이 나보담 훨씬 소견이 된 것을 알 수 있겠다. 물론 십 리만큼 벌어진 양미간을 보아도 나와는 턱이 다르지만—

우리가 요즘 먹는 것은 내가 나무 장사를 해다 벌어들인다. 여름 같으면 품이나 판다 하지만 눈이 척척 쌓였으니 얼음을 꺼먹느냐. 하기야 산골에서 어느 놈 치고 별수 있겠냐 마는 하루는 산에 가서 나무를 해들이고 그 담날엔 읍에 갖다가 판다. 나니깐 참 쌍지게질도 할 근력이 되겠지만. 잔뜩 나무 두 지게를 혼자서 번차례로 이놈 져다놓고 쉬고 저놈 져다놓고 쉬고 이렇게 해서 장찬[15] 삼십 리 길을 한나절에 들어가는구나. 그렇지 않으면 언제 한 지게 한 지게씩 팔아서 목구멍을 축일 수 있겠느냐.

12 불밤송이 : 채 익기 전에 말라 떨어진 밤송이
13 더끔더끔 : '더금더금'의 센말. 어떤 것에 조금씩 자꾸 더하는 모양
14 연히 : 그렇다면
15 장차다 : 거리가 길고도 멀다

잘 받으면 두 지게에 팔십 전 운이 나쁘면 육십 전 육십오 전 그걸로 좁쌀, 콩, 떡, 무엇 사들고 찾아오겠다. 죽을 쑤었으면 좀 느루가겠지만[16] 우리는 더럽게 그런 짓은 안 한다. 먹다 못 먹어서 뱃가죽을 움켜쥐고 나설지언정 으레 밥이지. 똘똘이는 네 살짜리 어린애니깐 한 보시기, 나는 제 아버지니까 한 사발에다 또 반 사발을 더 먹고 그런데 년은 유독히 두 사발을 처먹지 않나. 그리고도 나보다 먼저 홀딱 집어세고는 내 사발의 밥을 한 구텡이 더 떠먹는 버릇이 있다. 계집이 좋다 했더니 이게 밥버러지가 아닌가 하고 한때는 가슴이 선듯할 만치 겁이 났다. 없는 놈이 양이나 좀 적어야지 이렇게 대구 처먹으면 너 웬 밥을 이렇게 처먹니 하고 눈을 크게 뜨니까 년의 대답이 애 난 배가 그렇지 그럼, 저도 앨 나보지 하고 샐쭉이 토라진다. 압따 그래, 대구 처먹어라. 나중 밥값은 그 배때기에 다 게 있고 게 있는 거니까. 어떤 때에는 내가 좀 덜 먹고라도 그대로 내주고 말겠다. 경을 칠 년, 하지만 참 너무 처먹는다.

그러나 년이 떡국이 농간을 해서[17] 나보담 한결 의뭉스럽다. 이 깐 농사를 지어 뭘 하느냐, 우리 들병이로 나가자, 고. 딴은 내 주변으로 생각도 못했던 일이지만 참 훌륭한 생각이다. 밑지는 농사보다는 이밥에, 고기에, 옷 마음대로 입고 좀 호강이냐. 마는 년의 얼굴을 이윽히 뜯어보다간 고만 풀이 죽는구나. 들병이에게 술 먹으러 오는 건 계집의 얼굴 보자 하는 걸 어떤 밸 없는 놈이 저 낯짝엔 몸살 날 것 같지 않다. 알고 보니 참 분하다. 년이 좀만 똑똑히 나왔더면 수가 나는걸. 멀뚱히 쳐다보고 쓴 입맛만 다시니까 년이 그 눈치를 채었는지,

---

16 느루가다 : 양식이 일정한 예정보다 더 오래가다
17 떡국이 농간을 하다 : 재질은 부족하지만 오랜 경험으로 일을 잘 감당하고 처리해 나간다는 의미

"들병이가 얼굴만 이뻐서 되는 게 아니라던데, 얼굴은 박색이라도 수단이 있어야지—"

"그래 너는 그거 할 수단 있겠니?"

"그럼 하면 하지 못할 게 뭐야"

년이 이렇게 아주 번죽 좋게 장담을 하는 것이 아니냐. 들병이로 나가서 식성대로 밥 좀 한바탕 먹어보자는 속이겠지. 몇 번 다져 물어도 제가 꼭 될 수 있다니까 압따 그러면 한번 해보자꾸나. 밑천이 뭐 드는 것도 아니고 소리나 몇 마디 반반히 가르쳐서 데리고 나서면 고만이니까.

내가 밤에 집에 돌아오면 년을 앞에 앉히고 소리를 가르치겠다. 우선 내가 무릎장단을 치며 아리랑타령을 한번 부르는구나. 아리랑 아리랑 아라리요, 춘천아 봄의 산아 잘 있거라, 신연강 배 타면 하직이라. 산골의 계집이면 강원도 아리랑쯤은 곧잘 하련만 년은 그것도 못 배웠다. 그러니 쉬운 아리랑부터 시작할밖에. 그러면 년은 도사리고 앉아서 두 손으로 엉덩이를 치며 숭내를 낸다. 목구멍에서 질그릇 물러앉은 소리가 나니까 나중에 목이 트이면 노래는 잘할 게다 마는 가락이 딱딱 들어맞아야 할 텐데 이게 세상에 돼먹어야지.

나는 노래를 가르치는데 이 망할 년은 소설책을 읽고 앉았으니 어떡허냐. 이걸 데리고 앉으면 흔히 닭이 울고 때로는 날도 밝는다. 년이 하도 못 하니까 본보기로 나만 하고 또 하고 또 하고 그러니 저를 들병이를 아르친다는 게 결국 내가 배우는 폭이 되지 않나. 망할 년 저도 손으로 가리고 하품을 줄대 하며 졸리어 죽겠지.

하지만 내가 먼저 자자 하기 전에는 제가 차마 졸립다진 못할라.

애최 들병이로 나가자, 말을 낸 것이 누군데 그래. 이렇게 생각하면 울화가 불컥 올라서 주먹이 가끔 들어간다.

"이년아? 정신을 좀 채려, 나만 밤낮 하래니?"

"이놈이— 팔때길 꺾어놀라."

"이거 잘 배면 너 잘되지 이년아! 날 주는 거냐 큰 체게?"

이번엔 손가락으로 이맛배길을 꾹 찍어서 뒤로 떠먹긴다. 여느 때 같으면 년이 독살이 나서 저리로 내뺄 게다. 제가 한 죄가 있으니까 다시 일어나서 소리 아르쳐주기만 기다리는 게 아니냐. 하니 딱한 일이다. 될지 안 될지도 의문이거니와 서루 하품은 뻔질 터지고 이왕 내친 걸음이니 그렇다고 안 할 수도 없고 에라 빌어먹을 거, 너나 내나 얼른 팔자를 고쳐야지 늘 이러다 말 테냐. 이렇게 기를 한 번 쓰는구나. 그리고 밤의 산천이 울리도록 소리를 빽빽 질러가며 년하고 또다시 흥타령을 부르겠다.

그래도 하나 기특한 것은 년이 성의는 있단 말이지. 하기는 그나마도 없다면이야 들이커녕 깨묵도 그르지만. 날이라도 틈만 있으면 저 혼자서 노래를 연습하는구나. 빨래를 할 적이면 빨래방추¹⁸로 가락을 맞추어가며 이팔청춘을 부른다. 혹은 방 한구석에 죽치고앉아서 어깨짓으로 버선을 꼬여매며 노랫가락도 부른다. 노래 한 장단에 바늘 한 뀌엄씩이니 버선 한 짝 길랴면 열나절은 걸리지. 하지만 압따 버선으로 먹고 사느냐, 노래만 잘 배워라. 년도 나만치나 이밥에 고기가 얼뜬 먹고 싶어서 몸살도 나는지 어떤 때에는 바깥 밭둑을 지날랴면 뒷간 속에서 콧노래가 흥이거릴¹⁹ 적도 있겠다. 그러나 인제 노랫가락에 흥타령쯤 겨우 배웠으니 그 담건 어느 하가에 배우느냐, 망할 년두 참.

게다가 년이 시큰둥해서 날더러 신식 창가를 아르쳐 달라구. 들병이는 구식 소리도 잘해야 하겠지만 첫때 시체 창가를 알아야 불려먹는다. 한

---

18 방추 : '방망이'의 방언
19 흥이거리다 : 흥얼거리다

다. 말은 그럴 법하나 내가 어디 시체 창가를 알 수 있냐, 땅이나 파먹던 놈이 나는 그런 거 모른다, 하고 좀 무색했더니 며칠 후에는 년이 신체 창가 하나를 배가주 왔다. 화로를 끼고 앉아서 그 전을 두드리며 네 보란 듯이 자랑스럽게 하는 것이 아닌가. 피었네 피었네 연꽃이 피었네 피었다구 하였더니 볼 동안에 옴쳤네.[20] 대체 이걸 어서 배웠을까. 얘 이년 참 나보담 수단이 좋구나, 하고 나는 퍽 감탄하였다. 그랬더니 나중 알고 보니까 년이 어느 틈에 야학에 가서 배우질 않았겠니. 야학이란 요 산 뒤에 있는 조고만 움인데 농군 아이에게 한겨울 동안 국문을 아르친다. 창가를 할 때쯤 해서 년이 춘 줄도 모르고 거길 찾아간다. 아이를 업고 문밖에 서서 귀를 기울이고 엿듣다가 저도 가만가만히 숭내를 내보고 하는 것이다. 그래 가지고. 집에 와서는 희짜를 뽑고 야단이지. 신식 창가는 며칠만 좀 더 배우면 아주 능통하겠다나.

그러나 아무리 생각해봐도 년의 낯짝만은 걱정이다. 소리는 차차 어지간히 돼 들어가는데 이놈의 얼굴이 암만 봐도, 봐도 영 글렀구나. 경칠 년, 좀만 얌전히 나왔더면 이판에 돈 한몫 크게 잡는걸. 간혹 가다 제풀에 화가 뻗치면 아무 소리 않고 년의 뱃기[21]를 한 두어 번 안 줴박을[22] 수 없다. 웬 영문인지 몰라서 년도 눈깔을 크게 굴리고 벙벙히 쳐다보지. 땀을 낼 년. 그 낯짝을 하고 나한테로 시집을 온담 뻔뻔하게. 하나 년도 말은 안 하지만 제 얼굴 때문에 가끔 성화인지 쪽 떨어진 손거울을 들고 앉아서 이리 뜯어보고 저리 뜯어보고 하지만 눈깔이야 일반이겠지 저라고 나 뵐 리가 있겠니. 하니까 오장 썩는 한숨이 연방 터지고 한풀 죽는구

---

20 옴치다 : '옴츠리다'의 준말.
21 뱃기 : 배때기
22 줴박다 : 쥐어박다

나. 그러나 요행히 내가 방에 있으면 돌아다보고,

"이봐! 내 얼굴이 요즘 좀 나가지 않어?"

"그래, 좀 난 것 같다."

"아니 정말 해봐———." 하고 이년이 팔때기를 꼬집고 바싹바싹 들어덤빈다. 년이 능글차서 나쯤은 좋도록 대답해주려니, 하고 아주 탁 믿고 묻는 게렷다. 정말 본 대로 말할 사람이면 제가 겁이 나서 감히 묻지도 못한다. 진젓 이뻐졌다, 하고 나도 능청을 좀 부리면 년이 좋아서 요새 분때를 자루 밀었으니까 좀 나졌다지, 하고 들병이는 뭐 그렇게까지 이쁘지 않아도 된다고 또 구구히 설명을 늘어놓는다. 경을 칠 년. 계집은 얼굴 밉다는 말이 칼로 찌르는 것보다도 더 무서운 모양같다. 별 욕을 다 하고 개 잡듯 막 뚜드려도 조곰 뒤에는 헤, 하고 앞으로 겨드는 이년이다. 마는 어쩌나. 제 얼굴의 숭이나 좀 본다면 사흘이고 나흘이고 년이 나를 스을슬 피하며 은근히 골릴려고 든다. 망할 년. 밉다는 게 그렇게 진저리가 나면 아주 면사포를 쓰고 다니지 그래. 년이 능청스러워서 조금만 이뻤더라면 나는 얼렁얼렁해내버리고 돈 있는 놈 군서방[23]해 갔으렷다. 계집이 얼굴이 이쁘면 제값 다 하니까. 그렇게 생각하면 년의 낯짝 더러운 것이 나에게는 불행 중 다행이라 안 할 수 없으리라.

계집은 아마 남편을 속여먹는 맛에 깨가 쏟아지나부다. 년이 들병이 노릇을 할 수단이 있다고 괜히 장담한 것도 저의 이 행실을 믿고 그랬는지도 모른다. 새벽 일찍이 뒤를 보려니까 어디서 창가를 부른다. 거적 틈으로 내다보니 년이 밥을 끓이면서 연습을 하지 않나. 눈보라는 생생 소

---

23   군서방 : '샛서방'의 방언. 남편이 있는 여자가 남편 몰래 관계하는 남자. 간부(間夫) · 밀부(密夫)

리를 치는데 보강지[24]에 쪼그리고 앉아서 부지깽이로 솥뚜껑을 톡톡 두드리겠다. 그리고 거기 맞추어 신식 창가를 청승맞게 부르는구나. 그러다 밥이 우루루 끓으니까 띄[25]를 빗겨놓고 다시 시작한다. 젊어서도 할미꽃 늙어서도 할미꽃 아하하하 우습다 꼬부라진 할미꽃. 망할 년. 창가는 경치게도 좋아하지, 방아타령 좀 부지런히 공부해 두라니까 그건 안 하구. 압따 아무거라두 많이 하니 좋다. 마는 이번엔 저고리섶이 들먹들먹 하더니 아 웬 곰방대가 나오지 않냐. 사방을 흘끔흘끔 다시 살피다 아무도 없으니까 보강지에다 들이대고 한 먹음 뿌욱 빠는구나. 그리고 냅따 재채기를 줄대 뽑고 코를 풀고 이 지랄이다. 그저께도 들켜서 경을 쳤더니 년이 또 내 담배를 훔쳐가지고 나온 것이다. 돈 안 드는 소리나 배웠겠지 망할 년 아까운 담배를, 곧 뛰어나갈려다 뒤도 급하거니와 요즘 똘똘이가 감기로 앓는다. 년이 밤낮 들쳐 업고 야학으로 돌아치더니 그예 그 꼴을 만들었다. 오랄질 년, 남의 아들을 중한 줄을 모르고. 들병이 하다가 이것 행실 버리겠다. 망할 년이 하는 소리가 들병이가 되려면 소리도 소리려니와 담배도 먹을 줄 알고 술도 마실 줄 알고 사람도 주무를 줄 알고 이래야 쓴다나. 이게 다 요전에 동리에 들어왔던 들병이에게 들은 풍월이렷다. 그래서 저도 연습 겸 골고루 다 한 번씩 해보고 싶어서 아주 안달이 났다. 방아타령 하나 변변히 못 하는 년이 소리는 고걸로 될 듯싶은지!

이런 기맥을 알고 년을 농락해 먹은 놈이 요 아래 사는 뭉태놈이다. 놈도 더러운 놈이다. 우리 마누라의 이 낯짝에 몸이 닳았다면 그만함 다

---

24 보강지 : '아궁이'의 방언
25 띄 : 솥뚜껑

얼짜[26]지. 어디 계집이 없어서 그걸 손을 대구, 망할 자식두. 놈이 와서 섣달 대목이니 술 얻어 먹으러 가자고 년을 꼬였구나. 조금 있으면 내가 올 테니까 안 된다 해도 오기 전에 잠깐만, 하고 손을 내끌었다. 들병이로 나갈려면 우선 술 파는 경험도 해봐야 하니까, 하는 바람에 년이 솔깃해서 덜렁덜렁 따라섰겠지. 집안을 망할 년. 남편이 나무를 팔러 갔다 늦으면 밥 먹일 준비를 하고 기달려야 옳지 아느냐 남은 밤길을 삼십 리나 허덕지덕 걸어오는데. 눈이 푹푹 쌓여서 발모가지는 떨어져 나가는 듯이 저리고. 마을에 들어왔을 때에는 짜정 곧 쓰러질 듯이 허기가 졌다. 얼른 가서 밥 한 그릇 때려뉘고 년을 데리고 앉아서 또 소리를 아르쳐야지. 이런 생각을 하고 술집 옆을 지나다가 뜻밖에 깜짝 놀란 것은 그 밖 앞방에서 년의 너털웃음이 들린다. 얼른 다가서서 문틈으로 들여다보니까 아이 망할 년이 뭉태하고 술을 먹는구나.

입때까지는 하도 우스워서 꼴들만 보고 있었지만 더는 못 참는다. 지게를 벗어던지고 방문을 홱 열어제치자 우선 놈부터 방바닥에 메다 꽂았다. 물론 술상은 발길로 찼으니까 벽에 가 부서졌지. 담에는 년의 비녀쪽을 지르르 끌고 밖으로 나왔다. 술 취한 년은 정신이 번쩍 들도록 흠빡 경을 쳐줘야 할 터이니까 눈에다 틀어박었다. 그리고 깔고 올라앉아서 망할 년 등줄기를 주먹으로 대구 우렸다. 때리면 때릴수록 점점 눈 속으로 들어갈 뿐, 발악을 치기에는 너무 취했다. 때리는 것도 년이 대들어야 멋이 있지 이러면 아주 싱겁다. 년은 그대로 내버리고 방으로 들어가서 놈을 찾으니까 이 빌어먹을 자식이 생쥐새끼처럼 어디로 벌써 내빼지 않었나. 참말이지 이런 자식 때문에 우리 동리는 망한다. 남의 계집을 보

---

26 얼짜 : 얼치기인 물건. 얼치기 : ① 이것도 저것도 아닌 중간치, ② 이것저것이 조금씩 섞인 것, ③ 탐탁하지 아니한 사람

앉으면 마땅히 남편 앞에 나와서 대강이가 깨져야 옳지 그래 달아난담. 못 생긴 자식도 다 많지. 할 수 없이 척 늘어진 이 년을 등에다 업고 비척비척 집으로 올라오자니까 죽겠구나. 날은 몹시 차지, 배는 쑤시도록 고프지, 좀 노할래야 더 노할 근력이 없다. 게다 우리 집 앞 언덕을 올라가다 엎어져서 무르팍을 크게 깠지. 그리고 집엘 들어가니까 빈방에는 똘똘이가 혼자 에미를 부르고 울고 된통 법석이다. 망할 잡년두. 남의 자식을 그래 이렇게 길러주면 어떡헐 작정이람. 년의 꼴 봐하니 행실은 예전에 글지다. 이년하고 들병이로 나갔다가는 넉히 나는 한옆에 재워놓고 딴서방 차고 달아날 년이야. 너는 들병이로 돈 벌 생각도 말고 그저 집안에 가만히 앉았는 것이 옳겠다. 구구루 주는 밥이나 얻어먹고 몸 성히 있다가 연해 자식이나 쏟아라. 뭐 많이도 말고 굴때[27] 같은 아들로만 한 열다섯이년 족하시. 가만있자, 한 놈이 일 년에 벼 열 섬씩만 빈다면 열다섯 섬이니까 일백오십 섬. 한 섬에 더도 말고 십 원 한 장씩만 받는다면 죄다 일천오백 원이지. 일천오백 원, 일천오백 원, 사실 일천오백 원이면 어이구 이건 참 너무 많구나. 그런 줄 몰랐더니 이년이 배속에 일천오백 원을 지니고 있으니까 아무렇게 따져도 나보담은 낫지 않은가.

(1935.12, 사해공론)

---

27 굴때 : '굴때장군'. 키가 크고 몸이 굵으며 살갗이 검은 사람을 놀림조로 이르는 말

작품 해설

「안해」는 1935년 『사해공론』 12월에 발표된 작품으로, 어수룩하고 못난 부부를 통해 1930년대 우리나라 농촌의 현실을 보여주고 있는 작품이다.

주인공 부부는 생계를 위해 농사를 짓고 나무를 해서 팔지만 아무리 열심히 해도 죽사발로 겨우 입에 풀칠할 정도이다. 그러자 아내는 이런 현실을 타개하기 위해 들병이가 되려 한다. 아내는 들병이가 되기 위해 아이를 들쳐 업고 추위까지 무릅쓰며 신식창가를 배워오는가 하면, 집안일을 하면서도 뒷간에서도 부단히 노래 연습에 열심이다. 또한 들병이가 되기 위해서는 담배와 술도 할 줄 알고 사람도 주무를 줄 알아야 된다는 생각에 동리 건달 뭉태와 술집에서 술을 마시고 취하는 경험까지 해보는 등 나름의 최선을 다한다.

한편 남편도 밤늦도록 소리를 가르치는 등 적극적인 위치에 선다. 가난 때문에 아내를 들병이로 내보낸다는 것은 윤리적으로 지탄받아 마땅한 일이나 가장 기본적인 욕구인 의·식·주 문제가 해결되지 않는 상황에서 도덕이나 윤리, 혹은 품위 있는 삶이라는 것은 의미 없는 외침에 불과하다는, 즉 이런 기본적인 욕구가 인간다움의 기본적 조건임을 보여주고 있는 것이다.

이 작품은 부인을 들병이로 내보내는 비극적인 내용을 담고 있지만 웃음을 잊지 않는다. 가령 남편과 아내의 위치가 서서히 바뀌어 가는 과정이라든가, 하층민들의 육담과 같은 거친 어휘의 사용, 그리고 아내가 동네 건달인 뭉태와 놀아나는 모습을 본 후 아내를 들병이로 내세우려는 것을 포기하고 나름의 미래를 설계하는 – 아직 낳지도 않은 아이들을 화폐단위로 계산을 하는 – 모습 등에서 해학성을 발견할 수 있다. 그러나 표면적으로 드러나는 해학의 이면에는 주인공 부부의 극한적인 고통이 숨어 있기에 이 해학은 비애를 안고 있는 해학이라고 할 수 있다.

참고로 들병이는 어떤 것인가? 들병이는 시골 주막으로 돌아다니며 술과 몸을 파는 여인을 일컫는 말로 '이동식 작부'라고 할 수 있다. 보통 술병을 몸에 지니고 다니며 팔기 때문에 '들병이'(병을 들고 있는 사람)라고 하는 것이다. 김유정 작품에서 들병이들은 보통 농사꾼의 아내들로 당시의 궁핍한 농촌 현실이 만들어낸 비극이라고 할 수 있다. 「산골나그네」, 「안해」, 「총각과 맹꽁이」, 「솥」 등에 이들이 등장한다.

김유정은 「안해」를 탈고하고 일주일 후 《매일신보》에 수필 「조선의 집시-부제 : 들병이의 철학」을 6회에 걸쳐 연재하며 들병이에 관하여 자세히 밝히고 있다. 그 내용을 참고해 정리해 보면 다음과 같다.

들병이는 쾌락을 위한 것이 아닌, 먹고 살기 위한 노동, 즉 가난한 농촌에서 양식을 얻기 위해서 하는 노동이다. 아무나 들병이가 될 수 있는 것은 아니고 다음과 같은 조건을 충족해야 했다. 얼굴이 예뻐야 하고, 당시 유행하는 노래를 잘 익히고 있다가 상대가 요구하면 언제든 부를 수 있어야 하며, 수단을 잘 부릴 줄 알고 눈치가 빨라야 한다. 왜냐하면 밤마다 많은 상대가 달려들기 때문에 모두에게 골고루 애교를 팔아야 하기 때문이다.

해설 | 황 택 준

연세대학교 교육대학원 국어교육전공(석사)
현, 배재고등학교 교사

김유정 작품선 **금 따는 콩밭**　　　　　값 13,000원

2007년 12월 28일 초판발행
2013년 4월 15일 보정판 2쇄 발행
2018년 1월 25일 보정판 3쇄 발행
2022년 11월 30일 보정판 4쇄 발행

지은이　**황 택 준**
발행인　**김 혜 숙**
발행처　**새문사**
등록번호　제2018-000259호(1977.9.19)

주소 : 서울시 서초구 강남대로 309 코리아비즈니스센터 1611호
전화 : (02)715-7232(代), Fax : (02)715-7235
E-mail : hmgbp@hanmail.net
website : www.saemoonbook.com
ISBN : 978-89-7411-250-9
ISBN : 978-89-7411-258-5(세트)

* 저자와의 협의에 의해 인지를 생략했습니다.